不死王の嘆き
Grief of No Life King
藤乃叶夢
イラスト：OrGA

合格発表／そして、パーティ結成
「アレク。俺と組もうぜ！」
ミリア
ランバート
ガルハート

「私達も一緒にいい？」
「二人の足を引っ張らないように頑張るわ」
エレン
アレク
フィア

――眷属召喚
「畏まりました。私の名前はアンです」

# 不死王の嘆き

Grief of No Life King

藤乃叶夢

イラスト：ＯｒＧＡ

contents


プロローグ ―― 003

第一章 アレストラ ―― 011

第二章 王都ゼルス ―― 037

第三章 力を得るために ―― 078

第四章 入学 ―― 123

第五章 長い夏休み ―― 208

第六章 弟子入り ―― 239

エピローグ ―― 310

# プロローグ

人はだれしも思うはずだ――『死にたくない』と。それが寿命や病気ではなく、不慮の事故や事件に巻き込まれての死ならなおさら――。

―― とある年のクリスマス・イヴ ――


「はぁ……帰りが遅くなったな。杏《あん》が寝る前に帰れるかなぁ」

俺は独り言をつぶやきながら駅へと続く道を小走りに駆けていた。

いつもならとっくに家に辿《たど》り着いている時間帯だ。だが会社を出ようとした寸前、部長から仕事を押しつけられ帰る時間が大幅に遅くなってしまった。

（部長が家に帰ってもやることが無いからと言って、俺まで巻き込むなよ！）

部長への悪態をつきながら、日中に降った雪の積もった道を転ばないよう気をつけながら駆ける。

俺は三十路《みそじ》手前の平凡なサラリーマンだ。五年前に結婚して、今年で三歳になる娘《あん》がいる。まあ、自分で言うのも何だけど幸せな家庭を築けていると思っている。

毎年クリスマスは家族で過ごすし、今日も早く帰ろうとしていたのだが。部長の一言で残業をする羽目になった。部長は独り身だからクリスマスなんて関係無いのだろうけど、俺には愛すべき妻と、かわいい娘《あん》が家で俺の帰りを待ってくれているのだから止《や》めてほしい。

俺は腕時計をちらっと見て、電車が発車するまでの時間を確認した。

（発車まで残り五分だけど、駅は直《す》ぐ目の前だしなんとか間に合うだろう）

俺は娘へのプレゼント用に、片腕に少し大きめな箱を抱えている。その箱へと視線を向けながら、娘が喜ぶ姿を思い浮かべる。

俺は息を切らせつつ、駅へと向かうべく最後の角を右に曲がった。

「キャー！」

角を曲がった瞬間、駅の方から女性の甲高い悲鳴が聞こえた。何事かと思って足を止めると、道ばたにサラリーマンらしき男性が倒れているのに気づく。倒れている男性の周囲には他にも何人かうずくまる人の姿も見えたが、俺は倒れている男性に慌てて近づくと、肩を揺すって声を掛けた。

「ちょっ！　大丈夫ですか？——だれか、救急車を！」

倒れている男性は、腹部に怪我《けが》をしているらしく、積もった雪を徐々に赤く染めていく。

俺は自分のカバンと荷物を傍らに置くと、ポケットからハンカチを取り出し止血を試みようとする。

「危ないぞっ！」

少し離れた所に居た中年のサラリーマンが声を張り上げる。

その声に驚き顔をあげた直後、不意に横から強い衝撃を受けて俺は吹き飛ばされた。

「うぉ!?」

どうやら、俺は何者かに突き飛ばされたようだ。倒れ込んだ俺は、ぶつかってきた相手へ文句を言おうと顔を向けた。そいつは、まだ未成年の少年に見えた。ラフな格好で、こんな冬に寒くないのかと思うような薄着をしている。

その少年の右手には、赤黒く染まった刃物が握られている。その刃先から白く降り積もった雪にぽたぽたと赤い液体がしたたり落ちていた。少年の震えた手が刃物を力いっぱいに握っているのがわかる。

少年の表情はどこか狂気を感じさせ、口元からよだれが垂れていた。

(なんだ？　薬か何かやってるのか？――最近よく聞くドラッグかハーブか)

俺は刃物へと再び目を向けた。血に濡《ぬ》れているということは、この惨状を生み出したのはこの男という証明だろう。そう思い、俺は少年から距離を取ろうと立ち上がろうとした。

「――ぐぅ!?」

だが、脚に力が入らなかった。それどころか、さっき体当たりを食らった脇腹に激しい痛みを感じて顔をしかめる。

左手で痛みの感じる場所に触れると、ぬるっとした感触を感じた。左手を目の前に持ってくると、どす黒い血で染まっていた。

(さっき刺されたのか！)

そう意識してしまうと、急激に震えが体を襲ってきた。スーツの内側を伝って、血が脚へと流れるのを感じる。

どうやら、かなりの出血があるようだとどこか他人事《ひとごと》のように認識していた。

「お前るぁ！　みんな死ねやぁ！」

目の前の少年が呂律《ろれつ》の回らない口で叫んだ。やはり正気じゃ無いようだ。俺は膝立ちになりながら、なんとか倒れないように腕に力を入れ体を支える。すると、少年がまた俺に向かって刃物を突き出してきた。

なんとか避けようとしたが、痛みのせいで体が上手《うま》く動いてくれない。少年の持つ刃物が俺の胸に吸い込まれていくのを、黙って見ているしか無かった。

「かはっ！」

再び襲ってきた激しい痛みに声を上げようとしたが、口から出たのは真っ赤な血と肺にたまった空気だけだった。

少年は俺に突き刺した刃物を抜くと、俺から興味を失ったかのように、ふらふらと別な方へと離れていった。俺は血が噴き出ている傷口を手で押さえつけながら、地面へと吸い寄せられるように倒れこんだ。

ここでやっと警官が到着したようで、少年が取り押さえられるのが視界の片隅にはいる。横になった視界の中、その光景を見ながら俺は悪態をつく。

（くそっ！　遅《おせ》ぇよ。この胸の傷なんて致命傷じゃねぇか）

不思議と痛みは全く感じなくなっていた。どこか他人事のように傷の状態を分析している自分が居た。

閉じてしまいそうになるまぶたを必死で開こうとするが、急激に意識が遠のいていく。薄れゆく意識の中、視界に娘に渡すはずだったプレゼントの箱が映った。

(ああ……娘にこれを渡さないと……)

俺は雪に濡れ転がっている箱に手を伸ばす。思い出が走馬燈《そうまとう》のように流れてくる中、妻の顔や三歳になったばかりの愛《いと》しい娘の記憶を最後に、意識が闇へと沈んでいくのを感じた。

(こんな理不尽な死に方は嫌だ……まだ死にたくない――)

そんな悔恨を最後に、俺の意識は途切れた。

◆

――神界――


「ちっ! せっかく数週間ぶりにコーヒー飲める時間が取れたのに、また評定が必要な奴《やつ》が出たのか。少しくらい休ませてほしいな!」

そう苛立《いらだ》ち叫んでいるのは、黒いローブを羽織った一人の男だ。

長く伸びた黒い髪、普通に見ると日本人に見えなくもないその容姿だが、人と比べて異質なのがその眼《め》だ。

男の眼は、すべてが漆黒の水晶でできているかのような光沢を放っており、通常の眼でいう白い部分が無かった。

この男は人では無い。俗に死神と呼ばれる存在だ。死神といっても、伝承にあるように死を告げたり、魂を刈り取るという事は無い。遙《はる》か昔ならばいざ知らず、現代では死に対していちいちそんな手間はかけていられない。

半オートメーション化したシステムによって、死んだ魂を輪廻《りんね》の輪に乗せるだけの毎日だ。死神の一族である彼はそのシステムを監視し、通常処理ができない案件に評定を下すのが日常業務となっている。

彼の名はバストル。日本を担当してから百年が経《た》つ。

死神達《たち》の仕事は多忙をきわめていた。第二次大戦での処理も大変だったが、戦後の急速な人口増加以降、世界的に仕事量が爆発的に増えているのだ。

何しろ日本だけで、一日に三千人以上は亡くなっている。その大半はシステムが自動で処理してくれるとはいえ、評定しなければいけない案件は日に数百件に及ぶ。

数週間ぶりに休憩を取ろうとコーヒーを淹《い》れていたバストルの目の前に、また自動で処理されなかった死亡報告書が一通浮かび上がった。

せっかくの休憩時間を潰されたバストルの顔は、苦々しく顰《しか》められていた。

「どれどれ――通り魔に刺され死亡か。年齢は二十七歳。妻と娘を残し聖夜に現世とさよなら～か。最近じゃこんな死亡原因も珍しくなくなったな」

バストルはコーヒーを飲みながら、死亡報告書を机へと投げ捨てる。

近年、平和と言われた日本ですら凶悪犯罪が日常化していて、別段珍しくも無い死亡原因だったからだ。文化や食の欧米化とは言われてきた現代日本だが、事件すら欧米化してきているのかと嘆かわしくなる。

（しかし、善行の値が高いな。今の世じゃ珍しい奴だ）

バストルは眉をひそめて投げ捨てた報告書を再び見る。善行を積んでいたにもかかわらず理不尽な死を迎えた者は、死亡報告書から独特のオーラが発せられるのだ。

システム的にこのオーラが発せられた報告書は一旦通常の輪廻ルートから外され、死神の評定を受け他者よりもよい環境へと転生させるのがルールとなっていた。

「面倒くさいな。善行の値から行くと次も人間で社会的に地位の高い家庭への転生とかが無難だが、単純にそれだと面白みがない――」

横目で報告書を見たままコーヒーを啜《すす》る。日常的に発生するこの手の評定にはいい加減うんざりしていた。たまには変化を求めてしまうのも仕方のない事ではないだろうかとバストルは自問する。

それに、近年ではこの男のように善行の値が高い者は少なくなっている。バストルから見ると絶滅危惧種の動物を見た気分だった。

このコーヒーを飲み終えるまでにあの報告書は処理しておかないと後々の仕事まで響いてしまう。

バストルはペンを取ると、報告書をペン先でトントンと叩《たた》きながら考える。

（次の転生先を別な世界にするか？　この世界よりも死が身近な環境だった筈《はず》――簡単に死なないように加護でも与えてみるのも面白いか――）

バストルはそう考えると書類にペンを走らせた。

日本を担当した百年間で大分上達した日本語を用い必要事項を書き終えると、書類をシステムへと転送させる。これでこの男は来世へと輪廻転生するだろう。

「これで不遇の死を迎える事はなくなるだろう。楽しい来世を送ってくれ」

バストルはそう呟《つぶや》くと残ったコーヒーを味わうのであった。

---

## 評定No.二一四
## 加護：死神の呪福《じゅふく》

---

とある王国の小さな開拓村で男の子の元気な産声が上がった。三人目となる我が子の誕生に父親とその妻はとても喜んだ。

父親は産まれたばかりの我が子を抱きかかえながら、何と名を付けるべきか悩む。

「そうだな。『護《まも》る』という意味でアレク《Alek》と名付けよう。我らの子が、この危険と隣り合わせの世界で、自らと大事な人を護れるように」

夫の付けた名に、妻である女性は静かに微笑《ほほえ》んだ。

「ふふ。良い名前ですね。さあ、いっぱい飲んで元気に育ってね、アレク――」

夫から我が子――アレクを返して貰《もら》い、乳を与えるべく胸元に抱き寄せながら囁《ささや》いた。

まだ小さな子が、唯々《ただただ》幸せな人生を歩んでくれる事を願って。

# 第一章　アレストラ

田舎の朝は早い。朝の四時ともなれば起床し家畜の世話などを始めなければならない。

馬へ与えるための飼い葉を担いだ男は、少し離れた場所で居眠りをしている息子へと声を掛ける。

「おい、アレク。早く羊の乳を搾ってしまえ」

「――！　はい」

アレクと呼ばれた少年は慌てて飛び起きると父親に返事をする。そんな息子に苦笑しつつ、父親である男は自分の仕事へと戻る。

アレクは欠伸《あくび》をかみ殺しながら羊の搾乳を再開した。

「ふぁ～あ――」

父親が離れて行き、一人きりになるとアレクは小さく欠伸をした。眠気をかみ殺しながら手を動かす少年は金髪碧眼《へきがん》で、僅かに幼さが残る容姿をしている。

その表情はとても眠そうだ。まだ日が昇り始めの時間だから仕方がない事かもしれない。

アレクは今年で十三歳になる。十三歳ともなると農村では立派な戦力だ。

羊や馬など家畜の世話から始まり、日が高くなるまでに畑の草取りなどやるべきことはたくさんある。午後からは父親と共に狩りにも出かけなければならず忙しいのだ。とはいえ、アレクに狩りをするだけの能力は無い。精々が罠《わな》を張り、掛かった獲物を仕留めるだけだ。

アレクは徐々に明るくなりつつある空を見上げ、照りつけてくる太陽を眩《まぶ》しげに睨《にら》んだ。いくら睨んでも日差しが弱まるわけでも無いので、ため息を吐きつつ乳搾りを再開する。空には太陽と、二つの月が浮かんでいた。

ここは地球とは異なる世界――名をアレストラと呼ぶ。

アレクが住んでいるのはゼファールという王国の片隅にある、ロハと呼ばれる開拓村だ。

王都より南へ馬車で五日程の距離に位置しており、ロハの村から更に四日も南へ下れば海が見えてくる。その海岸には港町があり、他国との貿易拠点の一つになっている。

王都から港町の間には幾つかの村や町が点在しており、ロハの村もその一つだ。

特産もなく、農業を営みながら旅する商人や、護衛の冒険者達《たち》が落としていくお金が主な収入源となっている。

このアレストラと呼ばれる世界は、自然は地球と殆《ほとん》ど変わらないが生態系は大きく異なる。

まず、文明を持つ種族が人間だけではない。美しい顔立ちと長い耳を持つエルフや、身長は低いが屈強な肉体を持つドワーフなどの妖精族。

本来は巨大な竜の姿を持つが、普段は人の形を取っている龍族。獣の耳や尻尾などの特徴を持ち、人間よりも力が強く俊敏性を併せ持つ獣人族などが代表されるだろう。他にもアレクが知らない種族が居るかもしれないが、特筆すべきはこの四種族だ。

そして、それらの文明を持つ種族全ての敵と呼ばれる《魔物》という化け物が存在している。

この国の外れ。辺境と呼ばれる地には魔物が蔓延《はびこ》っているらしい。幸いな事にアレクの住むロハの村は他の村にも近い。加えて北には王都があり、南の海と挟まれていることも相俟《ま》ってそれ程強力な魔物は出ない。

それでも、大人達と共に行動しなければ子供などあっさり殺されてしまうだけの強さを持つ魔物は出現する。数年前にも、言い付けを守らず森へと向かった子供がゴブリンという人型の魔物に殺されるという事件があった。

それらの魔物は、定期的に冒険者や王都から派遣された騎士団が討伐を行う。幼い頃から、やって来る冒険者や騎士、そして魔法使いにアレクも憧れたものだ。

そう。この世界には魔法と呼ばれる不思議な力が存在する。

魔法はこの世界で広く用いられている。一つは、誰しもが習得出来て生活に役立つ『生活魔法』と呼ばれるもの。これは小さな火種を生じさせたり、水を生じさせたりすることができる。アレクの父母や村の大人達の大半は習得していたが、残念ながら成人を迎えるまでは危険だという事でアレクはまだ教えられていない。

そして、火や水を自在に操り魔物を倒す事の出来る『魔法使い』と呼ばれる存在が居る。

やってきた冒険者の中にも魔法使いと呼ばれる人が居た。アレクも魔法使いが操る魔法を見せて貰《もら》ったことがある。火や水を操り魔物を一撃で屠《ほふ》るその姿に、アレクはとても感動したものだ。

だが、成人と同時に教わる『生活魔法』とは違い、魔法使いとなるには才能と専門的な知識が必要なのだと村を訪れた魔法使いから聞かされた。少なくともこの開拓村に住んでいる間は学ぶことはできないだろう。

アレクの育った環境は、一言で言えば平凡だ。貧しくも無く豊かでも無い開拓村で、仲の良い父母と二人の兄に囲まれ、末っ子として育った。二十数年前、この村を開拓する為《ため》にアレクの父母はやってきたらしい。祖父母は遠く離れた別の村か町に住んでいるらしいが、アレクは生まれてから一度も会ったことがなかった。

アレクの父親はモルテという姓を持っているが、周囲から浮くので普段は名乗っていない。つまりアレク・モルテという名が本来のアレクの名前である。姓を持っているという事は、アレクの父親は商家か貴族の生まれである可能性が高い。

しかし、アレクにとって姓を持っている事は然程《さほど》重要ではなかった。なにしろ、開拓村では姓を持っているからといって得するようなことが無いからだ。

優しい家族に囲まれ、同じく優しい村人と共にゆったりとした時間を過ごしてきたアレクだが、他の人には言っていない秘密が一つだけあった。

（あ〜あ。『搾乳機』があればこんなに手をベタベタにしてやらなくて済むのに……）

そう、アレクはこの世界とは異なる、別世界の知識を持っていた。このアレストラと呼ばれる世界では無い、地球と呼ばれていた世界での知識を――。

何故《なぜ》、そんな知識があるのかは謎だったが、アレクにとって助かっている部分もある。

例えば算術だ。この世界では商人や貴族など高い教育を受けた者しか高度な算術は出来ない。二桁の足し算くらい出来れば上等だろう。だがアレクは、誰に教わるでもなく乗算や除算などを、六歳の頃には完璧に出来るようになっていた。

幼い頃は普通の子供として育った。ところが、五歳の頃にこの世界では見た事も無い知識が頭の中に流れ込んできたのだ。

一人の男が歩んできた人生が映像として頭の中に流れ込んでくる。アレクには漠然とそれが自分なのだろうという事が理解できた。それと同時に、計算や科学知識を始め、その男が経験して身につけたであろう知識がアレクの記憶と混じり合う。

その記憶に最初は困惑していたアレクだったが、前世の記憶だと分かると拒むこと無く記憶を受け入れた。そして二年が過ぎ八歳になる頃には前世の知識はアレクのものになっていた。

前世の記憶がアレクの物になっても、アレクの人格に大きな影響は無かった。同い年の子に比べれば、多少は大人びた言動が見られた程度だ。

だが、自分が何故死んだかは思い出せないままだった。

そして、混じり合った記憶の中でたった一つだけアレクを苦しませているものがある。

それは、大切な人に会えないという喪失感だ。今の家族とも違う。誰かとても大切で愛する人達と二度と会えないという悲しみに胸を締め付けられるのだ。

アレクはこの感覚が嫌だった。全く覚えが無いのに、誰かを失ったという喪失感が八歳の頃から心を締め付けるのだ。それがアレクに与えた負荷は相当であろう。

最初の頃、原因も無く突如として涙を流すアレクを見て、両親はとても心配したものだ。流石《さすが》にこの五年の間に耐性がついてきて泣き出すことは無くなった。それでも、ふと誰も居ない時に寂しさと喪失感を覚える事が未《いま》だにある。

ただ、この事を誰かに話すようなことは無かった。親や村の皆に言ったところで信じて貰えるとは思えなかったのだ。

この記憶の所為《せい》で、アレクは一人で居る事が多かった。元より同じくらいの年の子が村にそれほど居ない事も要因の一つではあるのだが。

唯一アレクにくっついて回るのは、アレクより二つ年下の少女くらいだ。栗色《くりいろ》の髪の少女は年の近いアレクを兄のように慕ってくれ、アレクもまた妹のようにかわいがっていた。

羊の乳を搾っていたアレクは、ふと違和感を覚えて顔を上げた。目の前の羊も同様に、何かを感じているようで顔を上げ耳を澄ませていた。

（なんだろう？　村の南側から何か聞こえる）

アレクは桶《おけ》に張った水で手を洗うと、音の聞こえる村の南側へと向かった。少し離れた所にいた村人も何事かと同じ方向へと歩いているのが見えた。

村の中ほどを過ぎた辺りで南側から叫びながら村人が走ってくるのが見えた。

「盗賊だ！　盗賊団が襲ってきたぞ！」

叫びながらこちらへと走ってきた村の男は、直後背を矢で射ぬかれて地面へ転がった。ちょうどアレクの目の前で倒れこんだ男は苦しげに呻《うめ》くと、一言だけアレクへ向けて言葉を絞り出した。

「――逃げろ！」

血にまみれた男の姿に、アレクの記憶に封じられていた情景がフラッシュバックした。目の前に映るのは白い雪に覆われたアスファルト。倒れこみ頭を押さえている女性や地面へ倒れ伏している男性の姿。そして、薄れゆく意識の中で娘へのプレゼントへ手を伸ばす自分の姿だった。

「あ……あああ！　うわぁぁぁぁぁ！」

アレクの心は掻《か》き乱された。かつての自分だった青年が、通り魔の凶刃で刺されて死ぬ情景。それが鮮明に脳裏で思い起こされた。まだ成長しきっていない少年の心が、自分の死ぬ情景を見てしまった過負荷で砕けてしまいそうになる。

そこに叫び声を聞きつけてやってきたのだろう、複数の薄汚れた姿をした男たちが駆けて来た。

「へ、ガキがいやがったぜ。ボス！　こいつも殺していいんだろ？」

その内の一人が仲間の方を向いて尋ねた。周囲よりも若干身なりの良い男が無言で頷《うなず》くと最初に尋ねた男はアレクの前までやってくると下卑た笑みを浮かべてナイフを取り出す。そうしている間にも村のあちこちで悲鳴があがっている。

アレクは動けなかった。かつての自分が死ぬ情景を見せられたショックで、目の前に立つ男達への対処まで頭が働かなかった。

「けっ！　黙ったままか。面白くもねぇ」

薄汚い盗賊の男は、黙ったままのアレクを見て吐き捨てるように呟《つぶや》く。

そして、手に持ったナイフでアレクの喉笛を一瞬で切り裂くと、その命を容易《たやす》く刈り取った。

人を殺す事に忌避感など無く、どちらかと言えば快楽的に殺してきた男にとって目の前の小さな命など路傍の石同然だった。

血を吐きながら崩れ落ちたアレクからナイフを抜き取ると、男の眼《め》は既にアレクの事など見ていなかった。

「夕方までには村を出る。男は全員殺せ。女はたっぷり楽しんでから殺せ。金目の物と家畜は奪え。目撃者は絶対に残すな」

リーダー風の男が小さく指示を出すと、周囲の男達は下卑た笑みを浮かべながら村中に散って行った。


——やっと見つけた。私と共に歩める存在を。

暗闇に閉ざされた世界で、アレクに何者かの声が届く。

(誰だろう……)

——私はエテルノ。貴方《あなた》を探していたわ。

アレクの問いかけに、遠くから聞こえる声が答える。

(僕は……そうだ、僕は死んだ筈《はず》だ。前世でも今回も——何も出来ずに)

——大丈夫、貴方は生きている。神殿へ……力を……。

声は徐々に遠くなってゆく。それに伴い、アレクの意識は暗闇の中から現実へと浮上していった。


「ゲホッ……ゴホッ！」

アレクは喉に詰まった自分の血でむせ返りながら目を覚ました。日はだいぶ傾いており、周囲には人の気配もなく何の音も聞こえず、静まり返っていた。

（さっきの声は夢？　それとも……）

アレクは気を失うまでの記憶を思い出し、脚を震わせながらもなんとか立ち上がった。盗賊団が襲ってきて自分を含む村人を殺した事は理解できていた。何故殺された筈の自分が生きているのだろうか？　そんな疑問が脳裏に浮かぶ。

切り裂かれたはずの首の傷は塞がっていた。指で触れると横一線に傷の痕が残っているのが分かるが、それ以外はただ血が乾いていただけだった。

周囲を見回すと、あちらこちらに村人の亡骸《なきがら》が転がっていた。震える脚を気力で動かしながら、アレクは僅かな期待を胸に、自分の家がある方向へと足を運んだ。

おぼつかない足取りで進むアレクの目に入ったのは、自分を兄のように慕ってくれていた少女の亡骸だった。幼い体からは衣類がはぎ取られ、下腹部から出血した状態で死んでいた。

怒りがふつふつと湧いてくる。少女や乳飲み子まで無差別に殺す必要が何処《どこ》にあるのか。盗賊団への怒りがアレクの胸中を支配していく。

妹のようにかわいがっていた少女の亡骸に近づき、見開いていた目を震える手でそっと閉じる。乱れた衣類を整え、静かに黙禱《もくとう》すると逃げるようにその場を後にした。

アレクは家のある場所まで来ると、家の周りに兄たちが死んでいるのが見えた。正面から突き刺された長男。手足を切り落とされ達磨《だるま》のような状態で目を見開き苦悶《くもん》の表情を浮かべて絶命している二人目の兄。そんな兄達の遺体を見て、アレクの心にあった僅かな望みが薄れていくのを感じる。

「父さん。母さん……」

アレクはふらふらとよろめきながら家の中に入っていく。

「あ……あああ……」

アレクの口から意味不明な言葉がこぼれる。戸口から入って直《す》ぐの場所には、抵抗したのであろう父親の無残な姿が。その奥の居間には、盗賊たちに犯されたのだろう、全裸で穢《けが》され、涙を流して絶命している母の姿があった。

「ああああああ！」

アレクは絶叫した。ただでさえ限界に近かった精神は、意識を手放す事を選んだ。

気を失ったアレクは、父と母の亡骸の間へと崩れ落ちるように倒れこんだ。

◆

「くそっ！　ここもか。……これは、酷《ひど》いな」

騎士団長のオルグ・セグロアは舌打ちをして、目の前の惨状を睨みつけた。

盗賊団が村を襲った二日後、ゼファール国の騎士団一行がロハの村へと到着した。

実は襲われていたのはロハの村だけでは無かった。付近にある別なシールという村も同様に盗賊団の襲撃を受けて壊滅していたのだ。

襲われたシールの村へと立ち寄った行商人が、慌てて近くの町へと知らせ、訓練でその町へと立ち寄っていたオルグ達騎士団の耳に入ったのだ。

騎士団長のオルグ率いる一行は襲われた村を見つけては後始末に追われていた。生き残りの捜索と亡くなった人達の埋葬作業に丸一日時間を取られた。

そして、シールの村に居たオルグへとロハの村も襲われたという情報が入ったのだった。

「生き残りを探せ！　遺体は村の中央に集めてから火葬処理するぞ。一体でも残しておくと獣が寄ってきたり疫病が発生したりするからな！」

オルグは部下に指示を出したが、生存者については絶望的だと思っている。先ほどの村でも全員が惨殺されており、生き残りは居なかったのだ。

事件から日数が経《た》っている所為か、既に腐敗臭が漂っている。騎士団の中にはそこらで吐いている者までいる始末だ。だが、責める事はできなかった。この一団の殆どが入団して間もない新兵なのだから。

逃げ出す暇も無い程の鮮やかな手口は、これまで国内外で暗躍している盗賊団『濡《ぬ》れ鴉《からす》』の仕業だとオルグは考えていた。殆ど目撃者を残さず、頭領を含め情報が全く集まらないのだ。

団員が村中に散り遺体の処理をしている間、オルグも村の中を移動して北部の方へと歩みを進める。村はずれに近づくと一軒の家がオルグの目に付いた。周囲の家は少なからず村人の亡骸が転がっている状況で、この家の周りだけは一体も亡骸がないのである。

不審に思ったオルグが家に近づくと、家の中に明かりが灯《とも》っているのが見えた。

(生き残りか!?)

オルグは音を立てないように入口へと近づくと、開け放たれた扉から中を覗《のぞ》き込んだ。

室内は腐臭が漂っており、オルグは顔を顰《しか》めた。

そこには四体の遺体が並べられ、毛布が被《かぶ》せられている。その前には灯《あか》りが焚《た》かれ、銀髪の少年が身動《みじろ》ぎせずに座っているのが見えた。

少年はオルグに気付いていないようで、静かに並んだ遺体を見つめていた。

恐らく並べられた遺体は家族のものなのだろう。少年は今どんな気持ちで家族の亡骸を見つめているのだろうと思うと、オルグの胸中に深い悲しみと、盗賊団への怒りがこみ上げてくる。

「少年よ……」

オルグは敢《あ》えて足音を立てて家の扉をくぐって声を掛けた。少年はビクッと肩を震わせるとオルグの方へ顔を向けた。振り向いた少年はひどくやつれており、不思議と薄暗い部屋の中でもはっきりとわかる赤い目をしていた。

「怖がるな、ゼファール国の騎士団の者だ」

オルグがそう声を掛けると少年はじっとオルグの顔を見つめた後、また遺体のほうへと顔を向けてしまう。沈黙が場を支配するが、オルグは気を取り直して幾つか少年に質問をした。

「その者達は少年の家族か？」

「他に生き残りは居なかったか？」

「少年の名は？」

オルグの問いかけに少年は頷いたり首を横に振ったりするだけだったが、最後の名を聞いた質問の時だけは小さな声で言葉を返した。

「――アレク」

「そうか。アレク……言いにくいのだが、遺体は他の村人たちと共に火葬せねばならん。別れをすませたら広場へ移したいのだが良いか？」

オルグの言葉にアレクは一度も家族の亡骸から視線を移す事なくポツリと呟いた。

「家族だけで埋葬したい……です。この場所で焼いて欲しいけど……ダメかな？」

アレクは皆で過ごしたこの家を墓標にしたかった。他の村人と一緒ではどれが家族の遺骨かさえ判《わか》らなくなる。それが嫌だった。自分でも我儘《わがまま》だとは理解していたが家族だけの墓を作りたかったのだ。

「むぅ……」

オルグは思案した。特段家ごと焼くのに問題は無い。周囲へ火が移らないように気を配れば良いだけなのだ。

（この少年は家族の死を理解していて、自分の中で整理がついているというのか？　見たところまだ十歳を過ぎたくらいのようだが）

疑問に思うオルグだったが、この少年は少なくとも数日は家族の亡骸の前に居たのだ。既に心の整理をつけたのだろうと納得することにした。

「わかった。お前の望み通り家族をここで火葬しよう。身の回りの品を整理しておくと良い。他の団員の状況を確認してくる。一時間後に再度来よう」

オルグの言葉にアレクが静かに頷くのを見て家を出た。少年の事は気がかりだが村全体の遺体の処理が終われば、他に襲われている村が無いかの調査へ向かわなければならず、時間を掛けられないのだ。

アレクはオルグと名乗る騎士が離れていくのを背中で感じながら、ゆっくりと立ち上がった。長い事座っていた所為か、足が痺《しび》れていたようで上手《うま》く立ち上がることが出来なかった。這《は》うように家族の亡骸へと近寄ると、一緒に安置しておいた父の形見である短剣をそっと手に取った。

「父さん、母さん……。兄さん達の敵《かたき》はいつか取るからね」

アレクはそう呟くと、全員の髪を一摑《ひとつか》みずつ切り取る。それを細く裂いた布で束ねると遺髪として持っていくことにした。その遺髪を小さな袋へと入れると腰へと結いつけた。

オルグが思っている程アレクは気持ちに整理が付けられたわけでは無い。家族や村人の死は受け入れたものの、心の中には盗賊団への激しい怒りと家族や幼なじみを失った喪失感が渦巻いていた。ただ単に、子供みたいに泣き喚《わめ》いていても現状は変えられないと割り切っているだけなのだ。

(記憶の中でと……今回とで二度も殺された。きっと僕が弱いからだ……。僕は戦えるだけの力が欲しい!)

アレクは遺髪を入れた袋を握りしめながら憤りを感じていた。前世の記憶で通り魔に殺された事と、今また盗賊団に為《な》す術《すべ》もなく殺された弱者たる己に、とてつもない苛立《いらだ》ちを覚えた。

次にアレクは家の奥へと向かった。板間へと座り込むと短剣を板の隙間へとねじ込み、板を数枚外しとっていく。

アレクの父は用心深い性格で、貴重品を床の下へと隠しておくようにしていた。村中の金品を洗いざらい盗んでいった盗賊達も、流石に床下までは調べる事はしなかった。

床下から小さな壺《つぼ》を取り出すと蓋を外す。中には銀貨が二枚と変わった色の石が数個入っていた。開拓村では銀貨は見ることも無いので、恐らく父母がこの村へとやって来る際に所持していたものだろう。

この世界の貨幣の種類には鉄貨、銅貨、銀貨、金貨があり、鉄貨が百枚で銅貨一枚、銅貨が百枚で銀貨一枚となる。同様に銀貨も同じく百枚で上位の貨幣一枚と同価値となる。

相場は大きな街での一回の食事が鉄貨五枚、一般的な宿に一泊するのに鉄貨五十枚が目安となる。村での一月の収入がおおよそ銅貨五枚であるから、壺に入っていた銀貨は開拓村の住人が持つには大金であることが分かる。

また、一緒に入っていた石は魔物を倒した際に得られる『魔石』という結晶だ。魔石は様々な魔法具の材料として高額で取引される。価値はピンからキリまでだが安くとも鉄貨数枚、高いものだと銀貨数十枚のものまで多様である。

アレクが壺から取り出した銀貨二枚は、平民二年分の年収に相当する。

（父さん達が残してくれたお金は大切に使わないとな。それに、子供が大金を持ってるのが知られると騙《だま》されたり襲われたりするかもしれないから気を付けないと……）

出来るだけ早く自力でお金を稼ぐ方法を考えなければいけないなとアレクは考えながら父母の思い出の品の内、嵩張《かさば》らない物を選んで袋に入れてゆく。そうこうしている内に約束の一時間が過ぎたようで、再び入口にオルグの姿が見えた。

「アレク。整理は出来たか？　ゆっくり別れをさせてやりたいところだが、我々も先を急ぐのでな」

オルグは申し訳なさそうにアレクへと伝える。実際これ以上この村に留《とど》まる時間が惜しかった。そんなオルグの考えが伝わった訳では無いだろうが、アレクは静かに頷き家の外に立つオルグの下へと向かう。

アレクは家から出ると、少し離れた場所まで移動して家を振り向いた。

「オルグ様、お気遣いありがとうございます。構いませんので火をお願い致します」

アレクの言葉遣いを聞いてオルグは少しだけ驚いた。先ほどは片言しかしゃべらなかった為気付かなかったが、まだ若い割にその口調は大人びていて、まるで若手の貴族のような教養が垣間見《かいまみ》えたのだ。

オルグは頷き村の中から見つけた油壺を持って屋内へ入って行く。そしてその油を床や亡骸へと撒《ま》き終えると呪文を唱え、小さな炎を生み出し火を放った。

「我、願うは小さき火種――《ファイア》」

アレクは徐々に燃え広がる炎をじっと見つめていた。生まれてからの十数年を過ごした我が家と家族が燃えてゆくのを見つめる。その目から一筋の涙が伝った。

オルグはアレクの傍《そば》へと近寄ると涙を流す少年の頭をそっと手で引き寄せた。オルグの優しさに感謝しつつ、アレクは家が焼け落ちるまで静かに涙を流し続けた。

◆

「それでは他に被害を受けた村が無いか探索へと出るぞ！」

亡くなった村人達の埋葬が終わって、無人となったロハの村にオルグの大声が響き渡った。騎士団長のオルグを先頭に十五名の騎士達がそれに続く。統一された鎧《よろい》に身を包む一団の中に、一人だけ質素な服を着たアレクの姿があった。

アレクは馬上から一度だけ村を振り返り、その光景を脳裏に焼き付けた。この村が今後どうなるかはアレクには分からない。だが、村人が皆殺しにあった場所へ新たに人が住み着くとは思えなかった。家屋は人が住まなければあっという間に朽ちる。次に訪れることがあるか分からないが、きっと今目にしている光景は二度と見ることは無いのだろうと思った。

村を出立してからのアレクは、唯一の生き残りとしてオルグ達騎士団の庇護《ひご》下にあった。盗賊団『濡れ鴉』のメンバーの顔を見た唯一の生き残りとして王都まで同行することになったのである。

当面は、周辺の調査と犯人である盗賊団の手がかりを探る為に騎士団に付き従う事になるが、いずれ王都へと戻った際は孤児院へ預けられる事になっている。

「アレク君、慣れない馬で大変だと思うけど我慢してね？」

アレクにそう声を掛けたのは騎士団唯一の女性であるレベッカだ。馬に乗ることに慣れていないアレクは、レベッカの後ろで腰に摑まりながら同じ馬に跨《また》がっていた。

「だ、大丈夫です。レベッカさんにはご面倒おかけします」

顔を強張《こわば》らせつつ大丈夫だと言うアレクに、レベッカはクスっと笑いながら前方へと向き直る。

レベッカはまだあどけなさの残る十五歳の少女だ。

結わえられた金髪と少し碧《あお》い目の美しい容姿で、他の騎士からも妹や娘のように可愛《かわい》がられていた。

他の騎士と同様、本来この遠征は唯《ただ》の訓練の筈だった。逗留《とうりゅう》していた町で盗賊団の話を聞いたときは予想外の出来事に困惑したものだ。

最初の村で惨状を見たときは顔を真っ青にして嘔吐《おうと》したものだった。流石にロハの村へ来るまでで多少慣れたらしく、今回は吐かずに済んだ。

（慣れって怖いよねぇ……）

レベッカは溜息《ためいき》を吐くと、自分に必死にしがみ付いているアレクの事へと思考を切り替える。自分と年の近い子供が、村のたった一人の生き残りという悲しい現実がレベッカの表情を曇らせる。

（家族も知ってる人も亡くして、この子これからどうなるんだろう……）

レベッカは王都から少し離れた場所にある領主の娘である。さほど大きな領地ではないが領主の娘として何不自由なく育ってきた。もしも、自分の親や兄弟がこのような目にあっていたのならアレクのように立ち直れただろうか？

（きっと悲しみと、これからの不安で何も出来なかっただろうな）

アレクに同情すると共に、同じような歳《とし》で死と向き合いながら必死に生きようとする姿に少しだけ尊敬の気持ちを抱く。

暫《しば》くして、背中のアレクから声が掛けられた。

「あの、レベッカさん。僕はこの後王都へとついていく事になるんですよね？」

「え？　あ、うん。他に襲われた村が無いかを調査してから私たちは王都へ戻るわ。だから一緒に王都へと行くことになると思うけど……」

アレクの問いというよりも確認めいた言葉に、レベッカは団長が話していた事を聞かせた。

「もし他に身寄りがいるなら連絡して迎えに来てもらうことも可能だけど。そうじゃないなら、王都の神殿が運営している孤児院に預ける事になっちゃうかな」

レベッカはアレクにとって辛《つら》い事とは知りつつも現状をありのまま伝えた。変にごまかしても王都へ着けば、身寄りのないアレクが生きて行くには、孤児院で生活するしか無い。

神殿という言葉に、アレクは一度死んだ時に暗闇で聞こえた声を思い出した。

（エテルノって名乗ってたっけ。神殿と力って最後聞こえたような……）

アレクはレベッカに神殿について尋ねる。すると、レベッカは神殿や神についての知識を語って聞かせてくれた。

この世界の神殿は、創造神であるイリエレスと、魔法神エテルノという女神を崇《あが》めている。イリエレスはこの世界を創造した神として、エテルノは、この世界が破滅の危機を迎えた際に降臨した神として祀《まつ》られており、全ての種族、国家がこの二柱の神を崇めているのだと言う。

神殿は各地で、寺子屋のように平民の子供達に文字を教えたり、孤児院を運営したりしているそうだ。他にも、高度な治癒魔法を用いて施療院も経営している。

レベッカが話し終えてもアレクは無言だった。背中側に居るアレクの表情が見えないので、泣くのではないかと心配になり再び声を掛けた。

「ア、アレク君？」

「いえ、すみません。ちょっと今後の身の振り方を考えてて……。身寄りは祖父母が居る筈だけど、何処に住んでいるか教えて貰ってなかったので探すのは無理ですね」

アレクはそう返事をしつつこれからの事を考えていた。夢でなければ、あの時聞こえた声は女神様のものという事になる。だとすれば、神殿に向かうべきなのだろうかと自問する。

レベッカは「そう……」とだけ呟くと他の団員に遅れないよう馬の足を早めることにした。

（孤児院か……。ある程度大きくなるまでお世話になってその後仕事に就くか？　でも収支計算とかも出来るし直ぐにでもどこかでお金を稼ぐのも可能だ）

アレクは家族の敵《かたき》を取りたいと考えていた。また、今後似たような事態に陥った時に、身を守る手段を得たいとも考えた。

（記憶の中の自分も通り魔にあっさり殺されちゃってたし、やっぱり武術の習得は必要だよな）

頭の中でそう結論付けるとアレクは再びレベッカに対し質問を投げかけた。

「度々すみません、王都には剣術や魔法を覚えられるような所……学校とかってありますか？」

「うん？　そうね。王都には今言った、神殿が運営している寺子屋があって、読み書きを教えているわ。他には——冒険者を目指す人達が通う冒険者ギルドとか、商人になる人が通う商業ギルドがあるかな。あと、私が卒業した王立の学園があるわよ。でも試験があるし学費が高いからアレク君だとちょっと厳しいかな？　私も小さい頃から家庭教師つけてもらってて何とかだったし」

「試験に学費ですか。……それぞれのギルドについても教えてもらっていいですか？」

アレクの質問に、レベッカは各ギルドについても教えてくれた。

冒険者ギルドとは、魔物を討伐したり、薬草や素材を依頼によって集めたりといったことを生業にしている、荒くれ者の集団を取りまとめたギルドである。

これはアレクの知識にあった一般的なファンタジーでいう冒険者ギルドと同じである。加入することで、初心者には戦闘の手ほどきをしてくれるそうだが、後は完全な実力主義らしい。

商業ギルドとは、全ての商売を行う上で必ず加入していなければならない組合である。未加入で商売することも出来るが、ギルドから睨まれ、客からも信用されないというデメリットがある。

「そうね……奴隷商とか、闇商人とか。このゼファールには無い筈だけど。他国ではそういった商売があると聞いたわ」

「奴隷、ですか」

アレクは奴隷という言葉を聞いて顔を顰《しか》めた。実際に見た訳ではないのだが、どことなく嫌悪感がある。これが前世の知識から来るものなのか、生理的なものなのかは分からなかったが。

ゼファール国は奴隷を禁止しており、他国からの奴隷の入国も厳しく制限しているらしい。同じ人間の他、他種族を攫《さら》って奴隷にしたりする国もあるとレベッカも顔を顰めながら教えてくれた。

「えっと、あとは私の卒業した王立の学園だけど。貴族が主に入る学園で二年制ね。騎士や魔術師団を目指す人や、宮廷の文官や武官を目指すならここね。ただ、学費が高いのと、試験が難しくて平民の人は滅多に受けないけど」

レベッカは一旦そう言って話を区切ると、入試について詳しく教えてくれた。

「試験っていっても筆記試験と武術と魔法の適性試験ね。筆記試験は算術とか読み書きが出来るかね。私算術とか苦手だったから大変だったわ。費用は試験の時に銀貨一枚と入学時に一枚。進級時にもさらに銀貨一枚ね。卒業までに学費で銀貨三枚は最低でも必要よ」

アレクは説明を聞きながら考える。手持ちは銀貨が二枚しか無いが、魔石を売ったり働いたりしながらであれば学園に入学することも可能だと思える。

また、試験も実技ではなく適性と算術程度ならば自分でももしかすれば合格できるかもしれない。

無難に冒険者ギルドにでも加入すべきだろうかとアレクは考える。節約して過ごせば、手持ちの銀貨二枚が無くなる前に、一人前になれるのではないだろうか。手ほどきをしてくれるなら、自分でも冒険者として生計を立てるくらいには成れるのではないかと考えていると、レベッカが口を開いた。

「そうそう、学園でなら武術や魔法は国で最高の教師陣が教えてくれるわ。魔法とかなら魔導師クラスの人が教師やってるから」

「魔導師って魔法使いと何か違うんですか？」

アレクは聞いた事の無い言葉について、レベッカへと尋ねる。

「魔導師っていうのは、魔法使いの更に上の称号ね。導師クラスじゃないと、魔法の指導はしてはいけない事になっているから」

その言葉を聞いて、アレクはとてつもなく興味を惹《ひ》かれた。武術も学びたいが、魔法を扱ってみたいと、心が躍るのを感じる。

（才能については運を天に任せるとして……学園を狙ってみようかな）

いずれ力を付けるには、それなりの指導があったほうがいいだろう。冒険者ギルドで手ほどきを受けるよりも、確実に力を付ける事が出来そうだとアレクは考えた。

身の振り方の方向性が見えてきたのでアレクは少しだけ気が楽になる。まだ入園できると決まった訳ではないのだが、駄目だったらその時であるとばかりにレベッカにあれこれと王都の事や学園について質問を浴びせるのであった。

どうやら学園には寮が完備されており、そこは別途お金が必要で一月あたり銅貨十枚という事だった。

（魔石を売れば寮代は払えるかな？）

アレクは算術を使えばこの世界の商店で十分役に立つだろうし、同様に料理を作れるので食堂で手伝いをして不足分を補うことも可能だろう。

（最悪一年だけでも通えれば……）

アレクは馬に揺られながら、これからの事に思いを馳《は》せるのだった。

数時間後、夕暮れとなり騎士達が野営の準備を行っている。

アレクはといえば、焚火《たきび》に必要な枝を拾いに野営地の周囲を歩き回っていた。オルグもレベッカも黙って座っていて良いと言ってくれたのだが、アレクが自分に出来る事はさせて欲しいと頼み込むと、こうして枝拾いという雑用を割り振ってくれた。

「あまり離れると獣や魔物が居るかもしれないから。奥まで行かないでね！」

心配そうにしているレベッカに見送られ、アレクは騎士団の目の届く範囲で薪を探す。

不思議と、暗くなってもアレクには周囲がよく見えた。まるで暗視カメラのように、緑色がかって見えるが、森の奥まで見通せるようになっていた。

「痛っ！」

野営地の近くにある小川の付近に生えている木の周辺を歩いて枝を集めていると枝先が指に刺さった。それ程深く刺さった訳では無く、少量の血がプクッと出る程度だったのだが数秒もすると刺さった傷口は跡形も無く消え去っていた。

（この傷の治りが異様に早くなってるのも、暗闇が見通せるようになったのも村で一度殺されてからだ。この原因も学園で調べられればいいんだけど）

あの時、盗賊の一人に喉を切り裂かれて死ぬまでには、怪我《けが》をしても人並みに時間を掛けて治っていた。しかし、一度死んだ時以降から怪我の治りが異様に早くなっていることに気付いた。

（こんな異常な事、言える訳ないよな。人としておかしいだろ流石に）

アレクはオルグの厳《いか》めしい顔やレベッカの美しい顔を脳裏に思い浮かべながら首を横に振る。傷の治りが早い事に加え、あの時以降アレクの髪の色と瞳の色も変化していた。

（髪の色だけなら恐怖の所為っていう話も聞くけど、目の色は何でこんな赤くなったんだろう）

アレクは答えの出ない自問自答を繰り返していたが、今は深く考えないようにしようと決める。

指先に付いた血を枝にこすり付けると集めた枝を持って野営地まで戻る事にした。

アレクがオルグに連れられてロハの村を出立してから三日が過ぎた。ロハの村以降盗賊に襲われた村も無く、逃げている盗賊団の行方すら摑めない状態が続き、ついにオルグは王都への帰還を指示した。

とはいえ、盗賊団は別な衛士や冒険者などに依頼をだして捜索を継続するつもりだ。身を隠すのに長《た》けた盗賊とはいえ、大勢の手で捜索すれば何かしら情報は得られる筈である。

オルグとしては何の情報も得られなかったのは痛手だが、アレクが盗賊の内、数人の顔を覚えており似顔絵を描くことが出来たので全く収穫が無かったという事でもない。

この似顔絵を手配書として国中に貼り出す予定なので、今後の探索が多少は容易になるであろう。

王都へと戻ってからの予定を、既にアレクはオルグへと伝えていた。駄目元で学園へ入学するつもりであること、駄目だった場合は諦めてオルグの言う孤児院へと行くので、念の為紹介状は貰っておきたいということ。

オルグは王都へ戻ってからも多忙なので、何かあった場合は窓口としてレベッカを訪ねて来るようアレクに伝えた。とはいえ、一介の平民がそうそう騎士様に面会できる訳でもないので、よほどの事が無ければ行かないほうが良いだろうとアレクは思った。

# 第二章　王都ゼルス

ゼファール国の中心である王都ゼルスは人口が十万人程の城塞都市である。

中心にある城を幅十m程の水堀が囲っており、その外側に貴族の住む屋敷や重要施設が建っている。更にその外側となると煉瓦造《れんがづく》りの商家や平民の住む木造の屋敷が煩雑に並んでいて、一番の外周を高さ五mの塀で覆っている。遠目に見るときれいな円形をした都市だということが分かるだろう。

アレク達《たち》が王都へたどり着いたのは、ロハの村を出てから一週間が過ぎてからだった。オルグ達に連れられ、王都へ初めてやってきたアレクは、平原に現れた王都の街並みを見てとても感動していた。

(見事に中世の城塞都市だよな～)

道中、レベッカに王都の話は聞かされていたので漠然とイメージはしていたのだが、やはり実際に見ると雄大な風景であった。今まで田舎の村でしか過ごした事の無いアレクにとって、初めて見る巨大な街に興奮が抑えられなかった。

人口十万人と言っても記憶にある日本の都市から見れば驚く数字では無いが、人口が四十人程度だったロハの村に比べれば大都会だった。

騎士団の一行は王都へ繫《つな》がる門へと辿《たど》り着く。アレクは門の横にある詰所に呼ばれ、簡単な手続きを済ませた。

手続きが終わると、オルグはアレクへと話しかける。

「では、アレクよ。これで登録は終わりだが、レベッカに宿まで案内させよう。私とは此処《ここ》でお別れだ」

「はい。オルグ様にはお世話になりました」

オルグへと挨拶をして別れたアレクは、これからの事に思いを馳《は》せる。王都へと入った時点から騎士団の庇護《ひご》下から外れてしまう。これからは自分の力のみで生きていかなければならないのだとアレクは握った拳に力を入れる。

前世の知識があるとはいえ、僅か十三歳の自分がひとりで生きていくには厳しすぎる状況だろう。だが、二度と理不尽な死を迎えないためにも強さを手に入れ、可能であれば殺された親や兄弟の敵《かたき》を討ちたいと思っている。

（まずは学園に入学して力を付ける！　そして盗賊団の情報を探ろう……）

そんなアレクの真剣な顔を心配そうに横で見つめるレベッカの表情は曇っていた。

十三歳の子供が一人で生きていける程この世界は優しくない。かといって自分が何かしてあげる事も出来ないという現実に無力さを感じていた。

王都へ辿り着くまでの数日。アレクの寝泊まりしていたテントからうなされるような声が度々聞こえているのと見張りの騎士から教えられていた。起きている間は元気そうに見えるアレクだが、心に大きな傷を負っている事は明確だった。

たった数日だけ一緒に行動したこの少年に同情はしているが、騎士団へ入ったばかりの自分が出来るのはたまに様子を見に行くくらいだろうとレベッカは表情を曇らせるのだった。

その後、詰所にて街に住むための登録を済ませたアレクは、レベッカに伴われて平民の住む区画にある小さな宿へと案内された。

詰所にて簡単な街の説明は受けたが、明日から早々に何処《どこ》に何があるかを覚えなければ簡単に迷子になりそうだとアレクが感じる程王都は広かった。

王城や貴族の住む区画は目立つからいいとしても、商業区や工業区、神殿や学院のある場所など覚えるべき建物は山のようにあった。それに、宿で暫《しばら》く暮らすとはいえ、服や生活に必要なものを購入する店なども聞かなければ明日以降の生活もままならない。

「じゃあアレク君。ここでお別れだね。学園の入学希望者の受付は今月末までだから忘れないでね?」

レベッカは目にうっすらと涙を浮かべながらアレクの頭を撫《な》でた。アレクは少し照れた表情をしながらも、ここまで送ってくれた事に礼を言い別れの挨拶を返す。

「レベッカさん。心配してくれてありがとう。学園に入れたらお手紙を書きます。レベッカさんもお仕事頑張ってくださいね!」

アレクは努めて明るい表情で言った。王都に居ればいずれまた会う機会もあるだろうし、少なからず王都での生活は楽しみなのだ。

学園に入れなくても孤児院への紹介状をオルグから預かっている。あとは入試を受けるまでに少しでも王都に慣れるのが自分に出来る準備なのだ。

レベッカは何度も振り返りつつ宿を後にした。アレクもレベッカが見えなくなるまで手を振っていたが、姿が見えなくなると気持ちを切り替えて宿の中へと入っていく。

レベッカに案内された場所は『シルフの気まぐれ亭』という小さな宿だ。部屋数も二階に六つしか無く、一階は食堂兼酒場になっているらしい。

「いらっしゃい。ここの宿を切り盛りしてるティルゾだ」

宿の主人であるティルゾがアレクに声を掛けて来た。アレクが振り返ると二メートルはあろうかという体軀《たいく》の男性が立っていた。アレクは見上げる格好になりつつティルゾの顔へと目線を向けると、ティルゾの頭には普通の人間には無い物があった。

(うわ〜、ティルゾさんって獣人!?)

思わずアレクは心の中で叫んでしまった。ティルゾの頭には犬の耳と思《おぼ》しきものがあったのだ。生まれて初めて見た獣人に珍しさと興味で耳から目が離せなくなっていると、ティルゾが不思議そうな表情で尋ねて来た。

「ん？　なんだ、もしかして獣人族を見るのは初めてかい？」

「あ、すみません！　田舎の村から来たもので。他種族の方を見るのは初めてだったんです」

余程耳を凝視していたようで、アレクは素直にティルゾに謝罪した。門から宿まで来る間は、考え事をしていた所為《せい》で、他種族の存在に気付いていなかったようだ。

ティルゾは手を振ると気にしないようアレクに伝えた。ティルゾはアレクに中に入るよう促し、食堂の横にあるカウンターへと案内した。

「それで、泊まりかい？　それとも食事の客かな？」

「あ、泊まりです。僕はアレクといいます。一泊いくらですか？　宿に泊まるのも初めてなんで、そこから教えて貰《もら》えると助かります」

子供らしくない丁寧な話し方だとティルゾには感じられた。近所の子供達に比べて成熟している感がある。だが、客商売を長くやってきたティルゾはいつも通り余計な詮索をやめ、宿の値段を言った。

「うちは一泊鉄貨三十枚だよ。食事は一回鉄貨五枚で三食食べるならば十二枚におまけしてあげよう」

ティルゾの説明にアレクは頭の中で計算する、学園への入試までは五十日あるので、それまで泊まる事になるだろう。全て食事つきとして計算すると銅貨二十一枚になる。

「来月末まで泊まるので銅貨二十枚になりませんか？」

アレクの言葉にティルゾは耳をピクっと動かしつつ驚きの表情を浮かべた。彼も宿屋と食堂を経営しているだけあって計算は出来る。だがそれが今目の前の少年が行ったように瞬時に出来るかといえば否である。必死に頭の中で計算をして三十秒程かけて、アレクが行った金額を計算するのがやっとなのだ。

ティルゾが必死に頭の中で計算している間、アレクは宿代を値切った事をティルゾが怒っているのかと内心ビクビクしていた。少しでも手持ちのお金を減らしたくないという考えからだったのだが、この世界での駆け引きが初めてだったアレクにとって自分の提案が妥当なのかどうかの判断が出来ずにいた。

「えっと、駄目でしたら通常の銅貨二十一枚で……」

「え？　あぁ、すまない。計算が追い付かなくてね。長期で泊まってくれるんなら銅貨一枚はおまけするよ」

少年の言葉にティルゾは慌てて手を振った。ティルゾとしても来月末まで部屋が一つ埋まるなら割り引いてもさほど損は無い。

「じゃあ、五十日分だけど代金は先払いでいいかい？」

「はい、えっと銀貨しかないのですがお釣りあります？　でなければ先に両替できる所を教えて欲しいんですけど」

ティルゾは再び驚いた。年端もいかない少年が銀貨を持っているというのだ。先ほどからの言葉遣いや、世間知らずな様子や銀貨を持っているという事などから、ティルゾは少年が貴族の子で家出でもしたのではないかと勘ぐってしまう。

「い、いや。宿や食堂をやっているからお釣りはあるよ。だが、君みたいな子供が銀貨とか簡単に口にしないほうが良いよ？　金を持っていると知れると変な奴《やつ》に目を付けられかねない」

「あ、そうですね。失敗したなあ……。でも今回で銀貨を崩してしまえばあとは銅貨を使えるので大丈夫だと思います。心配してくださってありがとうございます」

ティルゾの指摘にアレクは頭を下げた。村を出る時に自分で考えていた事なのに早速やらかしてしまった事にアレクは反省をしていた。アレクは懐から銀貨を一枚出してティルゾに手渡すとお釣りとして銅貨八十枚を受け取った。

「世間知らずついでに教えて欲しいんですけど。魔石を買い取ってくれる場所って知りませんか？」

「ん、魔石かい？　魔石なら雑貨商のバンドンが取り扱ってたな。僕の紹介だと言えば余計な詮索とかされないと思うから行ってみたらどうかな？」

教えて貰った情報にアレクは感謝してから割り当てられた部屋の鍵を受け取る。ロハの村を出てからの一週間、野営ばかりだったので、アレクの幼い体には本人が知らない内に限界まで疲れが溜《た》まっていたらしい。アレクがベッドに横になると程なくして小さな寝息が聞こえてきた。

アレクが目を覚ましたのはすっかり日も落ちた時間になってからだった。毛布も被《かぶ》らず寝ていた所為で少し冷えた体をブルっと震わせて体を起こす。それでも柔らかいベッドで寝られたおかげか少しは体の疲れが取れた気がした。

「ああ、そうか。宿屋に今日から泊まってたんだっけ……」

独り言を呟《つぶや》きながら扉の外から聞こえてくる喧噪《けんそう》に耳を澄ませる。

（一階は酒場兼、食堂だっけか）

二階が宿になっているという事もあって、酒場が開いてる時間はそれほど遅くまでではない。酒場が開いている時間であれば食事は何時《いつ》でもとれるとティルゾが言っていたのを思い出す。お腹《なか》も空《す》いていたのでアレクは着替えると、一階に下りるべく扉を開けた。

「えっと、君は泊まりのお客さんだよね？　晩御飯ならすぐ用意できるから空いてる席に座ってちょうだい！」

階段を降りたアレクに、酒場で食事を運んでいた女性が声を掛けた。

アレクが目を向けると頭から猫耳を生やした女性が軽快な動きで食事やジョッキを運んでいた。猫耳の女性は三十歳くらいだろうか？　大きな声で注文に応えたり出来上がった料理を運んだりと忙《せわ》しなく動いていた。

アレクは言われた通り酒場の隅へと移動すると、空いていた席へと座る。酒場には十人程の男達がジョッキを片手に飲んだり料理を食べたりしていた。

寝起きでぼーっとする頭で何気なく酒場を眺めていると、先程の猫耳の女性が料理を手にアレクの席へとやってきた。

「君がアレク君だね？　綺麗《きれい》な銀髪と変わった瞳をしてるって聞いてたからすぐわかったわ。わたしはティルゾの妻でミミルって言うの。長期滞在ありがとうね！　これは宿泊客に出す晩御飯用の料理だよ。足りない時は別料金で注文してくれればいいからね」

そう言うとアレクが口を開く前にさっさと他の客の注文を取りに行ってしまった。忙しいようなので、客が落ち着いてから改めて挨拶しようと席へと座りなおす。

自分の容姿についてはティルゾがミミルに教えたのだろうとすぐ理解したが、変わった瞳と言われていたのは釈然としなかった。

（別に好きでこんな瞳になったわけじゃないのになぁ）

そんな事を一瞬考えたがテーブルに並んだ料理を見て考えを止めた。そこには蒸《ふか》した芋と一口大

に切られたステーキ、大きめの器に入った野菜スープが置かれていた。一言で言うと量が多かった。肉は三百グラム以上あるだろうか？　芋も大きめのが四つもあるしスープの入った器も皿というよりはボウルだ。

（これで鉄貨五枚？　いくらなんでも安いし、量があり過ぎじゃない？）

アレクはその量に驚きながらも肉を一切れフォークで刺して口へ運ぶ。

（うわ、美味《おい》しい！）

その肉を一口食べたアレクは、その余りの旨《うま》さに目を見開いた！　生まれ育った村でも稀《まれ》に肉を食べる時はあったが、それは保存用に干した肉を煮て戻しただけの物だった。

今食べた肉のように肉汁が口に溢《あふ》れ出すような物では決してなかった。アレクは憑《と》りつかれたように肉を頬張ると一心不乱に噛《か》んでは飲み込んでいく。

蒸した芋も塩で味付けされただけの素朴なものだったが、それが逆に美味しく、子供が食べるにしては多すぎる量をあっという間に全部平らげた。

気付くとあれだけあった料理は全て胃の中に消えていた。アレクが満足して一息ついた頃を見計らってミミルがジョッキを持ってテーブルへやってきた。

「これはサービスの果実ジュースだよ」

そう言うとミミルはアレクの向かいの席へと座って、興味深げにアレクの顔を見つめた。

周囲を見ると酒場も殆《ほとん》どの客が帰ったようで、残っているのはほんの数人だった。アレクは礼を言ってジュースを受け取るとミミルへ挨拶をした。

「美味しい料理をありがとうございます。僕はアレクって言います。ミミルさん、暫くの間お世話になります」

そう言って頭を下げたアレクを、ミミルは柔らかい笑みで見つめる。

「そう畏《かしこ》まらなくてもいいよ。アレク君は王都に何しに来たの？　親御さんは？」

そのミミルの一言にアレクの表情が強張《こわば》る。

ミミルにとっては純粋に疑問に思った事を尋ねただけなのだが、まだ両親の死から一週間しか経《た》っていないアレクにとっては触れて欲しくなかった話題である。

「村が盗賊団に襲われて……」

アレクは絞り出すような声でそれだけをミミルに伝えた。それを聞いてミミルは激しく後悔した。好奇心が強いのは猫の獣人である自分の悪い癖だと理解《わか》っていた。だが、少し考えれば子供が一人で宿に泊まるからには、何かしら事情があることは分かった筈《はず》であった。

「ご、ごめん！　言わなくていい。嫌な事を思い出させちゃったね！」

アレクの強張った表情と、盗賊団に襲われたという一言でミミルにはその村の辿った結末が理解できた。

ミミルはアレクの横へと移動すると少年の頭を抱きかかえた。慌てながら少年を抱きしめているミミルを見て店に残っていた客は訝《いぶか》しんだり、揶揄《からか》うような言葉を投げかけたりした。

アレクは暫く黙ってミミルの胸に体を預けていたが、小さく「寝ます」と呟くとミミルの腕を離れて二階へと上がっていった。残されたミミルはどうしようとオロオロするしかなかった。この後、騒ぎを聞きつけて調理場からティルゾが出てくるまで仕事が手につかなかった。

翌朝、アレクは朝日を顔に感じて目を覚ました。どうやらまた服を着たまま寝てしまったようだ。太陽の位置からすると朝食には遅い時間だということが分かる。

一階《した》で食べるのが無理であれば王都を見学しながら屋台で買い食いでもしようと思い部屋を出た。

階下に降りると、昨夜の喧噪が嘘《うそ》のように静まり返った酒場を、沈んだ表情で掃除しているミミルの姿が見えた。

「おはようございます。ミミルさん」

掛けられた声にビクンと身を震わせてからミミルが振り返ると、階段の半ばで自分を不思議そうに見ているアレクと目があった。ミミルは掃除の手を止めるとアレクの下へと駆けより頭を下げた。

「アレク君、昨晩はごめんなさい！　何も事情知らなかったとは言え辛《つら》い事を思い出させちゃって」

そう謝ってくる姿にアレクは若干驚きつつ、何があっただろうと記憶を辿る。

(そう言えばミミルさんに聞かれたんだっけ、僕が一人で此処に居る理由)

確かに思い出すには辛い記憶ではあったが、別段悪意を持って尋ねられた訳でも無いのでミミルが悪いわけでは無い。そんな些細《ささい》な事でこれだけ罪悪感を持っているミミルに、アレクは何でもなかった事のように明るい声で話しかけた。

「ああ、あの事ですか？　別にミミルさんが悪いわけでも無いじゃないですか。独りでいる僕を心配してくれたんですよね。感謝こそすれ、別に怒ってませんし気にしないでください」

そう伝えるとミミルはパッと頭を上げ、明るい笑顔を浮かべた。そして椅子に座るようにアレクに言うと一旦厨房《ちゅうぼう》に行き、直《す》ぐに手に何かを持って戻って来た。

「これ、アレク君の朝御飯用にとっておいたの！　もし良ければ食べて！」

そう言ってミミルが運んできたのはバケットのようなパンに肉や野菜を挟んだサンドウィッチだった。朝食をどうしようか考えていたのでアレクは喜んで受け取ると、ミミルが追加で持ってきたミルクと共に遅い朝食をとった。

すっかり機嫌の良くなったミミルにあれこれ世話を焼かれながら朝食を食べ終えたアレクは魔石を買い取って貰う為《ため》、昨日紹介された雑貨商への道をミミルに尋ねた。

「そういえば、雑貨商のバンドンさんって人の所に行きたいんですけど。どう行けばいいですか？」

「バンドンさん？　彼の店ならここを左に出て大きな通りを右に行った所にあるわ。眼鏡の絵の看板が目印よ、眼鏡ってわかる？」

眼鏡という単語に驚きながらアレクは分かると頷《うなず》く。眼鏡が存在するということはこの世界もそれなりの加工技術があるということだ。地球でも眼鏡は西暦千二百年頃にはあったらしいのでそんなに難しくないのだろうか。

「じゃあ、ちょっとバンドンさんの店まで出かけてきます」

アレクはそう告げるとミミルの見送りを受けながら宿を出るのであった。

アレクがシルフの気まぐれ亭から出て教えられた道を進むと、程なく雑貨商の看板が見えてきた。宿からそれ程遠くなかった事に安堵《あんど》しながら店の中へと入って行く。

「おや、いらっしゃい」

店に入ると店内には所狭しと様々な品が陳列されていた。店内に入った正面にはカウンターがあり一人の男性が座っていたが、入って来たアレクを見ると立ち上がって挨拶をしてきた。

「こんにちは。シルフの気まぐれ亭のティルゾさんから、魔石の買い取りをしていると伺ったんですけど……」

「ほう。ティルゾの紹介かい？　確かに家《うち》で買い取りもやってるよ。魔石は物によって値段がばらつくから見てからでないと値段は言えないけどね」

アレクが挨拶をして用件を伝えると男は笑顔で言葉を返してくれた。どうやらティルゾの言うとおり魔石の買い取りをしてくれるらしい。アレクはほっと息を吐くとカウンターへと足を進めた。

「僕はアレクといいます。バンドンさんのお店と聞いたんですけどご本人ですか？」

「おっと、名乗ってなかったね。そうだよ、私がバンドンだ。早速売り物を見せてくれるかい？」

どうやらカウンターに座っていた男がバンドン本人だったようだ。

アレクはバンドンに急《せ》かされながら、布袋から三つの魔石を取り出してバンドンへと見せた。

魔石は薄い青と濃い青の物が一つずつと薄い緑の物が一つだ。アレクはこれらが幾らで売れるか全く分からないので不安だったが、ティルゾの紹介という事もあり、買い叩《たた》かれる事は無いだろうと信じる事にして手渡した。

「ほう、因《ちな》みにアレク君は魔石の種類と価値について知ってるかい？」

バンドンは魔石を手に取り、光に透かして見ながら聞いてきた。

バンドンからの質問にアレクは首を横に振った。そんなアレクを見てバンドンは一冊の本を棚から取り出すとアレクに開いて見せた。

「ほら、これが魔石の種類と一般的な相場だよ。魔石は色、大きさで値段が変わる。それぞれ有している魔力の量が異なるんだ。今後も魔石を売る事があれば覚えておくといい。知らないで持ち込むと買い叩かれるからね」

どうやらバンドンは誠実な人柄らしく、アレクに本を見せながら種類と相場をしっかりと教えてくれた。但し、需要と供給によって相場は多少変動することもあるけどねと例外があることも付け加えたが。

バンドンが開いた本には、綺麗な絵が描かれていて、その横に値段らしき数字が書かれていた。

「今は特に相場に偏りが無いから気にしなくていいけどね。これら三つで銅貨十六枚ってとこだな。問題が無ければその値段で買い取らせて貰うけど、どうする？」

バンドンから見せられた本と自分の持ち込んだ魔石を見比べながら適正な値段かどうかを計算する。魔石の色は白、黄、緑、青、紫、赤の順で価値が高くなる。緑以降は、薄い物と濃い物があり、濃い魔石の方が高い。

薄い緑はさほど高く無く、鉄貨五十枚程度の値しかつかなかった。薄い青が銅貨五枚、濃い青が銅貨十枚と本には書かれていた。

因みに、緑と青の魔石は弱い魔物から得られる為あまり高くは無い。だが、紫と赤はかなり上位の魔物からしか得られない為に一気に値段が跳ね上がる。

相場は以下の通りだ。
白＝鉄貨五枚、黄色＝鉄貨十枚
薄い緑＝鉄貨五十枚、濃い緑＝銅貨一枚
薄い青＝銅貨五枚、濃い青＝銅貨十枚
薄い紫＝銅貨五十枚、濃い紫＝銀貨一枚
薄い赤＝銀貨五十枚、濃い赤＝金貨一枚

一番安い白色の魔石だと大した金額では無いが、一番高い魔石となると平民が一生働いても得られない程の額となるようだった。

これだけの値が付くだけに、多少腕に覚えのある者は冒険者となり魔物を狩る職に就くものが後を絶たない。だが、冒険者になれば誰でも富を得られるかと言えばそうではなく、魔物に殺されて短い生涯を閉じる者も多いのだ。

「アレク君はまだ若いようだから冒険者では無いんだろう？　冒険者なら私みたいな雑貨屋に持ち込まずギルドへと持っていく筈だしね」

「ギルドですか？　確かに僕は田舎の村から出て来たばかりですし、冒険者では無いです」

バンドンの言葉にアレクは首を横に振って否定した。冒険者ギルドでも魔石の買い取りはしているらしい。闘う術《すべ》の無い自分はギルドへと登録することも出来ないだろうし、出来たとしても魔物にあっさりと殺されるだろうという思いもあった。だからこそ、学園に入ろうと思っているのだが。

「まあ、事情があるんだろうし魔石の出所は聞かないよ？　だけど、お金が欲しいからって魔物に安易な気持ちで挑むとあっさり殺されるからね。絶対しちゃいけないよ？」

アレクを心配してくれているのだろう。バンドンの言葉に素直に頷くとアレクはその値段で了承しお金を受け取った。

「ご心配ありがとうございます。出来れば学園にでも通って剣術なり魔法なりを覚えたいと思ってますので、冒険者になるとしたらその後ですね」

「おや、学園に入りたいのかい？　私もね、昔は学園に通っていたんだよ」

どうやらバンドンも学園の卒業生のようだ。レベッカから聞いた内容とほぼ同じ――若干年代が違うので異なる情報もあったが――話を聞かされる。バンドンが通っていた頃は今よりも学費が安く、毎年何人かは平民でも学園に通っていたとバンドンは話す。だが、年々学費は上がっており、この十年で平民が入学したのは数えるほどなのだと教えられた。

「そうだ。アレク君は神殿で洗礼は受けたのかい？」

バンドンから聞いたことの無い単語が出て来たので、アレクは意味が理解できずに聞き直した。

「洗礼ってなんですか？　神殿と学園って何か関係が？」

「学園は関係ないが王都の者は成人となる十五歳辺りで、神殿に行って女神様の洗礼を受ける習慣があるんだ」

田舎で生まれ育ったアレクは知らなかったが、大きな街の住人であれば成人となる十五歳までに、神殿で洗礼と祝福をして貰う事が昔からの風習としてあるようだ。

「その時に女神様の御目《おめ》にとまると、加護を授かる場合がある。万が一加護を授かれば様々な能力が手に入るよ。人によって戦闘系や生産系、もしくは生活の中で活《い》かせる能力を得られるんだ」

加護の種類は多種多様だ。商売や戦闘の役に立ちそうなものから一見何の役に立つかわからないものまで際限なくあるようだ。まるでゲームのスキルのようだな、とアレクは思った。

加護の内容によって、その後の人生が変わった人もいるそうだ。戦闘系の加護を得た事で、唯《ただ》の村人から英雄へと上り詰めた者。逆に冒険者を目指していたが、加護が料理系のものだったが為に食堂を開いて料理人になった者などだ。それらの話をバンドンは面白おかしく話してくれた。

「だから、学園に入るなら先に洗礼を受けたほうがいいよ。運よく戦闘系の能力を授かれば有利になるだろうしね。洗礼は銅貨五枚で受けられるし。ま、加護を授かれなくても悲観することは無いよ。加護を授かる人は万人に一人くらいなのだから。私も加護を授からなかった」

アレクとしては、加護に頼らずともこうして商いをしているのだから立派だなと思う。

「そうなんですか、可能性があるなら一度神殿へ行ってみようと思います」

アレクは礼を言いながらも、内心では自分には加護があるのだろうと既に確信していた。

(一度死んだのに生き返った事と、傷の治りが速い事は何かしらの加護である可能性が高い……。あれ？　でも加護を授かる前から効果が出てるのか？　どちらにしろ、あの時聞いた声を確かめる為に、神殿には赴く必要があるからな)

そう心の中で混乱しながらも、アレクはバンドンへ礼を言い宿へと帰る為に店を出た。

「加護か……」

宿へと戻ったアレクは、ベッドへ横たわりながら呟いた。先程バンドンから聞いた話を思い返しながら、明日には神殿へと赴き洗礼を受けようと決意する。

◆

翌朝、早速バンドンから教わった神殿へとアレクはやってきていた。目的は言わずと知れた洗礼を受ける為だ。

(はぁ……。洗礼を受けるだけで銅貨五枚は痛いよなぁ)

アレクは神殿を前に溜息《ためいき》を吐く。ここでの銅貨五枚の出費は正直痛い。既に来月末までの宿と食事の心配はしなくて良いが、これから何かと生活に必要なものを買うには余りにも心許《こころもと》なかった。

「何か僕でも出来る仕事とか紹介してもらおうかな……」

そう独り言を呟きながらも意を決し神殿へと入って行く。

入口を潜《くぐ》るとすぐに受付のような場所があり、一人の修道女が座っていた。

彼女はアレクに気付くと、にっこりとほほ笑みながら声を掛けてきた。

「ようこそ、本日はどのようなご用件でしょうか?」

「えっと、初めまして。アレクと言います。神殿で洗礼を受けられるって聞いたんですけど」

修道女はまだ若く二十代だろうか、フードに隠れていてあまり分からないが赤毛の美しい女性だった。アレクが用件を伝えると彼女は立ち上がり、隣にある椅子へと座るよう勧めてきた。アレクは言われるままに椅子へと腰かけると向かい合うように修道女が座り、アレクへと挨拶をした。

「私はリサと申します。神殿は初めてですね？　洗礼についてご説明させていただきますわ」

リサと名乗った修道女は慣れた様子で、神殿と洗礼についての説明を始める。創造神や魔法神を祀《まつ》っている事。都市や大きな街には必ず神殿が建っており、小さな村でも祠《ほこら》は必ず建てている事などだ。

「そういえば、生まれの村にも小さな祠がありました。創造神様とエテルノ様の祠だったんですね」

アレクは今は無きロハの村にあった祠を思い出していた。何の神を祀っているかは知らなかったが、年の始まりには村人総出で祠へとお参りした記憶があった。

「そうだと思いますよ。普段は神の名を出すことは無いですから、アレク君くらいの子が知らないのも無理ありません。年初めや秋の豊穣《ほうじょう》祭くらいしかここでもお参りに来る方は居ませんし」

どうやら女神の名を知らなかった事については悪く思われなかったようだ。大きな都市でも限られた人が年に数回ほど神殿へと足を運ぶ以外は縁が無く、年若い者が女神の名を知らない事は珍しくないようだ。

神殿が、孤児院や施療院を運営しているのはレベッカから既に聞いていた。施療院では神官だけが使える治癒魔法という魔法と、医療の知識を用いているらしい。

「施療院で働けるのは神官として名誉な事なんです！」

神殿にて肉体の構造や病について学ぶことで神官になることが出来る。しかし、神殿や施療院で働ける神官は優秀な一部の者のみである。その他の神官は冒険者となり経験を積み、毎年行われる採用試験に合格しないと勤めることが出来ないのだ。

施療院での治療費や、洗礼の際に受け取るお金で孤児院が運営されていると聞き、アレクは銅貨五枚も仕方が無いかと少しだけ納得した。

「さて。洗礼ですが奥の洗礼所にてエテルノ様へ祈りを捧《ささ》げます。その際に、適性があればご加護をエテルノ様より授かりますが、一万人に一人程度なので期待なさらないようにお願いしますね」

「はい、加護っていうのは知り合いからある程度聞きました」

リサの説明にアレクが答えると、リサはなるほどと頷いた。

「そうですか。加護についてですが、ご本人しか加護の中身は知り得ないものです。もし加護を授かっても、むやみに言いふらすようなことは避けて下さい」

これは、昔から続く決まりなのだとリサは言う。加護と能力の内容が知られてしまい、他人に悪用されたり、国同士の戦争に利用されたりという事が過去に度々あったらしい。

必要な情報はある程度聞けたのでアレクは早速洗礼を受けるべく案内して貰う事にした。

「では、銅貨五枚とこちらに名前の記入をお願いしますね」

アレクは帳面に自分の名前を書き記し、リサに銅貨五枚を手渡した。そして案内されるままに奥へと連れられると、女神像の置かれた礼拝堂へとたどり着いた。

初めて見た女神像は慈愛の表情を浮かべた少女の姿で、記憶にあるマリア像を彷彿《ほうふつ》とさせる。

「では、ここに跪《ひざまず》いて女神に祈りを捧げてください。貴方《あなた》に神のご加護がありますように――」

リサの指示通りに女神像の前に跪いたアレクは手を合わせると頭を下げた。すると、女神像から眩《まばゆ》い光が放たれ、次第にアレクの視界は真っ白な光で埋め尽くされた。

◆

真っ白な光に覆われたアレクはあまりの眩《まぶ》しさに目を閉じた。程なくして恐る恐る目を開くと、周囲には白いだけの空間が広がっていた。神殿の中であった筈なのに、床も周囲もあったはずの天井も全て真っ白なのだ。

「ここは……」

アレクが呟くとすぐ近くから声がかけられた。

「ここは私とアレストラに住む者達とが会うための場所です」

すると、何時の間にかアレクの目の前には一人の少女が立っていた。少女は金色の長い髪を腰まで伸ばしており、その表情は慈愛に満ちていた。アレクは少女が先ほど見た女神の像の面影と似ていると感じて声を掛けた。

「もしかして、エテルノ様ですか?」

アレクの問いかけに少女はにっこりとほほ笑むと頷いて見せた。

「そうよ、私がエテルノ。ようこそ、異世界からの魂の旅人よ」

女神エテルノはアレクが異世界の知識を持っているのを知っているようだった。アレクは何故《なぜ》自分に前世の知識があるのかを女神に尋ねる事にした。

「僕の事を知っているんですか？　どうして僕には前世の知識があるのでしょうか？　それに、村で一度死んだ時に声を掛けてきたのはエテルノ様ですよね？」

するとエテルノは少し困った表情をしてからアレクの手を取った。

「ここではゆっくりお話も出来ませんわ。こちらで座ってお茶でもどう？」

話が長くなるなら座って聞いたほうがいいだろう。アレクはそう考えると女神に手を引かれるまま立ち上がった。すると、周囲の景色が一変しどこかの草原のような光景へと変化した。

「これは!?」

アレクが驚いて周囲を見ると、どこまでも広がる草原と青く澄みきった青空が広がっていた。上空には小鳥が飛んでおり、自分と女神のすぐ横にはテーブルと椅子がいつの間にか置かれていた。

「真っ白い空間は神々しさを出すには良いのですけど、殺風景すぎますから。それにアレストラの者をあそこに長く留め置くと精神に異常をきたしますし」

驚いているアレクを面白そうに見つめながら、エテルノはテーブルの上にティーセットを出した。どこからともなく一瞬で物を出す女神にアレクは先ほどから驚きっぱなしであったが、何時までも立っているのもどうかと思い椅子へと座ることにした。

用意された椅子に座ると、エテルノが良い香りのする紅茶を淹《い》れてくれた。アレクの向かいの席へと座ったエテルノは自分用に淹れたティーカップを持つと、上品に一口飲む。

周囲の風景からすると、のどかなひと時に見えて、ここが普通の空間では無いことを忘れそうになる。

「さて、まずは貴方がどうして前世の記憶を持っているかよね。貴方の元居た世界を管理していた神のミス……こほん！　悪戯《いたずら》としか説明できないわね」

（今この女神《ひと》ミスって言ったぞ!?）

エテルノの言葉に心の中で突っ込みを入れた。取り繕うように言い直したが、アレクにはしっかりと聞こえていた。神と言えどもミスするのだなと、どうでもいい考えが頭をよぎる。

エテルノは僅かにアレクから目を逸《そ》らして心の中で呟く。

（まさか、祝と呪を死神が書き間違えた所為でシステムが初期化《イニシャライズ》し損ねたなんて言えないわよね）

女神がそんなことを考えているとは知らないアレクは、質問を続けた。

「では――僕が一度死んだ筈なのに生き返ったことに関しては何かご存じですか？　それと、傷が治りやすくなったりしてるんですが」

アレクの問いに、エテルノはカップを口へと運ぶ手を止めた。

「貴方が前世でどういった死に方をしたのかは覚えているのかしら？――そう、思い出してしまったのね。前世での貴方は、死の間際とても強く願ったそうよ、『死にたく無い』って。それがあちらの神の目にとまり、加護を付与して転生させたようなの」

前世での自分が抱いた死にたく無いという思いの所為だと説明されたアレクは、複雑な気持ちだった。そんなアレクの表情を見て、エテルノは慰めるかのように言葉を紡ぐ。

「まあ、この世界はとても危険で死が身近なの。すぐ死んでしまうよりは良かったじゃない？　それに、申し訳ないけれど私がアレストラの住人に与えている加護と違って、消してあげることも出来ないわ」

エテルノはそう言って、困った表情を浮かべる。自身が授けた加護であれば消す事も可能だが、こればかりは異世界の神の仕業である為に、自分では手が出せないのだと言った。

「でも――考え方によっては貴方は私が待ち望んだ存在なのかもしれないわね」

独り言のようにエテルノは呟く。先ほどまで見せていた表情とは異なり、何故か嬉《うれ》しそうだった。

「どういうことです？」

アレクは困惑して尋ねる。

エテルノはアレクに見つめられているのに気付き、話を元に戻した。

「ううん。こっちの話。そういう訳で、貴方は異界の死神に不死の加護を授かっているわ。本来異質すぎて封じられていた加護と能力が、一旦死んだ事によって発動したのね」

アレクが今まで普通に生きて来たのは、この世界にとって異質な加護が封じられていたからのようだ。それが一度死んだ事によって封が解かれ、本来の加護の力が発動したのだとエテルノは説明した。

「それで、こんな髪と眼《め》になったんですね。治癒能力が高くなってるのもその所為なのか……」

アレクは原因が分かり、少しだけ安心した。異質な加護である事には違いないが、何も分からないままよりは気持ち的に楽になった。

「さて、それを踏まえて現状の把握と、私からも加護を授けましょう」

エテルノがそう言うと、アレクの目の前にプレートが形作られた。相変わらず何もない所から物を作り出す光景を見て、流石《さすが》神様だと感心した。

アレクがプレートを手に取ると、銀色の輝きを持つプレートに文字が浮かび上がってきた。

名前：アレク・モルテ　種族：不死族《アンデッド》　年齢：十三
加護：異界の死神の呪福《じゅふく》　能力：不死、高速再生、暗視
加護：女神の祝福　能力：眷属《けんぞく》召喚、眷属化
称号：不死王《ノーライフキング》

手に取ったプレートを凝視してアレクは愕然《がくぜん》とした。種族が人間では無く、不死族《アンデッド》となっていたのだ。

アレクはあまりのショックで額に冷や汗が浮かんでくる。見かねたエテルノが汗をハンカチで拭いてくれているが、アレクはプレートに書かれた内容を把握するので頭が一杯だった。

（一度死んだから？　でも心臓も動いているし食事も取っている。『地球』で言う不死族《アンデッド》とは違うのか？）

この世界でもおばけや幽霊といった逸話は存在する。しかしアレクが十三年生きてきた中では、魔物としての不死族《アンデッド》は聞いた事が無かった。

（異界の死神って……あっちの世界に死神って居たんだな。日本人なんだから閻魔《えんま》様とかじゃないのか？　不死と高速再生、暗視はわかるけど。そもそも呪福《じゅふく》って何だ？）

アレストラに生まれてからも、生まれる以前の世界でも聞いた事の無い言葉だ。そして極めつけは最後に表示されている称号の『不死王《ノーライフキング》』の文字だ。

（不死王《ノーライフキング》って不死族《アンデッド》の王だっけ？　確かヴァンパイアとかリッチとかの上位的な存在だったっけ？）

数分程経て、やっとプレートに表示された内容を脳が理解した。

甲斐甲斐《かいがい》しくアレクの汗を拭いてくれていた女神に気付くと、アレクは女神へと詰め寄った。

「女神様。なんで人間辞めさせられてるんですか？　それに呪福《じゅふく》って何ですか！」

「まぁまぁ、落ち着いて？　順に説明するから、ね？」

取り乱したアレクを女神は優しく諭す。女神に言われた途端にアレクの心は落ち着きを取り戻す。

あれだけ取り乱していたにもかかわらず、一瞬で落ち着くというのは女神が何かしたのだろうか。

「落ち着いたようだし、順に説明するわね？　まず種族だけど、一度死んだ時点で人族のカテゴリーから外れてしまったの」

エテルノの話を聞く限りでは、この世界でも一度死んだ者を蘇生《そせい》させる手段は無いのだと言う。

「『呪福《じゅふく》』というのは私も初めて聞く言葉ね。本来は祝福となる筈だったのでしょうけれど……。何らかのミスで『呪』となってしまったようね」

エテルノはアレクから目を逸らしながら言葉を口にした。アレクの存在に気付いた時に『地球』

の死神であるバストルには既に問い合わせを行っていた。結果は単純な書き損じ。漢字を用いなければ起きえなかったミスである。

だが、まさか神の一柱である者が、字を書き間違えたとアレクに伝えることはエテルノには出来なかった。だが実際に一文字書き違えた為に、システムが本来とは異なる加護を与えてしまったのが実情だ。

「まあ、結果として盗賊に殺される筈が助かったのだから良かったじゃない？　ちょっと死ななくなって永遠の時を生きる事にはなるけれど、それは私も一緒だし。それに、ほら。前世でも死にたく無いって思ったのでしょ？」

エテルノがアレクを慰める。だが女神から告げられた『死なない』『永遠の時を生きる』という言葉がアレクの精神を苛《さいな》む。

前世で死ぬ間際に思った死にたくないという気持ちの代償がこれだというのか、これでは加護というより、文字通り呪いではないかと、アレクは余計な加護を付けた死神へと悪態をつく。

アレクが落ち込んでいくのを励ますように、エテルノは更に言葉を続ける。

「不死王《ノーライフキング》というのは、この世界で初めての不死族《アンデッド》である貴方に相応《ふさわ》しい称号だと思わない？　それでね、『眷属召喚』というのはそんなあなたをイメージした不死族《アンデッド》召喚魔法ね。この世界での召喚魔法はエルフが精霊を呼び出せる以外は今は存在していないのだけど」

そんなアレクの気持ちを無視して得意げに語る女神。

「そして、同じく『眷属化』。不死の貴方にとってこれが一番重要よ。気に入った仲間や伴侶を貴方と同じように不死族《アンデッド》に出来る能力よ。これがあれば好きになった人や大切な人に先立たれるという事が無くなるの。どう？　気に入った？」

まるでアレクの為に頑張って考えたの、とでも言いたげな女神を見てアレクは力無くテーブルに突っ伏した。

「あれ？　どうかしたの？」

（逆に女神様の頭がどうしたのか僕は知りたいよ！）

女神のキョトンとした表情にどっと疲れを感じたアレクは心の中で叫ぶ。不死の体だというだけで異質なのに更に上乗せをする女神の意図が摑《つか》めなかった。

「あの、女神様。これ完全に人間辞めるパターンですよね？　なんで人外な加護にしたんです!?　人間社会でどうやっても生きて行けないでしょう！」

絶叫したアレクに、エテルノは一瞬キョトンとした表情をする。だが、すぐにクスクスと笑い、言葉を続けた。

「そもそも不死の体の時点で、いずれ周囲から孤立するのよ？　だからこそ、この加護にしたんです。私はね、貴方にこの世界で自由に生きてほしいと思っているわ。だけど独りぼっちの人生なんて空虚なものよ」

エテルノはどこか悲しそうな表情で呟いた。

「私はずっと寂しかったわ。創造神であられるイリエレス様がおられるけど。アレストラで過ごしても限りある命の者は私を残して逝ってしまうし。別れが辛くて結果としてこの空間に閉じこもるようになったわ」

エテルノは創造神と共に世界を見守ってきた。それこそ気が遠くなる程の年月を。

エテルノの瞳にはうっすらと光るものがあった。親しかった者達を看取《みと》って来た事を思い出しているのだろうか。

「共に過ごしたいと思えた人も居たわ。でも、私に与えられた権限では不死となる存在を創ることは出来なかった。――でも、貴方が不死の特性を持ってこの世界へやってきたことで変化が生まれた――」

アレクを見てエテルノは寂しそうに微笑《ほほえ》む。その美しさにアレクの鼓動がはねた。

「貴方には私の味わった寂しさを味わって欲しくないの。だからこそ『眷属召喚』と『眷属化』の能力を与えるのよ。とはいえ、召喚した眷属は貴方の魔力が動力源となるから、魔力が枯渇してしまえば存在を保てなくなる。眷属化はアレストラの全ての生命体を不死族《アンデッド》にする力があるけれど。肉体を完全に破壊されてしまえば滅ぶ事になるわ。だから、厳密には完全な不死の存在となる訳ではないわね」

アレクは黙ってエテルノの説明を聞いた。十年、二十年は良いだろう。だが、五十年、百年と過ぎれば自分も孤独感にさいなまれるのだろうなと漠然と理解した。

「わかりました。どっちにしろ頂いた能力ですから。使いこなせるかは僕次第ですよね」

エテルノはアレクの言葉を聞いて満足そうに頷く。

「受け取って貰えて嬉しいわ。それと、折角不死なのだし私とも時折会ってくれないかしら？」

エテルノのような美少女と会うのは良いのだが、神様と頻繁に会うというのは大丈夫なのだろうかとアレクは逡巡《しゅんじゅん》する。

「それは良いですけど。大丈夫なんですか？　神様と頻繁に会うって出来るものなんですか？」

「大丈夫よ。でも他の人には内緒よ？　まあ知られても狂言と思われるだけでしょうけど」

問題がなさそうだとアレクが頷くと、エテルノは嬉しそうに満面の笑みになった。

「ありがとう。長い付き合いになりそうだし、私のことはエテルノと呼び捨てていいわよ？」

「えっと。いいんですかね……エテルノ様「エテルノ！」」

様付けで呼んだアレクにエテルノが言葉を重ねた。テーブルに身を乗り出し、エテルノの顔がアレクに近づいてくる。テーブルとの間に挟まれた双丘に目を奪われそうになる。

「エ、エテルノ……」

顔を赤らめ、自己主張の激しい物体から目を逸らしつつエテルノの名を呼ぶと、エテルノは嬉しそうに笑みを深くした。

「そう言えば。この召喚できる眷属はどんなものなんです？」

気恥ずかしさからアレクは話を変えた。名前を呼ばれ満足したのか、エテルノも加護の説明を再開するようだ。

「そうね、基本的にアレクの知ってる不死族《アンデッド》なら召喚する事ができるわ。でも、《ゾンビ》とか《グール》のような腐乱しているのはやめて欲しいわね」

エテルノはその美しい顔を僅かに顰《しか》めて言った。確かにアレクとしてもゾンビ系は遠慮したいと

ころだ。見た目が悪すぎて嫌悪感を抱くし、何より夏場は臭そうである。

「だとすると《スケルトン》系か、《ゴースト》系ですかね？」

アレクが頭の中に思い描いたのは、骨で形作られた《スケルトン》。霊体などの《レイス》《リッチ》。不死で代表される《ヴァンパイア》だった。

「人型だけじゃなく、動物なんかも良いわよ？　狼《おおかみ》や犬であれば狩りにも使えると思うし」

「あ、いいですね。小さければ見つかりにくいでしょうし、偵察も出来そうだ」

エテルノの提案にアレクも同意する。

「だとすると召喚の種類は《ボーン・アニマル》《スケルトン》《レイス》《リッチ》《ヴァンパイア》かしら。詳細を決めましょうか」

この後暫く、エテルノとアレクは召喚する不死族《アンデッド》の内容を話し合った。不死族《アンデッド》といっても召喚されるのは魔力を媒体に造られる魔法生物の一種であるらしい。

眷属はアレクの知識、記憶を元に創られ一定の知能を有する。

《ボーン・アニマル》は骨で出来た動物だ。狼や虎などの形にすれば高い機動力を持つ眷属となる。

《スケルトン》は呼び名の通り人骨に似せた兵士で剣と盾または槍《やり》を持った状態で召喚できる。装備のタイプによって異なる盾を持った《ナイト》、両手剣の《ソルジャー》、弓を持つ《アーチャー》のオプションを選択出来る。

《レイス》は生き霊で体が透明であり、物質を透過することができる。情報収集や諜報《ちょうほう》に役に立つが、大した攻撃手段は持ち合わせていない。

《リッチ》はレイスと異なり肉体を持つ。黒いローブを纏《まと》い、大きな鎌を持った姿で現れる。魔法攻撃と鎌での攻撃を得意とする。鎌で傷を与えると、肉体ではなく精神にダメージが及ぶ。

最後に《ヴァンパイア》だが、これだけは媒体となる人物が居て初めて使用可能となる。つまり人間やエルフなどに《眷属化》の加護を使用することで、対象をヴァンパイア化するのである。伝承と同じく身体《からだ》を狼やコウモリに変化させることが出来る。

「――こんなところかしら。魔力量が少ない内はサイズも小さくなるし呼び出せる数も僅かになると思うわ。そして《眷属化》だけはよく考えて使ってね？　二度と元には戻らないから」

説明を終えたエテルノはアレクへそう忠告した。

「成程。死なせたくない程大事な人か、信頼のおける人のみの限定ですね」

「そうね。当然相手の同意を得て用いてね？　勝手に不死族《アンデッド》にしてしまえば敵対されるわよ」

こうして見ると、加護が優秀すぎてチートだなぁと密《ひそ》かにアレクは溜息を吐いた。だが、最初に女神が言った通り長い年月を一人で生きるよりも連添いを造れるというのは魅力的ではある。

「あと、ヴァンパイア化した眷属同士や貴方との間に子供は作れるから。安心して？」

「ぶっ！」

女神の一言にアレクは紅茶を噴出しそうになったが、エテルノは大事な事でしょとアレクを見て笑顔で話した。

「加護についての説明はこれで十分かしら。次はこの世界の魔法について教えてあげるわ」

エテルノはそう言うと、カップへ新しい飲み物を注ぐ。

「これは……。コーヒー?」

「この世界では流通していないけどね。木は生えているから探してみるのもいいかも。神界《ここ》に来てくれれば何時でも淹れてあげるわ」

エテルノはそう言って自分のカップに大量の砂糖とミルクを注いだ。アレクは生まれ変わってから初めて味わうコーヒーの味を楽しむ為にブラックのまま頂くことにする。

「さて。私がこの世界に創り出した魔法は『古代語魔法《ルーン》』と『精霊召喚』。精霊召喚はエルフを始めとする妖精族にしか使えない魔法よ」

アレクは淹れて貰ったコーヒーを味わいながら、エテルノから魔法について教わる。

古代語魔法《ルーン》とは、言語によって身体に内包された魔力を操り、消費することで発動させることが出来る術である。火や水、風を自在に操り敵を倒す事を目的とする。極めれば重力や空間を操る事も出来るようになるのだとエテルノは説明する。

何故『精霊召喚』は妖精族しか扱えないかとアレクが尋ねると、女神は昔のことを思い出しながら答えた。

「妖精族は寿命が長い代わりに子供が出来にくくて種族の絶対数が人間よりもずっと少ないの。だから数で圧倒できる人間よりも個の力を強化させて種族間の調和をとったのよ」

妖精族が召喚する精霊は、火・水・地・風の四元素のいずれかの性質を持っている。召喚者の力に比例して下位・中位・上位に分けられ、上位精霊ともなれば圧倒的な火力を有するようだ。

魔法を用いるには魔力が必要であるが、その元となるのは『魔素』と呼ばれるエネルギーである。このアレストラの大地や大気中には、その魔素が溶け込んでいる。それを体内に取り込んだものを魔力と呼び、保有する魔力の多さを『魔力量』と呼ぶ。

呼吸や食事を通して魔素は体内に取り込まれる。そして、取り込んだ魔素を使えば使っただけ魔力量が増えていくのだ。

「龍族や妖精族のように長寿な種族は総じて魔力量が多い傾向にあるわね。逆に獣人や人族は低いの。寿命の違いだから仕方が無いのだけどね」

エテルノはそう言うと自ら淹れたコーヒーを一口飲む。

「効率よく魔力を増やすには、魔物を倒すか魔法を使って魔力を消費する方法があるわ。魔力を使うと、消費した魔力に応じて僅かに魔力量が上昇するの。だから魔物を倒せずとも魔力を使えば魔力量を増やすことが出来るの」

これは、魔物の周囲に濃い魔素が漂っている事に起因する。魔物は魔素を多く含む為、魔物の肉などを摂取しても魔力の上昇につながる。

現状戦う力を持たないアレクにとって、唯一可能な魔力量を増やす方法は魔力を消費する事である。しかし、やはりと言うべきか魔物を倒した際に得られる量よりは落ちるのだ。

「それと貴方の魔力量は普通の人並みしか無いわね。寿命が無いからいずれは増えるでしょうけれど、魔法使いとして身を立てるのなら他の人よりも努力が必要ね」

「僕の魔力は低いんですか……。学園に入るには魔法使いとしての資質が必要だと聞いているんですが、なんとかならないですか？」

武器もまともに扱えず、魔力も人並みしか無いのでは学園に入ることが出来ないのでは無いかとアレクは不安に駆られる。アレクが不安そうにするのを見て、エテルノは暫《しば》し黙考した後、口を開いた。

「普通の人には無理だけど、貴方だけが可能な方法があるわ。それは、魔力が枯渇するまで使い切る方法よ。これなら繰り返すうちに他者にひけを取らない程には増やすことが出来ると思うわ」

何故普通の人では無理なのか。エテルノが続けて発した台詞《せりふ》を聞いてアレクは理解した。

「魔力枯渇に陥ると高い確率で死んでしまうの。だから枯渇するまで魔力を使うなんて普通は有り得ないの」

魔力を大量に使った場合激しい疲労を感じる。そして、魔力が残り僅かになると、頭や心臓に激しい痛みを感じ、意識が混濁する。その時点で魔力の消費を止めれば問題は無い。だが、無理にそれ以上魔力を消費すると意識を失い、ほとんどの場合はそのまま命を落とす羽目になるのだ。

「だけど貴方は死なない。これから幾度か枯渇を繰り返せば、普通の人が一年掛けて上昇させる魔力量を短期間で得ることが出来るわ。流石に増えるに従って魔力を使い切る事が出来なくなるでしょうけれどね」

普通の人間であれば、強い痛みを伴う事を毎日繰り返す事など出来ない。毎日心臓発作が起きる様を想像してみるといい。普通なら正気を保てないだろう。

アレクは自分に耐えられるだろうかと自問する。強くなる為に必要であれば、幾度かであれば耐えられるかもしれない。出来る範囲で頑張ろうと心に決めるのであった。

その後は取り留めのない話（主にエテルノの愚痴）を聞かされ短くない時間を過ごした。エテルノの話が一区切りつくと、そろそろ時間ねと寂しそうな表情でアレクを見つめた。

「そろそろお別れの時間ね。あ、安心してね？　向こうではほんの一瞬の出来事になっているわ。時折神殿に顔を見せに来てね？　寂しいから」

エテルノはそう言うとアレクへバイバイと手を振る。アレクも手を振り返しながら女神へと言葉を返す。

「わかりました。頑張ってみます。また会えるのを楽しみにしてますよ」

その言葉を最後にアレクの姿は神界より消え去る。残された女神は寂しそうにしながらそっと呟いた。

「命ある者は『死にたく無い』と願う。——果たして死ねない貴方は何を願うのかしら」

◆

気付くと神殿の礼拝堂の中に戻って来ていた。どうやらアレストラの神殿へと戻って来たようだ。

少し離れた所には修道女のリサが祈りを捧げる前と変わらない場所に立っていた。

「以上で洗礼の儀は終わりとなります。加護を得られても、そうでなくとも神は常に貴方を見守って下さっています。尊ぶ気持ちを忘れずにお過ごし下さい」

リサの様子を窺《うかが》うに、ほとんど時間は経過していないようだ。アレクはリサへお礼を言って神殿を後にした。

神殿を出たアレクは、生活に必要な雑貨や服などを数点購入した。銅貨五枚程使ってしまったが、これで日常生活には困らないだろう。

ついでに王都を散策し、主要な店が何処にあるかを確認しつつ町の雰囲気を味わった。

シルフの気まぐれ亭へと戻ってきたアレクは、夕食をとるとベッドに横になった。女神エテルノから言われた事を思い返しながら、自分が今後どのように生きるべきか考える。

（理不尽な暴力に抗《あらが》うだけの力は絶対に欲しい。それに家族と村の皆を殺した盗賊団には裁きを下したい……）

当面の目標としては力を得る事と家族を殺された事への復讐《ふくしゅう》だ。しかし、魔法も使えないし剣もろくに持ったことの無い今の自分だと復讐をすることは絶望的に不可能である。

それに盗賊団に関しては自分でなくとも、法の下に裁かれてさえくれれば納得は出来るので後回しにすることにした。

次にアレクの胸中に思い出されるのは、美しい女神エテルノの姿だった。

（綺麗だったな……）

まさに女神と呼ぶに相応しい、神々しく美しいエテルノの姿を思い出すと、アレクは何故か照れてしまう。そんな女神に出会い、又会って欲しいと言われた事を嬉しく思った。

「まずは、魔法覚えないとな。魔力量を上げるためにも、枯渇するまで魔力使わないといけないし」

本格的な魔法は学園に入ってからでないと覚える事ができないが、例外的に水を出したり火種を出したりするような生活に欠かせない《生活魔法》という魔法は学園外で覚える事ができる。

また、値段は張るが特定の魔法を発生させる魔法陣を刻んだ《魔道具》という物が売られており、魔石を嵌《は》めたり魔力を流し込んだりする事によって決められた効果を発生させることができる。

「魔道具は値段が張るから無理だな……。バンドンさんの所で売ってたのでも銀貨十枚とか普通にしてたし。……本屋に行って生活魔法の書で覚えるのが現実的かな？」

生活魔法は本屋で売られている入門書を読むことによって習得が可能である。田舎とは違い、都会で生活するうえでは必須の魔法であり、必要経費と割り切って購入することを決める。

「あとは、眷属召喚か。今の魔力でどの程度使えるかは分からないけど試しに唱えてみよう」

アレクはベッドから起き上がると部屋の中で《眷属召喚》を試してみる事にした。女神からの説明では集中して《眷属召喚》と詠唱し、何を呼び出すかをイメージし口にすれば召喚は可能だと言われていた。

「何を呼び出してみようかな。魔力量は少ないだろうから小さくても問題ない《ボーン・アニマル》かなあ」

独り言を呟きながら召喚する動物のイメージを脳裏に浮かべる。

魔法を使った事も無く、上手《うま》く出来るかは分からなかったが意を決して口を開く。

「《眷属召喚》《ボーン・アニマル》ウルフ！」

唱えた瞬間、体から何かが流れ出ていく感覚がアレクを襲う。眩暈《めまい》が襲い、動悸《どうき》が激しくなる中、アレクの目の前に子犬程のボーンウルフが生成された。

（くっ！　このサイズの大きさで今の自分の魔力の殆どを使うのか）

エテルノから教えられた、魔力枯渇寸前の症状だ。

もう少し何か魔法を使えば意識を失ってしまう程に消耗したアレクはベッドに倒れるように横たわり、今生み出した眷属を観察する。

全身が骨で出来たウルフは体長二十㎝程度。子犬程の大きさしか無いが、その口には鋭い牙が並んでいて噛みつけば出血は免れないだろう。そして手足の爪は本来の狼よりも長く鋭い。この牙と爪で襲いかかればアレク自身が戦うよりは強いのではないかと思える。

ボーンウルフは小さな尻尾の骨を振りながら、横になっているアレクへ近づくとお座りをした。

見た目が骨なので違和感があるが、ちょこんと座っている姿は愛嬌《あいきょう》がある。

（このサイズなら小さなカバンに入れて歩いても見られる心配は無いかな？）

一度生み出した眷属は魔力を餌にするとエテルノに教えられている。アレクは覚悟を決めて残った魔力をボーンウルフに与えた。

「ぐっ！」

十秒ほど魔力を注ぎ込むと、激しい胸の痛みと共に意識が遠のいてくる。

初めての魔力枯渇に陥ったアレクは、胸を押さえながら更に魔力を眷属に喰《く》わせる。

一瞬で魔力を使い果たしたアレクは、ベッドに倒れ込みながら意識を手放した。

# 第三章　力を得るために

アレクが目を覚ましたのは数時間が経過した後のようだ。窓の外には既に明かりは無く、部屋は闇に包まれていた。深く息を吐き、身体《からだ》に異常が無いかを確かめるように動かす。

覚悟を決めていても、やはり魔力が枯渇した際の痛みは辛《つら》かった。だが、死なないと分かっているからには、耐える覚悟さえあれば繰り返す事が出来る程度だと思えた。

アレクは夕食を食べていないことを思い出した。だが今更下に降りても食事にありつけないだろうと毛布をかぶって横になることにした。ふと、枕の横で丸くなり自分を見ているボーンウルフに気付いてその頭をなでる。

（これが普通の狼《おおかみ》だったらモフモフできるのになぁ）

そんな益体も無い事を考えながら、朝まで寝ようと目を瞑《つぶ》る。骨で出来た狼は少しひんやりとしていて、夏なら抱いて寝るのに丁度よさそうだった。

翌朝。日が昇り顔を洗っていて、ふと気になる事があった。

「そういえば、不死王《ノーライフキング》ってヴァンパイア系の呼び名じゃなかったっけ？　なんで太陽の光とか大丈夫なんだろう」

アレクの記憶の中にある不死王《ノーライフキング》とは、ヴァンパイアとしての特性を持つ存在だった。だが特に陽光で火傷《やけど》を負うようなことはなかった。

「まあ、大丈夫なんだしいいか。日光浴びられなくなっても嫌だし」

自分に不利益が無ければ特に気にしないアレクであった。記憶の中にある伝承では、不死王《ノーライフキング》とはヴァンパイア系の最高峰、または真祖と呼ばれる存在だった。だが、髪と眼《め》の色が変わった事以外に変化は無く、犬歯が伸びていると言う事も無い。召喚したボーンウルフにも日光を当ててみたが、特に変化は無かった。

（一種の魔法生物らしいからなぁ）

どうしても地球の知識でいう不死族《アンデッド》を連想してしまうのだが、やはりこちらの世界では性質が異なるようだ。

一階で朝食を食べ終えたアレクは、女将《おかみ》のミミルに本屋の場所を教えて貰《もら》う。昨晩考えていたように、効率よく魔力を消費する為《ため》早速生活魔法の書を買いに向かった。

目的の本屋は王都の中央付近にあり、アレクが目指す学園のすぐ近くに建っていた。学園は遠目にも巨大な建造物である為に迷うこと無く、アレクは学園を目指して足を進める。

学園が近づくにつれ、道を歩いている人達《たち》の中に同じデザインのローブを着ている割合が増す。恐らくはあれが学園の制服なのだろうと、予想を立てながら歩いていると学園の正門前までたどり着いた。

（おー。流石《さすが》にでかいな）

ゼファール王立学園。ここは国内のみならず国外からも入学希望者がやってくるほど有名な学園である。

国の近衛《このえ》騎士や魔導師は全てここの卒業生で構成されており、歴史と実績も兼ね備えている。二年制となっており一学年百名が上限となっている。

見た感じは日本の大学程の広さがあり、この世界では珍しい三階建ての建物が建ち並んでいた。

「ねえ、君は学園に何か用事?」

「へ?」

アレクがぼんやりと学園を眺めていると、不意に背後から声が掛けられた。突然の事に変な声が出たことを恥ずかしがりながら振り返ると、そこには綺麗《きれい》な女性が居た。綺麗な金色の髪を肩の下あたりまで伸ばしている。

その女性は二十歳くらいだろうか、振り返ったアレクを無表情に見つめていた。

「そう、あなた。この学園に何か用でもあるのかしら?」

再び女性はアレクへと問いかける。どうやら気付けば長い事学園を眺めていたようだ。これならば不審者扱いされても仕方ないとアレクは反省しつつ、女性の言葉を否定した。

「あ、いいえ。今度試験を受けようかと思っていたので見てたんです。本屋に行く途中にあったので、つい見入ってしまいました」

アレクの答えに女性は無表情のまま「そう」と短く答えると、アレクの横を通り学園に向かおうとする。恐らくは学園の教師か何かで関係者なのだろう。

すれ違い様に女性はアレクに向けて小さな声で話しかける。

「この学園は貴族が大半。試験を受けるなら生半可な事では無理よ」

その言葉に驚いたアレクは振り返って女性を見る。

「貴方《あなた》、貴族では無いわよね？」

「え？　はい、そうです」

目の前の女性はじっとアレクを観察した後、口を開く。

「学園の試験項目が何か貴方は知っている？」

アレクはレベッカに教えられた事を思い出しながら問いかけに答えた。

「えっと。魔法の素質、武術の素質があるかの検査と、座学で算術や読み書きの試験があると聞いてます」

目の前の女性は首を横に振ると小さく溜息《ためいき》を吐く。

「それだけでは足りないわ。この国の歴史や主要貴族に関しても試験があるわ。貴族なら小さい頃から学ぶけれど、試験まで残り二ヶ月を切っている今から貴方が覚えきれるとは思えないわね」

女性の言葉にアレクは驚く。レベッカから聞かされた話の中ではそのような内容は一切無かったからだ。

だが、そうと言われて諦める訳にはいかなかった。貴族の名や歴史などは地球でも必須科目だったし、要は暗記すれば良いのだ。

アレクがあれこれ考えていると、女性は興味を失ったかのようにきびすを返した。

「本屋には歴史書や代表的な貴族に関する書物もあるでしょう。試験に合格する自信があるなら、今月末が申込みの締め切りだから」

そう告げると、振り返ること無く学園の中へと入っていった。

アレクは名も告げず去って行った女性を唖然《あぜん》と見送るしか出来なかった。

「結局なんだったんだ？　試験に関して足りなかった知識を教えてくれたのか」

そう考えると先ほどの女性は、言い方に問題はあったが親切な人に思えてくる。

「どっちにしろ諦める訳にはいかないよね！」

アレクは自分の頬を叩《たた》いて気合いを入れ直すと、本屋へと向かうのだった。


目的の本屋へとたどり着くと、店内へと入る。

学園の近くに位置する為か、蔵書の量はかなりのものだ。アレクは目的の本を探すため、店の主《あるじ》に声を掛けた。

「すみません。生活魔法を覚える為の入門書みたいなものと、学園の入試に必要な本を探しているんですが」

「ん？　おー、坊主も学園を受けるのか。だが試験は来月末だろうし今からじゃ間に合わんぞ？」

店の主はそう言いながらも店の一角へ案内してくれた。

「ありがとうございます」

アレクは礼を言うと並んでいる書物を順に見ていく。

（えっと、文字の読み書き、算術、歴史、貴族名鑑っと。歴史と貴族に関しては丸暗記だな。あの女性《ひと》に感謝だ！）

アレクはまず読み書きと算術の本をパラパラとめくってみる。知識にある以上の内容が書かれていれば購入するつもりだが、既に知っている内容が書かれているならば買う必要は無い。

（読み書き、算術は大丈夫だな。やっぱり歴史書と貴族名鑑だけは必須だな。あとは生活魔法に関するものと、初級の魔法くらいは覚えたいな）

歴史書は宿でじっくりと読めばいいのでこの場では目を通さず、生活魔法と魔法入門について書かれている本を探してみる。すると、『魔法の基礎と生活魔法の覚え方』と書かれていた本があったので購入することにした。

「おじさん、この三冊買いたいんだけど幾らです？」

「ん、『ゼファール建国記』は銅貨二枚、『最新版貴族名鑑』は銅貨三枚。『魔法の基礎』は銅貨五枚だよ」

「高っ！」

店主が告げた値段にアレクはつい声に出してしまった。本が高いのは理解していたが、たった三冊で銅貨十枚もするとは思わなかった。

だが、この世界では活版印刷のような印刷技術が発達しておらず、すべて手書きによる写本が基本である。よって製本にかかる人件費などで書物は高いのが一般的だ。

「買います……」

店主に銅貨十枚を支払ったアレクは、大分寂しくなってしまった財布を見つめる。

購入した本を抱えながら宿へと戻ったアレクはベッドにうつ伏せになりながら、枕の横に置いた買って来た本と少なくなってしまった所持金の事を考えていた。

「残りが銀貨一枚と銅貨七十六枚かぁ。この時点で一年目の学費が払えないんだけど」

頬を冷や汗が伝う。元よりギリギリのお金しか持っていなかったのだから、使えば減るのは当然の事だ。

「はぁ……悩んでいても仕方無いか。入試までの七週間は何処《どこ》かで働きながら勉強しよう」

元より入試までに少しでもお金を稼ごうとは思っていたので、大きな方針の変更では無い。それでも本を購入したが為に、数日は王都に慣れてからと考えていた思惑が前倒しになってしまった。

それに加え、入試当日や学園に入学した際にはそれなりに見た目の良い小奇麗な服が必要になるのだ、金はいくらあっても足りないのが現状である。

「どこかで働くとして未成年でも出来る事か……。ミミルさんに聞いてみようかな」

アレクは困ったときのミミル頼みとばかり、一階へと降りると女将のミミルを捜す。王都の事情もだが、一般的に何歳から働く事ができるのかすら知らないアレクにとっては、誰かに聞くしか知る手段が無い。

まだ昼には早すぎる時間のせいかミミルが食堂でテーブルを拭いていた。音で気付いたのか、耳がピクッと動いた後降りてくるアレクへと顔を向けた。

「あら、アレク君。また何処かへおでかけ？」

「いえ、ちょっとミミルさんに教えて欲しい事があるんですけど。今時間大丈夫です？」

表情が晴れないアレクを見て、ミミルは首を傾《かし》げながら近くの席を勧めた。その席にアレクが座ると正面にミミルも腰かけてアレクへと話を促す。

周囲に客の姿は無いが、仕事の邪魔をしないように手短に話そうと決めて口を開いた。

「ちょっと手持ちのお金が心許《こころもと》なくて。どこか仕事を斡旋《あっせん》してくれる場所を知りませんか？」

下手に誤魔化しても無意味と思い直球な尋ね方をした。親が居ない事を知っているミミルなら事情を酌んでくれると思いそのまま尋ねる。

続けて、王都の仕事事情を知らないことや、頼れる大人がミミルさん達くらいしかいないと子供らしさをアピールしつつ頭を下げて教えを乞う。

頼られて嬉《うれ》しいのかミミルの耳はぴくぴくと忙《せわ》しなく動いている。ミミルも目の前の子どもが騎士団に連れてこられて、村が盗賊団に襲われた事は既に知っていたので、少しでも力になってあげたいと思っていた。

ミミルはアレクに王都の仕事事情を詳細に教えてくれた。

「王都で働くのは、十歳を超えていれば見習いや手伝いくらいならさせてもらえるのよ」

そう言ってミミルはアレクにこの世界での一般常識を教える。この国のみならず、全ての国で平民が職に就くには三つの方法がある。商業ギルドか冒険者ギルドに登録するか、衛士などに志願するかである。

衛士は毎年試験があり、冒険者からの転職や各村の腕自慢が挑戦することが多く、二十歳以上という制限がある為アレクには無理だそうだ。

商業ギルドは商売をする人が加入しているギルドで、鍛冶職からミミルのような宿屋を経営している者まで全て加入している。ギルド経由で税金を国へ納めるため、未加入ではギルドに睨《にら》まれてしまい、最悪国から摘発されるので商売をするなら絶対条件だそうだ。

「でね？　商業ギルドは十歳から見習いや手伝いという事で人を募集しているのよ」

鍛冶職などの専門職ならば、小さな頃から鍛冶に触れて技法を学んだり、物を見る目を養ったりする必要がある為に見習いを取る場合がある。また宿屋や道具屋などは小間使いや掃除などを手伝う労働者として同様に十歳から人を募集している。現代でいうならばハローワークのような側面も商業ギルドにはあるそうだ。

「あとは冒険者ギルドね。私は正直アレク君には勧めたくないなぁ」

「どうしてですか？」

心配そうな目で告げられるとアレクとしても理由が気になる。大方予想は出来ているのだが。

「だって……アレク君は剣とか魔法とか使えないでしょ？」

「まあ、そうですね。それを学ぶために学園に通うつもりだし」

アレクの予想通り、戦う術《すべ》が無い人間は冒険者ギルドに登録は出来ないし、出来たとしても街の近くでの薬草の採取などの小遣い稼ぎしか出来ないだろう。そして、一歩街の外に出れば獣や魔物、そして盗賊や人さらいなど常に危険が付きまとう。ミミルでなくとも未成年の子供に冒険者を勧める馬鹿は居ない。

「そうすると、商業ギルドに行って手伝いの仕事を探すのが一番よさそうですね」

「そういえば、アレク君って何が出来るの？」

商業ギルドへと行く事に決めたアレクにミミルが尋ねる。未成年の子供が出来る事はたかが知れている。雑用や掃除での募集もあるが賃金が安いのだ。算術でも出来れば一気に賃金が上がるので出来るに越したことは無い。

「一通りできますよ？　読み書き、算術、料理とかも出来ますし。家の手伝いで農作業や採取もやっていたので薬草なども少しなら見て判別できます」

「ええ!?　アレク君まだ子供なのにすごいね！　というか、それだけ出来るなら家《うち》で働かない？」

ミミルはアレクが予想外に多彩な能力を有している事に驚いた。普通は十三歳でここまで教育されているのは貴族か商人の子供くらいである。平民でそこまで教育されているアレクに驚きを隠せない。

「流石学園を目指すだけあるわね。アレク君ならあっさり合格しちゃいそう」

「いや、それが歴史と貴族についても知ってないといけないらしくて。それに生活魔法も覚えておきたくて、歴史書とか魔法入門の本を買ったら所持金が少なくなっちゃったんですよ」

ミミルが手放しに褒めると、アレクは頬を指先で掻《か》きながらお金が少なくなった理由を告げる。

「え？　魔法入門書なら家にもあるから言ってくれれば貸したのに」

「えええ!?」

ミミルの言葉に、銅貨五枚が無駄な出費だった感が襲ってきてアレクは力無くテーブルに突っ伏した。

突っ伏したアレクを見てミミルはあわあわと慌てながらも必死で宥《なだ》める。暫《しば》くして気を持ち直した。

たアレクは、ミミルの厚意に甘え宿で働かせて欲しいと頭を下げた。

「全然構わないよ？　むしろ助かるし。一応算術が出来るかの簡単なテストと料理がどの程度できるか主人に見せて貰えるかしら？」

この後、ミミルの予想を上回る算術の能力と、ティルゾも認める包丁の腕と料理のレパートリーを見せて雇ってもらえる事が決まった。賃金は昼時と夕方の数時間手伝う事で一日鉄貨四十枚という、十三歳には破格の報酬となることが決まった。

翌日にはミミルに商業ギルドへと連れて行って貰い、見習い登録を済ませた。商売を始める本登録と違い、見習いでは登録料は要らないようで、無料で登録が出来た。

アレクがシルフの気まぐれ亭で手伝いを始めて既に一週間が過ぎた。手伝い以外の空いた時間は国の歴史や魔法入門書を読みながら着々と学園の入試に向けて取り組んでいた。見た目は十三歳でも頭脳は大人であるお蔭《かげ》か、一国の歴史程度の内容ならあっという間に暗記してしまった。

（日本史とか世界史とかに比べれば大したことないね）

日本史の二千年や世界史の五千年を対象とした範囲に比べれば、建国数百年程度の情報は何の苦も無く覚える事ができた。

反して難航しているのは貴族の名前や序列を覚える事だろうか。国を構成している十の貴族の名前くらいは何とかなるものの、地方貴族などになると途端にわからなくなる。

「昔から日本史の人名覚えるのが苦手なんだよな……」

記憶の中でも徳川〇〇などはよく間違えていた。爵位も六つか七つあってどの爵位が上か間違えそうになる。

「公・侯・伯・子・男だっけかな？　准男爵ってどこに入るんだっけ？……ああ、一番下か」

こんな調子で貴族や国の歴史を一週間かけて丸暗記したアレクは、忘れない程度に繰り返し本を読むことにする。

そして念願の魔法を覚えるべく『魔法の基礎と生活魔法の覚え方』を読み始めた。

アレクは既に眷属《けんぞく》召喚にてボーンウルフを呼び出してはいるが、これは魔法というよりは固有のスキルであり一般的な魔法の使い方とは異なる。同じなのは魔力を元にしている事だけだ。

魔法の発動には古代語《ルーン》を用いた詠唱と、詠唱に準じたイメージが必要となる。次にどれだけの魔力を籠《こ》めたかで威力と持続時間が決まってくる。本に書かれている一般的な詠唱はこうである。

『我、願うは闇を打ち払う光明――《ライト》』

明かりを灯《とも》すだけで、普通に唱えると六秒程度かかってしまう。慣れて早口に詠唱が出来るようになり、イメージと魔力の扱いに慣れてやっと三秒程度で唱える事が出来るようになるのが一般的だ。

アレクもまずは本に書かれているように一語一句間違えないように詠唱しながら魔法を発動させてみると、二度目であっさりと《ライト》を使うことができた。

「これは詠唱が長すぎるな。もっと早く使えるようにならないと戦闘で役に立たないいんじゃないか？」

アレクが購入した本には詠唱を短くする方法の有無は書かれていなかった。入門書なのだから当たり前なのだが、熟練者になると自分なりに短縮して使うのが一般的であるようだ。

とはいえ、短くすれば良いというものでもない。詠唱を省略する為にはイメージをしっかりと持つ事が必要となる。詠唱が正しくともイメージが曖昧なら威力は弱く持続時間も短くなる。逆に、詠唱を破棄してもイメージさえしっかりしていれば効果は正しく発揮される。

アレクは魔力の続く限り繰り返し魔法を使い続ける。そして徐々に詠唱を短くしていった。

『我、願うは光明――《ライト》』

『願う、光明――《ライト》』

『光明――《ライト》』

アレクのイメージ構成が正確だったのか、はたまた魔法の才能があったのか。徐々に詠唱を短くして練習すること三日で、アレクは《ライト》と唱えるだけで入門書通りに唱えた物と同じ灯《あか》りを生み出す事が出来た。

アレクは満足そうに笑みを浮かべると、次々に入門書に書かれている生活魔法を唱えてみる。

結局、十日もしない内に入門書に書かれていた生活魔法の全てを詠唱破棄で使えるようになった。

アレクが試行錯誤して出来るようになった詠唱破棄は、本来はそう簡単に出来ることでは無い。

しかし、魔法使いの上位となる魔導師クラスとなれば全員が詠唱破棄で魔法を使う事が出来る。

もちろん、あくまでアレクが今覚えた魔法はただの生活魔法であり、世の魔導師とは使える魔法の種類の多さを比べられるべくもないのだが。

「魔法って面白いなぁ。それに、これがあれば生活は確かに楽になるな」

無詠唱でも発動させようと頭の中で試したのだが、どうしても鍵《キー》となる古代語《ルーン》を唱えないと発動しないようだったので、そういう物なのだろうと諦めた。

アレクがこの二週間かけて覚えた生活魔法は、明かりを生み出す《ライト》。《ライト》と対をなし、闇を生み出す《ダークネス》。小さな火種を作り出す《ファイア》と一リットルほどの水を作り出す《ウォーター》。部屋の換気を行ったりするのに用いる《ウィンド》や、一kgほどの土を操作できる《アース》。そして、擦り傷程度の傷を治すことの出来る《キュア》の七つである。

魔法の扱いが楽しくなったアレクは毎夜遅くまで生活魔法を使いまくった。幾度となく魔力欠乏に陥り倒れることになったが、徐々に使える魔力の量が増えていくことに喜びを見いだしていた。

生活魔法を使えるようになってからのアレクは、宿での手伝いにも魔法をフル活用した。洗い物の為に井戸まで水を汲《く》みに行かなくとも、アレクがかなりの量の水を魔法で生み出したお蔭で、洗い物の効率が数倍にも上がった。熱の籠もりやすい厨房《ちゅうぼう》の空気を《ウィンド》で循環させることで、ティルゾからも楽になったと感謝されたりと大活躍だった。

「アレク君を雇って本当に助かってるわ！　学園なんて行かないで家にこのまま就職しない？」

生活魔法を覚えてから一週間程過ぎた頃、ミミルからそんな事を言われた。アレクは嬉しくはあったが、目的があるからと誘いを断った。もっとも、不合格だった場合は選択肢の一つとして可能性はあるが。

「学園といえば、そろそろ入学申込みの期限じゃないか？　明日にでも学園に行って申し込んでおいたほうがいいよ」

そんなミミルとのやり取りを苦笑しながら聞いていたティルゾは、壁にかけてある暦を見ながら言った。王都に来てからあっという間に三週間が過ぎ去っていた。試験の申し込み締め切りは今月中なので、僅か二日しか残っていなかった。明日にでも申し込んでおいたほうがいいだろう。

「わかりました。明日学園に行って申し込んできます」

「まあ、アレク君だったら余裕で合格しそうよね！　魔法もあり得ないくらい上手だし。この国の歴史とかも全部覚えちゃってるんでしょ？」

ミミルに褒められて少し照れ笑いをしながらも頷《うなず》いた。魔法については比較対象がミミルかティルゾしか居ないので、自分がどの程度の能力か把握していないのだが。

こうして三人で休憩がてら食堂で話し込んでいると、入口から誰かが入ってくる。

「あの、失礼します」

振り返ったアレクが見た人物は、王都に来る時にお世話になった女騎士のレベッカだった。

「あ、レベッカさん！」

「アレク君お久しぶり。元気だった？」

立ち上がって挨拶をしたアレクに向かって、ほっとしたように微笑《ほほえ》みながら近づいてくるレベッカは前に会った時のような鎧《よろい》姿ではなく、薄い水色のワンピースという格好の私服であった。鎧姿の時とは全く違い、十五歳の少女らしい雰囲気を醸し出している。

「三週間ぶりね。お邪魔じゃなかったかしら？」

レベッカがティルゾ達に尋ねると、ティルゾも休憩中だから大丈夫だとレベッカに返した。ミミルが立ち上がってアレクの隣の席を勧めると、礼を言ってその席へと腰を下ろした。

「レベッカさんは今日は非番なんですか？」

「ええ、そうよ。休みだったからアレク君がどうしてるかなって見に来たの」

元気そうでよかったと呟《つぶや》くレベッカにアレクは頭を下げ礼を言った。ロハの村から王都までの短い期間一緒だっただけの自分をここまで心配してくれた事がとても嬉しかった。アレクはこの三週間の出来事を話し、明日には学園に試験の申し込みをするのだと告げた。

アレクが生活魔法を詠唱破棄で発動させるのを見た時には、驚きすぎて暫く固まってしまったほどだった。

「アレク君すごい！　魔法の才能があるんじゃない？　宮廷魔術師団の導師級じゃないと詠唱破棄で魔法の発動なんて出来ないわよ？」

「え？　でも生活魔法しか使えないですし、練習次第で誰でも出来ますよね？」

レベッカはアレクの常識知らずの発言に呆《あき》れながら、学園に入れば自分がどれだけ特異な能力かが分かるだろうと敢《あ》えて何も言わないことにした。

こうして久しぶりに会った二人は宿が忙しくなる時間まで色々な事を語り合った。そろそろ帰る時間となったレベッカは最後にアレクに告げる。

「元気そうでよかったわ。学園に入れたら教えてね？　先輩として色々相談にのるから！」

そう笑顔で言うと、アレクに手を振って帰っていった。

次の日。予定通り学園へと出向くと門番に用件を伝える。二人いた門番の内一人がアレクを受付へと案内してくれた。呼び鈴を鳴らし暫くすると、奥から職員であろう女性がやってきた。

「ようこそ、ゼファール王立学園へ。私は教員のメリッサといいます」

「初めまして、アレクと言います。今日は学園の試験の申し込みに来ました」

メリッサと名乗った教員は、アレクが名乗ると微笑みながら試験要項を説明してくれた。

「受験資格は読み書きが出来る事。受験費用として銀貨一枚が必要となります。この費用に関しては不合格でも返金致しませんのでご了承ください。合格した場合は初年度の学費として銀貨一枚をお支払いして頂きます」

試験を受けるだけで銀貨一枚は高すぎるとは思うが、これは興味本位での受験を防ぐ為と、不合格者の分を運営費に回すためなのだろう。

「申し込みの締め切りは今月末までとなっており、試験は来月の末日となっています。では、こちらの申込用紙に必要事項を記入願います。何か不明な点がありましたらお尋ねください」

そう言って出された紙にアレクは必要な項目を順番に埋めていく。名前と出身地と現在の住まいなどの項目を書いていく。

「はい、確認しました。申し込み費用をこちらのトレイにお願いします」

銀貨を支払ったアレクは、代わりに一枚の紙を受け取る。目を通すと受験票と書かれており、受験番号と受験日が記入されていた。

「そちらは受験当日に必要となります。朝、門の横に受付が設営されますので、受験票を見せてください。朝の九時には試験が始まりますから、一時間前には受付を済ませるようにしてください」

時間を指定されたがアレクが時計を持っている訳も無く、宿にある大型の時計を見て出発するしか方法が無い。

（安いやつでも時計買わないといけないかな。村だと時計なくても困らなかったんだけど）

時計の魔道具は安いものなら銅貨三十枚で取引されており、貴族や商人は懐中時計を持ち歩いている。

時計を持たない平民は王都で日に数回鳴る神殿の鐘を目安に生活しているのだ。

因《ちな》みにロハの村では村長だけが時計を持っていたが、盗賊に持ち去られてしまった。

受験票を受け取ったアレクは再び門番に連れられて学園の外へと出た。門番へとお礼を言いアレクは学園を離れ、その足で雑貨商のバンドンの店へと向かった。

散々悩んだ挙句、一番安い懐中時計を銅貨七枚で購入した。秒針などは無く、時針と分針だけの物だが十分実用品である。分針といっても十五分刻みで針が進み、四回刻むと時針が動くタイプだ。

これで残金は銅貨七十枚を切ってしまった。

シルフの気まぐれ亭に帰ったアレクは、ティルゾやミミルに申し込みが無事に済んだ報告をすると、昼食用の仕込みをする為厨房へと入る。時計を買った所為《せい》もあって少しでもお金を稼がないといけないので必死である。

夜、片付けも終わって部屋へ戻ったアレクは、手に持った懐中時計を見ながら順調に魔力を消費していた。

「魔力枯渇で死んだあと、何時間くらいで復活するのかこれで計れるな」

最近では生活魔法のみでは魔力を消費できず、ボーンウルフに魔力を注ぎ込みながら同時に魔法を発動させている。

一度、太陽をイメージし魔力をかなり注ぎ込んだ《ライト》を唱えて失明しかけてからは、注ぎ込む魔力量は慎重に計っている。

ふと、アレクは違和感を覚えて膝の上のボーンウルフへと視線を落とす。ボーンウルフは先ほどまで黙ってアレクの魔力を受け取っていたが、プルプルと少し震え始めていた。

「あれ？　どうした？」

ボーンウルフに聞いたところで答えられる訳ではないのだが、どことなく苦しそうに見える。原因も状況も分からずボーンウルフを困惑して見ていると、不意に震えが止まり口から何かを吐き出した。

「はぁ？」

吐き出した物体にアレクは見覚えがあった。三週間前にバンドンへ売った魔石と酷似していたのだ。ただし、以前売り払った魔石はどこか濁った色をしていたのだが、この魔石は透明度が高かった。

アレクは魔石らしき欠片《かけら》を手に取ると光に透かして見る。

「よく覚えてないけど魔石だよなぁ、これ。濃い青ってそこそこの値段しないっけか。というか、なんで魔石を吐き出したんだ？」

万が一本物の魔石だとすれば銅貨十枚くらいの値段だった筈《はず》だ。原因を考えても全く分からず、誰かに聞こうにも《眷属召喚》自体が固有の能力なので誰に聞いたら良いか分からない。

一頻《ひとしき》り考え抜いた結果、魔力を注ぎ続けた結果魔石が発生したのだろうという推測に落ち着く。だとすれば、魔力枯渇によって魔力量が上がるだけに留《とど》まらず、お金を得る事が出来るという思わぬ付加価値が生まれた事になる。

魔石を吐き出した後のボーンウルフは落ち着いた様子を取り戻したようで、毛繕《けづくろ》い（骨繕い？）をし始めた。その様子を見て考えているのが馬鹿らしくなったアレクは魔石を袋にしまい、魔力枯渇になるまで再び魔力を注ぎ込んだ。

入試まであと一月となった日、ティルゾから先月分のお給料だと袋を手渡された。袋を開けてみると、銅貨が七枚入っていた。

「いやぁ。アレクが働き始めてから仕事が楽になって助かってるよ。学園に入るまでの間だけなのが惜しいくらいだ」

隣にいるミミルも笑顔で頷いてくれている。

この三週間余りで、シルフの気まぐれ亭の仕事はかなり変化していた。アレクが水を大量に生み出すことで井戸に汲みに行く必要が無くなった。これにより仕事がスムーズに行えるようになった。

「ティルゾさん、ミミルさん。ありがとうございます！　大事に使わせて頂きます」

「ううん！　こっちこそアレク君が手伝ってくれたお蔭で食堂は今までで一番繁盛してるのよ？アレク君が考えた新しい料理なんてすごい人気だし！」

礼を言うとミミルが嬉しそうにアレクを褒める。実際、アレクは記憶にあった日本での料理を何種類か再現してティルゾに教えていた。とは言えハンバーグやゼリーのような簡単な物であった。しかし、肉は切り分けて焼くか、煮込むかだけの発想しか無かったこの世界の住人にとっては、新境地の食べ物だった。

当初、アイスクリームを作ろうとしたのだが手間と冷却が大変だった為、諦めた。代わりにゼラチンに似た食材を探し出してゼリーを作ると、女性や子供に大人気となった。

結果としてアレクが来たばかりのころに比べると客足が倍以上に増えており、ミミルもティルゾも嬉しい悲鳴を毎日のようにあげていた。

「そう言って貰えると頑張った甲斐《かい》がありますね」

アレクにとっても新しい料理を食べて喜ぶ人の姿を見るのが嬉しかった。しかし、調味料や乳製品が余り手に入らないこの世界で記憶にある料理を再現するのは本当に大変だった。幾度頭の中で考えたメニューを諦めたか分からない。

「今月末は試験があるから大変だとは思うけど。可能な限り手伝ってくれると助かるよ」

そう言ってティルゾはアレクを気遣った。当然給料を貰う以上はきちんと働くつもりだ。

「僕のほうこそ助かってます。残り一ヶ月宜《よろ》しくお願いします」

アレクはティルゾとミミルに向け頭を下げる。試験に合格できたとすれば更に銀貨一枚を学園に納めなければならないのだ。ボーンウルフが魔石を継続して吐き出すか分からない以上、しっかり働いてお金を稼がなければ払えない。

ちなみに、ボーンウルフが吐き出した魔石をバンドンのところへ持って行ったところ、銅貨二十枚で買い取って貰えた。これだけ透明度の高い魔石はなかなか見ないと興奮気味だったが、ティルゾの紹介ということもあってか無用な詮索はされずにすんだ。

試験の勉強と魔法の練習に加え、今月からは多少身体を鍛えようとアレクは考えていた。元が開拓村で農作業や狩猟の手伝いをしていたので体力がない訳では無い。だが、この一ヶ月はろくに身体を動かしていなかった為、何処か運動できそうなところが無いかティルゾに聞くことにした。

「うーん。冒険者ギルドか騎士団なら運動場くらい持っていると思うけれど。それ以外となると聞いた事が無いなぁ。街中を走るのはあまり良い顔をされないし。かといって王都の外だと人攫《ひとさら》いや獣が出るかもしれない」

王都の中は思ったより運動が出来る場所が無いようだ。結局、数カ所ある公園の周囲を、おもりの入った背嚢《はいのう》を背負って走り込むことにした。

◆

こうして一ヶ月が過ぎ、ついに入学試験の日となった。

この一ヶ月でボーンウルフが吐き出した魔石は四つだ。やはり魔力を食べさせると余剰となった分が魔石へと変化するようだった。

試験当日の朝、アレクはティルゾに追加で二週間分の宿泊費を支払った。合格の発表が一週間後であり、合格して寮に入れるとしてもそのくらいかかると思われるからだ。

今月宿で働いた分を含めると、所持金は銀貨一枚と銅貨七十枚程になっており、合格した場合の一年分の学費を払える算段がついた。

金銭的に綱渡りだが、なんとかやっていけそうで安堵《あんど》の息を吐いた。

「アレク君なら大丈夫だと思うけど、落ち着いて頑張ってきなさい」

「アレク君！　落ちても雇ってあげるから気楽にね！」

励ますティルゾに対し、ミミルはまるで落ちる事を願っているような言いぶりである。呆れたティルゾに軽く頭を叩かれたミミルは、耳をペタンと伏せて恨めしそうにティルゾを見上げている。

それを見たアレクは少なからず緊張していた気持ちが解《ほぐ》れるのを感じて礼を言う。

「あはは。ティルゾさん、ミミルさん。もし落ちたら宜しくお願いします」

そう言うアレクだが、顔には自信が表れていた。

「それでは、いってきます！」

「頑張ってね～」

ミミルの声に送り出されて、アレクは学園へと向かうのであった。

学園へと向かう道すがら、同世代の子供らの姿がちらほら見え始めた。

(この人達も学園の試験を受けにきたのかな？)

身なりを整えた少年たちに交じり、僅かだが着飾った少女の姿も見受けられるようになった。自分よりも身なりが綺麗なので貴族か商人の子供達なのだろう。アレクは自分の格好を見下ろし溜息を吐く。

（ケチらないでもう少しいい服を買うべきだったかな）

服の上下と靴で銅貨三枚も支払ったのだが、周囲を歩く子供達の服装はアレクの数倍は良い物だと一目で分かる。所詮は平民なのだし今更見栄《みえ》を張っても仕方ないと頭では分かっているけれど、少しだけ肩身が狭い思いだ。

学園へと到着すると、既に受付の場所にはかなりの人が集まっていた。教員らしき大人が四人で受付をしているようだが、それぞれに二十人程が並んでいたのでアレクも列の後ろに並ぶ。一人当たり一分くらいで処理されているようなので自分までおよそ二十分だろうか。アレクの後ろにも次々と人が並んでいき、あっと言う間に長蛇の列が出来た。

（早めに出てよかったな。受付だけで疲れるところだった）

ほっと安堵の息を吐き、自分の番まであと五人となったときに背後から大きな声が聞こえて来た。

「おい！　そこを通せ！」

何事かと後ろを振り返ると、四、五人のグループの少年たちが列を乱しているところだった。中央に立ち、我が物顔で歩く少年は、濃い赤色の髪と鳶色《とびいろ》の瞳をした勝気そうな男だ。それを取り巻くように四人の少年がアレクの後ろに並んでいた人々を押しのけて進んでくる。

「あれって、ボレッテン侯爵様の御子息よね」

「ボレッテンってあの？」

「そう、父親の侯爵様が近衛騎士団の団長の……」

周囲に居た貴族風の少女達の囁《ささや》き声がアレクの耳に入ってくる。この国の歴史を学んでいたお陰かボレッテンの名前に覚えがあった。

(確か建国時の戦いで功績を挙げた貴族だったっけ？　三百年続く侯爵家だよな)

歴史書では誇りある武官の一族と書かれていたが、目の前に現れた少年はただの調子づいている悪ガキにしか見えない。先程囁き合っていた少女たちが更にヒソヒソと話しているのが耳に届く。

「侯爵様は素晴らしい方なのに、ご子息は権威を振りかざしていて評判が悪いらしいわ」

事情に疎いアレクには有り難い情報ではあるが、目の前に迫って来た侯爵の息子一行に聞こえてしまうのではないかと心配していると、取り巻きの一人が少女に気づいたらしく声を荒らげた。

「おい、そこの女！　何をコソコソ喋《しゃべ》ってる！」

その取り巻きの一人はずんずんとこちらへ向かってくると、途中に居たアレクを突き飛ばし少女達へと詰め寄った。

「あいてっ！」

突き飛ばされ尻餅を衝《つ》いたアレクには目もくれず、男は栗毛《くりげ》の少女の腕を摑《つか》むと、ギリッと捻《ひね》りあげた。

「痛い！　離して！」

容赦ない力で腕を摑んでいるのだろう、腕を摑まれた少女が顔をしかめて悲鳴を上げる。そして残りの取り巻き達が集まって来ると、少女達を取り囲み何を言っているのか詰問し始める。

その間、アレクには取り巻きの誰一人として目もくれず放置の状態だ。周囲の他の少年たちは巻き込まれるのを恐れてか心配そうな視線だけは向けるが、誰一人として助けようとする者はいなかった。

異変に気付いたのだろう、教師たちがこちらへと向かってきて侯爵の息子へと何があったのか問い質《ただ》す。だが、取り巻きも含め言っている事はチンピラと変わりなく、少女達が自分らを侮辱したなどと言い教師たちの介入を妨げる。

「ふん、このボレッテン侯爵家の嫡嗣《ちゃくし》たる俺に対し暴言を吐いたのだ。この女と家には相応の償いをしてもらわんとな」

家の事を出され少女の顔色は蒼白《そうはく》に変わった。それを宥めようとする教師達も自分が巻き込まれる事を恐れて強く言えないようだ。事態の収拾がつかず、このまま少女達が粛清を受けるのだと誰もが思った瞬間、一人の男の声がかけられた。

「家の威厳を撒《ま》き散らして、何様なんだか」

明らかに侯爵家の少年に投げつけられた侮蔑の言葉に、嫡嗣の少年と取り巻きが気色《けしき》ばんで周囲を見回し誰何《すいか》する。

「誰だ。今侮辱した奴《やつ》は！」

声のした方を見ると、先ほど突き飛ばされたアレクが立ち上がって土埃《つちぼこり》を払っているところだった。顔は下を向いているので表情はわからないが、どうやら先ほどの言葉はアレクが発したようだ。

アレクとて、貴族に逆らっては不味《まず》いというのは知っていたが、元々前世では権力者と接点もなく、この世界に生まれ変わってからも開拓村の中しか知らなかった。

その所為でいまいち貴族という存在に対する理解と危機感が足りていなかった。

「今のは貴様か？　侯爵家に対する侮辱の言葉なぞ、平民如《ごと》きが口にするなど万死に値する！　一家郎党処刑されたいか！」

「五月蝿《うるさ》いなあ。そんな歳《とし》じゃないから普通に喋っても聞こえるよ。聞いてれば、侯爵って台詞《せりふ》ばっかり。偉いのは先祖と父親でしょ？」

アレクの姿から平民だと看破したのだろう、取り巻きの一人がアレクに対して脅し文句を口にした。しかし、その言葉に返されたのは更なる侮蔑の言葉だった。取り巻きが口をパクパクとして言葉を失っていると、赤毛の少年が口を開いた。

「ほう、俺をカストゥール・ロイル・ボレッテンと知っててよくそんな口を利けたもんだ」

カストゥールと名乗った少年は取り巻きを左右に配置すると、自らの腰に帯剣していた片手剣を抜いた。それを見て取り巻き共もそれぞれ片手剣を抜き放つとアレクを包囲する。

周囲からは悲鳴があがり、巻き込まれまいとアレク達から離れて行く。そんな中、アレクは顔を上げるとカストゥールへと初めて目を向けた。

「――っ!?」

アレクの瞳は昼間であるのに僅かに紅《あか》く輝いていた。それと同時にアレクの体から膨大な魔力が噴き出す。魔力の奔流によって銀髪が風になびくように揺れた。

その異貌と魔力による威圧にカストゥールと取り巻きは一歩下がってしまう。アレクはゆっくりと周囲を見回すと嘲るように鼻を鳴らす。

「家名を出して国営の学園の秩序を乱し、見咎《みとが》められれば婦女子に暴行を働く。無関係だった僕を突き飛ばした事を謝りもせず、平民だからと一家郎党を殺すと脅す。これの何処に貴方個人を尊敬すべき事柄があると言うんですか？」

アレクは怒っていた。前世の頃から温和で人に優しく接し、並大抵の事では怒らない性格だったが、家族や友人を守ろうとした時や、理不尽な暴力やいじめに対してだけは毅然《きぜん》とした態度を取る性格だった。

そして、取り巻きに腕を掴まれていた少女が、村で自分と親しくしてくれた幼なじみと同じく栗毛だったこともアレクの怒った要因だった。

盗賊団から守る事が出来なかった少女と、目の前の少女を重ねてしまったのかもしれない。

アレクとしては所詮子供の喧嘩《けんか》だという意識だったが、やはり貴族というのは面倒な生き物である。

ここまで平民に言われ黙っていられるようなカストゥールではない。取り巻きも少し脅す程度にと思っていたが、主を侮辱されて後に引けなくなっていた。だが、切りつけようと頭では考えているのに何故《なぜ》か足が動かなかった。

「どうしたんです？　その抜いた剣は飾りですか。僕は戦う力なんて持たない平民如きですよ」

アレク自身は気づいていないがカストゥール一派だけに留まらず、周囲の受験生もアレクから発せられる圧倒的な魔力に身動きが取れない状態になっていた。

既に加護が発動してから魔力枯渇によって数十回も死んでいたアレクは、この歳では考えられない程の魔力量を保有している。

それが怒りのせいでアレクの体から周囲に解き放たれてしまっていた。周囲からすると凄《すさ》まじい威圧感として身じろぎすら許されない結果となっている。

近くに居たカストゥールの取り巻きの額には汗が滲《にじ》み、背中にも冷たい汗が流れる。下手をすれば近衛騎士団長にも匹敵する威圧感は、子供では到底太刀打ちできるものではない。

正面のカストゥールだけは表情に変化は見られないが、実際は他の取り巻き同様足がすくんでいた。

「これは何の騒ぎですか！」

その時、学園の方から女性の声がかけられた。

「学園長！」

遠巻きに様子を見ていた教師達が声の主に気づき安堵の表情を浮かべる。アレクもそちらに顔を向けると周囲を囲っていた人垣が割れ、美しい女性がこちらへと歩いてくる所だった。

やっと事態を収拾できそうな人が出て来たと思った瞬間、アレクから放たれていた魔力による威圧が解かれた。囲っていた取り巻きはへたり込み、カストゥールの背中には今更のように冷たい汗が流れて来ていた。

「これは一体何事です？」

教師に学園長と呼ばれた女性は、当人たちに事情を聴くよりは事実を摑めるだろうと、付近に居た教師へと事情の説明を求めた。教師が学園長へ説明をしている間、アレクは学園長という割に若い人なんだなあと見当違いの事を考えていた。

(髪長いなぁ、腰の辺りまできてるし耳が長いけど妖精族のエルフかな?)

今まで会ったどんな人よりも学園長は美しかった。腰まで伸びた金色の髪と美しい顔立ち、そして髪から覗《のぞ》く耳は物語に出てくる妖精のように長かった。

一通り説明を受けたのか、学園長がアレクとカストゥールの居る場所までやって来ると表情を変えずに淡々と言葉を口にする。

「さて、教員から事情は聞きました。私はゼファール王立学園の学園長をしているシルフィード・エル・フィストアーゼといいます」

学園長の名乗りに対し、アレクも名を告げる。それに続いてカストゥールも落ち着きを取り戻し名乗りを上げる。

「アレクです」

「俺はカストゥール・ロイル・ボレッテンだ。知ってるだろうがボレッテン侯爵家のちゃ「存じ上げておりますので結構」……」

カストゥールの名乗りの途中、シルフィードは有無を言わさず喋るのを止めさせる。カストゥールは自分が話すのを止められた所為で怒りを露《あら》わにしていたが、シルフィードに対しこれ以上口を開くことは無かった。

(フィストアーゼ公爵。ボレッテン侯爵家と同じく建国時から国を支える公爵家だっけか)

アレクは本で読んだ内容を思い出しながら目の前に立つシルフィードを見つめる。

妖精族であるエルフにして、ゼファール建国時から生き続ける唯一の貴族である。

ボレッテン家よりも上位に立つ公爵である為、カストゥールは学園長に強く出られないのだろう。そんな公爵家の者が何故学園長をやっているのだろうと疑問に思う。

「さて、聞くとカストゥール殿は受付の列を乱し女性に危害を加えかけたそうですね。貴族への案内の際は常に言っておりますが、当学園では身分などを誇示しての問題行動は禁止しております。規則に同意出来ないのであれば学園への入園はお断りすることになりますが？」

「そ、それは……」

シルフィードの問答無用な物言いにカストゥールは二の句が継げなかったようだ。そんなカストゥールから興味を失くしたように視線を外すと、次はアレクへと顔を向けた。

「さて、アレク君でしたね。彼らを止めようとした行動はすばらしいですが、仮にも貴族位の者に対して些《いささ》か暴言と取られかねない物言いはどうかと思いますよ？　学園に入るなら気を付ける事です」

「はい、私も少々言いすぎました。田舎から出て来たばかりで非常識な行いをしてしまいました。ご無礼をお許しください」

アレクはそう言い、カストゥールへと頭を下げた。自らの非礼を詫《わ》び素直に頭を下げたアレクと、権威を撒き散らして謝罪することも出来ないカストゥールとでは周囲からの視線に温度差が出るのも至極当然だった。シルフィードは更に現場に居合わせた教師に対しても権力に負けず公平に接するよう苦言を呈し、元の受付業務に戻るよう指示をした。

この間に取り巻き共も立ち直ったようで、カストゥールの周囲で肩身の狭い思いをしていた。ちらちらとアレクに視線をやっては先ほどの威圧を思い出して小さく震え怯《おび》えていた。

少し騒ぎが起きた所為で、試験開始は一時間遅れで開始されることになった。

当事者であるアレクとカストゥール（及び取り巻き）は開始前にも学園長の部屋に呼ばれ、事実の再確認と今後同様の問題を起こさないよう注意された。

（はぁ～、予定外の事で叱られちゃったな。怒ると口が悪くなるのは悪い所だな。面倒なのから目付けられそうだしこれからは注意しないと）

既に手遅れ感はあるが、今更気にしても意味が無いので試験について意識を向ける。

既に他の生徒達は教室へと入っており、アレクだけが教員に連れられて遅れて教室に向かっているところだ。教室の割り当てはランダムで決められていて、カストゥールや腕を掴まれていた少女とは別の教室だった。

教室に入ると若干視線を感じたが気にしない事にした。初めは筆記試験で、一科目を四十分ずつの時間で読み書き、算術、歴史と二時間程で終了して一旦昼食を挟むことになった。

机に持ってきた弁当を広げると、朝に押されて倒れた際に潰れたのだろう、サンドウィッチが歪《いびつ》になっていて溜息を吐く。

（はぁ……まあ、味が変わる訳じゃないからいいか。午後からは魔法と武術の適性試験があるし、食べないと持たないだろう）

そう思って食べていると、アレクに話しかけてくる少女が居た。

「あの、アレク君。ちょっといいかな？」

アレクが顔を向けると、そこには今朝カストゥールの取り巻きに腕を掴まれていた栗毛の少女が立っていた。

別な教室で受験していた筈なのに何故ここにいるのだろうと不思議に思って首を傾げる。

「えっと、食事中ごめんね？　今朝助けてくれてありがとう。お礼が言いたくて」

少女の言葉に急いで口の中のパンを飲み込むと立ち上がって挨拶をする。

「いや、僕の方こそ大事《おおごと》にしちゃってごめん。それに突き飛ばされた事に怒ってただけだから君が気にする必要はないよ？」

アレクの言葉に少女はそれでもと言って頭を下げてきた。よく見ると栗色の長い髪に茶色の瞳をした可愛《かわい》い子である。

身なりがしっかりしているので恐らくは貴族なのだろうが、カストゥールのように貴族然とした物言いではなく、親しみを感じさせる言葉遣いだった。

「それよりも、あんな事があって試験に影響はなかった？　ええと……」

「あ、私ったら名前も名乗らずに！　私はリールフィア。リールフィア・ザンバート。国の東にある小さな領からやってきたの」

「改めて、僕はアレクと言います。リールフィアさんも貴族の方だったんですね。言葉遣いはよくわからないので何か失礼があったらすみません」

リールフィアの自己紹介に、アレクは今朝の反省を踏まえて少しだけ言葉遣いを改める。

「もう！　言葉遣いを改めなくてもいいのに。午前の試験は大体実力が出せたとは思うんだけど。逆に午後からの魔力適性の試験のほうが怖いわ。武術のほうは多少覚えがあるんだけどね。アレク君はあれだけすごい魔力なんだし余裕そうよね？」

「へ？　魔力？　何時《いつ》僕の魔力なんて計ったの？」

ここに来てやっと今朝なぜカストゥールと取り巻きが身動き出来なかったかを理解した。どうやら、無意識の内に魔力が周囲に放たれており、その際の魔力量があまりにも膨大だったかららしかった。

リールフィア曰《いわ》く、少し離れて居た自分たちですら圧倒されるほどの魔力が放たれていたらしい。それを聞いたアレクは戸惑いながらも魔力が高いのなら良いだろうと納得することにした。

この後リールフィアと少しだけ話をしていたが、そろそろ昼時間が終わる頃になったので彼女は自分の教室へと戻ることになった。

アレクは良い気分転換になったなと思いながら、リールフィアに共に頑張ろうと声を掛ける。

「午後の試験もお互い頑張ろうね」

「うん！　一緒に合格出来たらいいわね」

少女が小さく手を振って自分の教室へと駆けていくのを見送ると、食べている途中だったサンドウィッチを急いで平らげるべく口へと運ぶ。周囲からは今朝と同様視線を感じるが、若干男からの嫉妬の視線が混じっているように思えるのは気のせいだろうか。

午後の試験は体育館のような広い建物で行うらしく、試験官の男性に連れられて学園内を移動することになった。

門の外からでは分からなかったが、この学園はとにかく広い。校庭らしき広場だけでも野球グラウンドサイズが四つもあったり、体育館のような建物も所狭しと並んでいる。

直接は声を掛けては来ないが、上級生と思《おぼ》しき生徒が遠くからアレク達を見ているのに数回出くわした。合格すれば彼らが先輩となるのだろうと、受験生達は憧れの眼差《まなざ》しで見つめた。

「まずは武術に関する適性試験だ。そこに木製の武器があるから各自好きなのを選びなさい」

大きなホールに案内されたアレク達に向けて、教師の一人が口を開いた。

どうやら試験官と数合打ち合い、反射速度などを見るようだ。

他の生徒が片手剣や槍《やり》などを選び試験に挑んでいく中、アレクは悩んでいた。

元より武術の適性に関しては諦めていたのだ。開拓村では武器といっても短剣か弓しか持つ事が無かった。どちらかと言えば弓の方が得意ではあったが、木製の武器の中には用意されていなかった。

仕方なく小ぶりな片手剣を手に取り試験官に挑んだが、当然のごとくあっさりと終わってしまった。周囲から笑われるかと思ったが、魔法使いを目指す者も居たのだろう。アレクと同じ程度の腕しか無い受験生も居たのでそれほど目立たなかったようだ。

別な場所に目を向けると、偶然リールフィアが試験官に挑むところだった。

リールフィアは短めの片手剣を両手に持ち、スピードを活《い》かした攻撃を繰り出していた。まるで舞いを見るかのような動きに、周囲からは感嘆の声が上がっていた。

アレクも同様にリールフィアの動きから目が離せなかった。きっと彼女は剣士として大成するのだろうなとアレクには感じられた。

武術の試験が終わると、今度は別な建物に案内された。

「さて、ここが君たちの魔力適性を検査する場所だ。他の教室の者も居るから、こっちに二列で並んでくれ」

そう言われて建物に入ると、体育館を二倍くらい広くしたような場所だった。既に他の教室の受験生が検査をしているらしく、若干ざわめきが聞こえてくる。

二列に並び所定の場所に居ると、試験官が検査の概要を教えてくれた。

「これから順番に前にある水晶に触れて貰う。水晶は魔力量を計る魔道具だ。他の受験生からは見えないように衝立《ついたて》があるから誰かに見られる心配は無い。その後、生活魔法を何か一つ使って貰う。得意な奴でいいからな」

どうやら水晶に触れて魔法の適性を調べて、生活魔法を使って詠唱や精度を見るようだ。恐らく魔力量が少ない者は不合格となるのだろう。

説明が終わると衝立で仕切られた場所に一人ずつ順に入って検査が始まった。列の半ばまで進み、やっとアレクの番になり空いた場所へと足を進める。

「えっと、まず水晶を触れてっと……」

水晶に触れるとアレクの体から魔力が吸い取られるような感覚が襲う。それに伴って水晶が緑色に変わり、次いで青へと変色してゆく。青から薄い紫、そして濃い紫になった時点で色の変化が止まったのを見て水晶から手を離した。

「嘘《うそ》だろ、この歳でA評価の魔力って……」

担当してくれた教師が小さな声で呟く。見ると顔色が若干青くなっていて額に汗が浮いている。

「アレク君、少しまっててくれるかな?」

教師はそう言い、別な教師に何事か耳打ちすると、検査場の端に居た学園長の所まで駆けていった。残されたアレクはどうしたものかと思いながらもその場にて待つことにした。

一旦席を離れていた教師がシルフィード学園長を連れて戻って来たのは三分くらい過ぎたころだった。教師の手には別な水晶があり、アレクが先ほど触った水晶と置き換えられる。

「すまないね。もう一度水晶に触れてくれるかな?」

「はい」

意味が分からないアレクだが、恐らくは水晶の故障かなにかかと考えた教師が別な水晶を持ってきたようだ。さっきと同様にアレクが手を触れると、同じく濃い紫色まで変色した所で変化が止まる。

「どうやら水晶に異常はなかったようね。珍しいけれど過去に事例が無い訳ではないわ。次の項目に進みましょう」

シルフィードがそう言うと教師は頷き、アレクへと生活魔法を唱えるよう指示する。生活魔法といえどもこの場で水や地属性は無理があるんじゃないかと思い尋ねると、要望があればタライや土の入った植木鉢を用意すると告げられた。

（まあ、ここは単純に《ライト》でいいか）

別段、得手不得手が無いアレクは学園長と教師の前で生活魔法を唱えた。

「《ライト》」

「「なっ!?」」

詠唱破棄で唱えられた《ライト》を見て、今度こそ学園長と教師の表情が驚愕《きようがく》に染まる。固まったまま何も言わない二人を見て、《ライト》では判断が難しいのかと思い別な生活魔法を唱える。

「《ダークネス》。《ファイア》」

自分で生み出した灯りを《ダークネス》で対消滅させ、続けて指先に小さな炎を生み出した。これなら大丈夫だろうと思って二人をみたアレクだが、そこには相変わらず固まったままの学園長と教師が立ちすくんでいた。

「あの……、何かまずかったでしょうか?」

アレクの発した一言でやっと我に返った学園長は、目つきを鋭くさせてアレクへと問いかける。

「アレク君? 今使ったのは生活魔法よね?」

「はい、《ライト》、《ダークネス》、《ファイア》です。入門書で学んだので間違ってない筈ですけど……」

シルフィードのあまりの形相に尻すぼみに声が小さくなる。目つきが鋭く怒っているかのように見える。美人が怒ると怖いと言うが、前世から含めて初めてその言葉の意味を実体験したアレクだった。

「入門書を読んだのであれば、正しく詠唱が書かれていた筈よ？　どうやって詠唱破棄で使えるようになったのかしら？」

通常であれば、十三歳の子供が出来るような事ではない。平民の出身と書かれていたが実は名のある導師級魔法使いの高弟ではないかとシルフィードは考えたのだが、アレクの次の一言で言葉を失う。

「いえ、あれ詠唱長すぎると思いません？　普段の生活で使い難《にく》かったので試したら出来ました」

（嘘でしょ！　私だって詠唱破棄で魔法を発動させられるようになるまで五年掛かったのよ。唯《ただ》の人間の子が独学で発動できるなんて聞いたことも無いわ！）

魔法への親和性の高いエルフや龍族であれば分かる。また、ドワーフのように火への親和性が高い種族であれば《ファイア》くらいは詠唱破棄で唱えられるようになるだろう。

それが、可もなく不可もなくが売りの人間の子が、この歳でその域に達している事を、シルフィードは理解できなかった。

この後、やっと感情の整理が付いたシルフィードがアレクを解放する頃には他の受験生は検査を終えていた。予想以上に疲れたアレクは何が悪かったのかとため息を吐きながら教室へと戻った。

全ての試験が終わり、翌週に合格発表があると告げられると解散となった。皆が帰路に就くのに交じり、アレクも宿へと帰る道を歩きながら今日の出来事を思い返す。

「朝は貴族ともめるし、午後の適性検査では学園長に睨まれるし散々だ……」

もう一度深く溜息を吐きながらも、リールフィアのような可愛い子と会話出来たのだけが唯一の救いだと思いながら宿へと戻り、夕飯時の仕込みを手伝うのであった。

気落ちしていたアレクを見て、ミミルやティルゾが心底心配したのは言うまでも無い。

◆

試験から一週間が過ぎ、ついに合格発表の日がやってきた。

朝、アレクが起きて階下へと降りると、何時もより着飾ったティルゾとミミルが揃《そろ》って待っていた。何時も着ている仕事着ではない格好でいる二人を不思議に思ったが、挨拶をして二人へと近づく。

「おはようございます。お二人ともどうしたんですか？」

「何言ってるの？　私たちも一緒に発表を見に行くわよ！」

アレクが二人に尋ねると、ミミルは当然のような顔をして言った。

どうやら二人はアレクの保護者として学園へ一緒に行くつもりのようだ。ティルゾにしろミミルにしろ、約二ヶ月間共に働いたアレクの事を大事に思っていた。

他の貴族や商人も家族で見に来るであろう場所に、アレクを一人で向かわせるのは忍びないという気持ちもあった。

「それに、こんな時じゃないと王立学園なんて入れないし？」

ミミルの言葉の半分は本音、半分は照れ隠しだった。身寄りの無いアレクにとって共に発表を見に行ってくれる人が居るのは純粋に嬉しかった。どんなに望んでも本当の家族に見て貰う事は叶《かな》わないのだから。

「ありがとうございます。支度も終えているようですし、お昼の仕込み前に戻れるように直《す》ぐ出発しましょうか」

気遣いが嬉しかったアレクは照れたような笑みを浮かべて二人を促した。ティルゾに頭を撫《な》でられミミルに手を繋《つな》がれたアレクは、種族こそ違うが立派な親子に見えた。

ゼファール王立学園。今、学園の周囲はアレクが受験に向かった時よりも人で混みあっていた。合格発表を見に、受験生の家族や縁者が同伴して一か所に集まっているのだから当然だろう。

多すぎる人ごみに逸《はぐ》れないよう手を繋いだ三人は、発表されている掲示板の前までやっとのことでたどり着いた。

「アレク君は何番なの？」

「えっと、百九十番ですね」

受付するのが遅かったアレクは全体から見ると最後の方の番号であり、今年は二百名が受験していた。この中で実際に受かるのは百名で、二倍の倍率だった。既に周囲では歓声を上げて喜ぶ者や、落ちて肩を落とし慰められる者の光景があちこちで見受けられた。

基本的に掲示板は受験番号順となっており、アレクは自分の番号のある最後の方へと目をやる。

（百八十八……百九十一！　うわ……まさかの不合格か？）

筆記試験は自信があったのだがアレクの番号は無かった。貴族と問題を起こした事と午後に学園長に睨まれたのが原因だったのだろうかとアレクは顔をゆがませる。

自分の番号が無い事にがっくりと肩を落とす。何より一緒に来てくれたティルゾ達に申し訳ない気持ちでいっぱいだった。

「あの、折角来て頂いたのにごめ「あ！　アレク君！」ん……え？」

小さなアレクの声を遮ったのはミミルの声だった。顔を上げるとアレクが見ていた掲示板とは違う所をミミルが指差す。同じ場所を見ていたティルゾが驚愕の表情でその場所を見ながら呟いた。

「すごいな、あれって上位合格者の事だよね」

二人が見ていたのはアレクとは正反対の場所だった。見ると他の番号と明らかに文字の大きさが違うサイズで複数の番号が書かれており、そこにアレクの番号が大きく書かれていた。

「あった！」

一度は落ちたと勘違いした直後だけに、不意にアレクの目から涙が一筋零《こぼ》れ落ちた。純粋に合格した嬉しさと、二人を落胆させずに済んだ安堵感。そして、力を得る為の第一歩が始まるという昂《こう》揚《よう》感がアレクの心を埋め尽くしていく。

実際に合格したアレクと同様、ティルゾとミミルの喜びも大きかった。まるで自分の事のように喜びアレクを挟むように抱きしめる。未《いま》だ子の出来ない二人にとって、アレクはたった二ヶ月でも自分の子のように感じていたのだ。

三人は一頻り喜びを分かち合うと、合格手続きの場所を目指して奥の建物へと歩いて行った。

「おめでとうございます！　受験票を見せて頂いてよろしいでしょうか？」

建物には合格者用の受付が用意されており、アレクは自身の受験票を職員へと手渡す。受験票を確認した職員はアレクに再度祝いの言葉を述べると、初年度の学費として銀貨一枚の支払いと必要書類への記入を求める。

お金を支払い必要項目を書いていくと、有事の際の連絡先という項目があった。

これは学園内で病気になった場合や、何らかの事情により死亡した際の連絡先だと説明を受ける。家族の居ないアレクには連絡すべきところが無い。アレクがティルゾに頼むと、ティルゾとミミルが快諾してくれたのでシルフの気まぐれ亭の名を書き込んだ。

「はい、これで入学手続きは以上となります。それと、入学してからは寮に入りますか？　アレクさんは上位合格者の一人なので一人部屋が提供される事になります」

「一人部屋ですか？　それと、上位合格って何ですか？」

「ええ、他の生徒は基本二人部屋なんです。寮の費用としては食事代込みで月銅貨十枚となっています。上位合格というのは、筆記試験、武術適性、魔法適性の中で優秀な成績だった方が対象となっておりまして、アレクさんは筆記と魔法適性の結果が全受験生中トップだった為ですね。首席者は一人部屋が無償で提供されますよ。食事代は別途掛かりますけど、調理器具もあるので自炊も可能です」

どうやら上位者には特典があったようだ。どちらにしろ、今までのように宿に泊まるよりは安いが毎月銅貨二枚ずつ食費が掛かるので働きに出る必要がある。どうしたものかと悩んでいるとティルゾから声が掛けられた。

「食費のみで済むなら寮に入った方がいいと思うよ。お金が心配なら週末にでも家に来て働いてくれれば助かるんだけどね」

手持ちの金で数ヶ月は食べていけるが、来期の学費を考えると働かないと厳しい。

週末のみでも働きに出れば毎月銅貨三枚は得られるので、特に予定外の出費が無ければ暮らしていけるだろう。最悪、ボーンウルフが吐き出す魔石を売れば良いのだと考え、アレクは寮に入る事を決める。

そんなやり取りの後、全ての手続きを終えたアレクは早速来週から寮へと移ることを決めた。ミミルは寂しがっていたが会えなくなる訳では無いので、ティルゾが宥めると納得したようだ。

宿へと戻ると、いつものように夕方まで働いた。

常連の客にミミルが言いふらした所為で、アレクが学園に合格した事は大半の客に知られることとなった。多くの客からお祝いの言葉を貰い、お礼の言葉を返すことでいつもよりも慌ただしい日となった。

客が全て帰った後、ティルゾとミミルに祝福され三人で軽く祝杯を上げた。ティルゾから今日だけはお酒を飲んでいいと言われ、少しだけ飲ませて貰った。

お酒を飲み過ぎたミミルが、アレクの頭を胸に抱きしめるという一幕もあったが、ティルゾは笑っていた。部屋に戻ったアレクは今は居ない自分の家族へと胸中で報告すると、静かにベッドに横になったのだった。

# 第四章　入学

一週間後、ティルゾとミミルの見送りで宿を後にした。向かう先は今日から新しい住処となるゼファール王立学園の寮である。アレクの恰好《かっこう》は昨日までと違い、一つのカバンを手に持っていた。これはティルゾがアレクにプレゼントした物で、ティルゾが若い頃に使っていた物だそうだ。

（カバンは村を出る時に持ってた袋しか無かったから助かったな）

アレクは年季の入ったカバンを見て頬を緩ませる。中には昨日追加で購入した普段着の服と自炊に必要であろう調味料一式を入れている。中古とはいえティルゾが大事に使っていたカバンを譲り受けた事はアレクにとって嬉《うれ》しかった。

昨日宿に戻ってから気付いた事だが、ボーンウルフの件があったので一人部屋で良かったと心底思う。もし二人部屋になっていたら処遇に困っていただろう。

因《ちな》みにボーンウルフは今、カバンの中でじっとしている。本物の生物ではないので息苦しくなることもなく、吠《ほ》えないので便利だ。

まだ寮に入る生徒は少なかったのだろう、職員に尋ねるとすぐに新しい自分の部屋へと案内される。

「ここがアレク君に割り当てられた部屋になります」

職員に案内された部屋は入ってすぐに風呂とトイレがあり、奥にキッチンと五ｍ程の廊下が続いていた。更に奥には寝室が付いていていた。

「へぇ、お風呂があるんですね」

「はい、やはり貴族の生徒が多いのでお風呂は全室付いてます。ただ、湯船を満たすだけの水を用意できるかという問題があって、毎日というのは厳しいようですよ」

部屋に風呂があった事にアレクが喜んでいると、案内の職員が説明してくれた。学園に入学しての生徒は魔力量も少なく大量に水を出す事が出来ない場合が多い。二人部屋の場合は協力して溜《た》める事も出来るが、水だけを出せば済む訳では無い。喩《たと》えるなら一リットルの水を出すのに魔力が一必要だとしても、風呂を満杯にするには百五十リットル以上の水を必要とする。十三歳の魔力の平均は百程度なので、満杯にする前に魔力が枯渇してしまうのだ。

「ここにある魔道具に魔力を通すと、湯船の水がお湯になるんですよ」

そう言って職員が指差したのは湯船に取り付けられた小さな装置だった。魔道具は物珍しかったので後でじっくり見ようと決めて説明へと意識を戻す。つまりは、水を溜めるのとお湯にするのとに魔力をそれなりに使うらしく、今日は水を溜め明日は沸かすという風にしているのが多いらしい。

「それでも、お風呂が部屋にあるのは嬉しいですよ」

生まれてからずっと水で体を拭いていたし、宿でもお湯を貰《もら》って拭くだけの生活だった。記憶の中にあったお風呂にそれほど興味もなかったが、やはりあると入ってみたくなるのは仕方ないだろう。実際、アレクは風呂を一杯にするどころか、その何倍もの水を既に宿の洗い場で出した経験がある。

（この大きさの風呂なら余裕で溜められそうだ。今夜入ってみよう）

そんな事を思いながらそれ以外の施設の説明を聞く為《ため》、アレクは一旦荷物を部屋に置くと職員に連れられて寮内を案内して貰った。二百人は入れそうな食堂や、運動場。膨大な書物が揃《そろ》っている図書室など様々な施設がありアレクを驚かせた。

寮は全学年共通で使う場所らしく、時折先輩と思《おぼ》しき人達《たち》とすれ違う。アレクを見て興味深げに視線を送ってくる人達に会釈を返しながらも職員についていく。

寮内の案内が終わり、アレクが部屋に戻ったのは一時間後の事だった。施設の中で不思議だったのは雑貨や生活用品を売っている店があったのだが、そこで魔石の買い取りをしている事だった。職員の人に尋ねると学園内にダンジョンが存在し、授業や腕試しで潜ることが出来るらしい。そこで倒した魔物から魔石を得る事が出来るのでそれを買い取る為にあるのだとか。

詳しくは入学してから教えられると言われた為に詳細は分からなかったが、小遣い稼ぎが出来そうなのでアレクとしては嬉しかった。

（週末に宿で働く以外にも、もしかすると収入を得られるかな？）

学園内で魔石を買い取るのは、学園内で使用する魔石を賄う為だ。市場で流通している魔石を買うよりも、自分たちで直《じか》に買い取った方が安く済むからだ。

また、ダンジョン以外の場所で得た手持ちの魔石も買い取るらしいので、アレクが売るのを躊躇《ためら》っている魔石も売ることが出来そうなのが嬉しかった。

「さて、お昼ご飯の前にお風呂でも入ろうかな～」

アレクは楽しみにしていたお風呂を沸かすべく浴室へと入る。《ウォーター》を唱え、浴槽一杯に水を溜める。魔力量から見ても大して減ってないのを感じて、他の生徒が苦労するのがよく分からなかった。

（まあ、三十回以上死んでるし魔力量は上がってるんだろうな。受験の時にA評価って言われたから、それなりに多いんだろう）

A評価と言えばかなり高い分類に入るのだが、今のアレクは知る由も無い。水を張り終えたアレクは魔道具に触れ、水をお湯へと変えてゆく。

これは他の魔法使い達もそうだが、魔法でお湯を作り出す事は出来ない。水は常温ばかりで、冷やすにしろ温めるにしろ魔道具に頼っているのが世間一般的である。

上級の魔法使いになると氷を発生させることが出来るようだが、普通の魔法使いにはその知識が秘匿されている。

「お風呂を沸かす魔道具に冷蔵庫っぽい魔道具か。魔法が使えなくても便利だから良いんだけど、自分でお湯とか氷とか作れればもっと楽なんだろうな」

水を加熱したり冷やして氷にしたりするメカニズムはこの世界の人でも知っているが、それを魔法として組み込む事が困難な点が一般に普及しない要因となっている。古代語《ルーン》を知っていてもメカニズムとイメージが構築出来なければ魔法として発動しないのだが、アレクは恐らく古代語《ルーン》さえ分かれば発動出来るだろうと思っていた。

「ま、図書室で古代語《ルーン》については調べるとして。今はお風呂お風呂」

どうやらお湯が沸いたらしく湯船から湯気が立ち上る。手を入れ適温なのを確認すると、ささっと服を脱ぎ湯を浴びる。石鹸《せっけん》などが置かれていない為、洗ってから入る事が出来ないのが残念だったが、今回ばかりは仕方ないと割り切って湯船にドボンと入る。

「くぅ〜。この世界での初風呂だ！　きもちぃぃ〜」

緩んだ表情で初風呂を楽しむ。お湯が馴染《なじ》んできた頃に一度上がりタオルで体を擦《こす》り垢《あか》を落とす。贅沢《ぜいたく》にも一旦お湯を捨てて、体を洗っている最中に張り替えた真新しいお湯へと体を沈めた。

学校の関係者が見ていたら驚愕《きょうがく》の表情を浮かべただろう。水を張るだけでも大変なのに、一人で沸かしただけに留《とど》まらず、もう一度張り直したのだ。

（最近、魔力を使い切るのが大変になってきたし、他の生徒達のお湯を張る事で小銭稼ぎ出来ないかな？）

少しでもお金が欲しいアレクは湯に浸《つ》かりながらそんな事を考えた。有り余った魔力が毎日増えていく所為《せい》で最近は使い切るのが大変なのだ。

他の生徒はお湯を張るのが大変なのだし、自分はお金が欲しい。お互いがWIN-WINの関係になるのに良い考えだと思い、入学後に相談してみようと考えるアレクだった。

◆

数日が経《た》ち、入学式が翌日へと迫ってきた。既に寮に入る者は全員入寮を終えており、廊下を歩くと多くの人とすれ違い挨拶をする事が多くなってきた。

今年入学予定の百名の内、寮へ入ったのは六十名程で、その大半が王都以外から受験した生徒だった。アレクが心配していたボレッテン侯爵家のカストゥールは屋敷から通うらしく、寮へ入る事が無かったのでほっと胸を撫《な》で下ろした。

また、意外な事に男子と女子の寮は分けられてはおらず、隣の部屋が女の子というのも珍しくなかった。アレクは個室だったが、近くの四部屋は全て入試の上位者で占められており、男女構わず部屋割りがされていた。当然、二人部屋については男女が分かれている。

また、嬉しい事にリールフィアも受かっていたらしく寮内で会う機会があった。お互いに合格したことを讃《たた》えあいその日は別れたが、後日個室だということを伝えるととても驚かれた。

「え！　アレク君個室って事は入試の上位者なの？　すごいじゃない！」

「たまたまだよ。筆記は頑張った結果が出たけど、適性検査はちょっと自信が無かったし」

謙遜して言ったアレクだが、受験前に起きたトラブルで発した魔力を見ていただけに、リールフィアはアレクの実力が相当なものなのだろうと確信していた。色々と部屋の事を話している内にお風呂の話題になった。

「お風呂は嬉しいけど、水を溜めるのが大変よね」

案内の時に職員が言ったように、リールフィアも風呂へ水を溜めるのは大変だと嘆く。そこでアレクは以前考えていた事をリールフィアへ話した。

「僕は魔力量だけは多いみたいで水張りは大丈夫だったよ。実は風呂の水張りで小遣い稼ぎが出来ないかと思ってるんだ。ご覧のとおり僕は平民だから少しでもお金を稼がないといけないし」

とはいえ、流石《さすが》に女の子の部屋は入りにくいので男子に持ちかけようと考えていると話す。

リールフィアも部屋に男の子を入れる事に葛藤があったようだが、それでも毎日風呂に入れる事の方が勝ったらしくアレクへ頼むことにした。

「同室の子に聞いてみてからだけど、私の所もお願いできないかな？」

「でも変な噂《うわさ》が立ったらリールフィアさんが困るでしょ？」

アレクは良いとしても、女の子の部屋に男が入って行くのを見られたら変な噂になるだろうとアレクの方が躊躇《ちゅうちょ》する。

だがリールフィアは、風呂の水張りのバイトを公にしておいて事前に部屋に入る事を周囲に知らせておけば、噂が立たないように出来るとアレクを説得してくる。

そこまで毎日風呂に入りたいのかと思ったアレクだが、学園生活が始まれば授業で汗を掻《か》くのだから、毎日入りたいと願うのは女の子なら当然なのだと熱く説得された。

「じゃあ、管理人の先生へ連絡してお水張りのお仕事を許可して頂きましょう！　料金は幾らくらいにするつもりなの？　あと一晩で張れる量ってどのくらいなのかしら？」

こういう時の女の子の行動力はすごいと思ったアレクだった。あっという間に話が決まり寮の管理人への許可を貰い、掲示板にポスターを張り出すところまでその日で進んでしまった。

結局、水張りは一回鉄貨十枚で請け負う事になった。もっと安くてもいいとアレクは思ったが、リールフィア曰《いわ》くアレク以外の生徒は貴族か商家の子供だし、毎日頼んでも銅貨三枚程度であれば問題ないのだと説得されてしまった。

その晩、アレクはリールフィアの部屋を訪ねて水を張った。リールフィアと同室の子はエレンという名前だった。最初は部屋に男を入れるのに難色を示していたが、リールフィアがどうしてもと頭を下げるので仕方なく許した。

しかし、変な疑惑をもたれないように水を張るところに立ち会って貰い、浴室よりも中へは入らないようにしようと思ったアレクだった。

また、浴室に貴重品や洗濯物などを置かない事も注意書きとしてポスターに追記した。

「流石、アレク君ね。《ウォーター》を詠唱破棄で唱えた事も凄《すご》いけど、たった五秒で浴槽を一杯に出来るなんて」

アレクの魔力が多い事を知っていたリールフィアですら、アレクの魔法は驚くべき事だった。

何も知らないエレンに至っては驚きで声が出せない程だった。エレンの祖父は導師級の魔法使いだった為、アレクがあっさり行った魔法がどれだけ凄い事かを理解していた。自分と同じ歳《とし》の普通の子供なら出来る事では無いことも。

アレクが部屋を出ていってからやっと我に返ったエレンは、リールフィアへと詰め寄ると詳細を問い質《ただ》した。

だが、リールフィアとてアレクの事をそれ程知っている訳では無いので、何も答える事が出来なかった。

「まあ、毎日お風呂に入れるんだしいいじゃない?」

最後にはそんな言葉でその場を逃げたリールフィアにエレンは呆《あき》れつつ溜息《ためいき》を吐いた。

(私と同じくらい魔力量があるの？　御祖父様《おじいさま》から教えられた方法をなぜ知っている？)

エレンはそんな事を考えながら、アレクの出て行った扉をじっと見つめていた。

◆

入学式当日。支給された制服に身を包んだ新入生百名が、講堂に並んでいた。その中にはアレクやリールフィアの他、ボレッテン侯爵家のカストゥールやその取り巻きの姿もあった。

一学年の百名余りが前に並び、その後ろには先輩である二年生が整列している。更に後ろには保護者用の席が用意されており、保護者のみで三百名以上は居るように見える。

生徒が貴族の子息や子女である以上は、保護者の殆《ほとん》どが貴族である。両親だけでなく、最低限一人は従者を従えてやってきたのだろう。そして、少し離れた場所には平民用の席も用意されている。トラブルを防ぐために離しているようだが、その扱いに差は無い。そこにはティルゾとミミルの姿もあった。わざわざアレクの為に宿を臨時休業にして出席してくれたようだ。

(ミミルさん達が出席してくれるなんて思わなかった)

そう思うアレクだったが、祝ってくれる人が居ることに喜びを隠せないでいた。

入学式が始まり、学園長のシルフィード・エル・フィストアーゼから挨拶があった。

シルフィードが壇上へ立つと、生徒のみならず保護者の全員が起立した。

学園長のシルフィードは、ゼファール国の建国時から生存しているエルフである。初代国王と共に建国に携わった者であり、現国王であるヴァハフント・エーレ・ゼファールを含む歴代の王全てを知る『生きた歴史書』とも呼ばれる。

爵位は王族以外では唯《ただ》一人の公爵。下手な王族よりも権威があるとさえ言われている。

そのような人物が壇上へ立つのだから、貴族であろうとも椅子へ座っている事など有り得ないのだ。

シルフィードは椅子へ座るよう告げると静かに口を開いた。

「当学園に入学した新入生の皆さん。入学おめでとうございます。このゼファール国は未開の地を切り開いて造り上げた国です。そして未《いま》だ東は未開の地と接しており、依然として魔物の脅威と隣り合わせです。また、十年前には隣国であるソティラスによる侵略を受けた事もあります」

学園長の言葉を生徒のみならず保護者も真剣な面持ちで静聴する。

「今この国に必要な人材は知識を持ち、且つ迫り来る脅威に対抗できる者です。生活を守る為に盗賊や魔物と戦う事。国を守る為に魔物や侵略国と戦う事。そして、建国の時と同じように、未開の地を切り開き人類が住める土地を開拓する事も必要でしょう」

シルフィードの目が一瞬だけ遠くを見つめる。建国までの道のりや、それ以降の出来事を思い返しているのか。

「もちろん、全ての者に剣を持てと言う訳ではありません。戦えずとも国へ貢献することは出来るでしょう。しかし、今この場に並んでいる皆さんは試験に合格しました。それは何らかの戦える手段を持っているという事です。力を持つという事は責任も有します。弱きを助け、大事な人や国を守る事は力持つ者の義務であり責任です。——その事をしっかりと胸に刻んでこの三年を送って下さい」

学園長の言葉が終わると、全員が再び立ち上がって拍手をする。

「最後に、当学園では身分の違いによる優遇や差別は行いませんし、身分を振りかざしての行為には断固とした処分を行います。十分気を付けてください」

そう言ったシルフィードの視線はカストゥール達へ向いているように感じられる。だが実際には貴族が平民と問題を起こす事件は毎年数回は発生する。

生まれ持っての選民意識は学園長が言ったくらいで直るものではないのだ。

式が終わり、クラス分けの書かれた紙を渡され、それぞれの教室へと分かれて入る。一クラス二十名でAからEの五クラスとなっており、アレクはAクラスだった。教室に入るとリールフィアとエレンが同じクラスとなっており、アレクに気付くと話し掛けて来た。

「一緒のクラスね！　これから三年間宜《よろ》しく」

「リールフィアさんと、エレンさん。こっちこそ宜しく」

アレクが挨拶を返すとリールフィアが頬を膨らませる。

「もう、アレク君。なんか言い方が堅い！　フィアって呼んでいいわよ？」

リールフィアにそう言われ戸惑うアレクだったが、名前が長いなとは思っていたので素直に頷《うなず》いた。貴族にしては接しやすいフィアの性格にアレクは親しみを覚えるのだった。

そんな風に雑談をしていると扉が開き、教室に一人の教師が入って来た。

生徒の話し声がピタッと止《や》み、全員の目が入って来た教師に集中する。同様にアレクも目を向けると、何処《どこ》かで見た覚えのある女性が立っていた。

（あれ？　あの女性《ひと》って、前に学園の前で声を掛けてきた人？）

教室へと入ってきて教壇に立つ女性は、以前本屋に行こうとして学園の前を通った際に、歴史と主要貴族に関する知識が試験の科目だと教えてくれた人だった。

彼女はアレクに気づいた風も無く教壇から教室内を一瞥《いちべつ》すると、無表情のまま生徒へ好きな席に座るように指示した。

「私がこの一年間A組を担任するミリア・ナックスです。好きなように席に座って頂戴。後から席を替えたいときは当人同士で話し合うようにね」

ミリアの指示に従い、皆が各々に席を決める。

アレクは窓際の一番後ろに座る事になった。他の生徒達の席が決まるまで様子を窺《うかが》っていたら自動的にそこに決まっただけなのだが。

隣にはフィアが、更にその隣はエレンが座っていた。顔見知りが隣という事で、アレクは気が楽になった。

ミリアは表情を変えず淡々と自己紹介を始めた。自身が導師級の魔法使いであること。専門は魔道具の開発であり、魔道具で何か分からない事があったら聞きに来るようにといった事を最後まで表情を変えず話した。

生徒から見たミリアは摑《つか》み所が無く、近寄りがたい雰囲気を感じた。それはアレクから見ても同様だったが、試験科目を教えてもらった事もあり、面倒見は良いのだろうと思うことにした。

(この時間が終わったらお礼を言っておこう)

ミリアの話は続く。

「この学園へと入学してきた皆さんなら既に知っていると思いますが。この学園では、騎士や魔法師団を目指したり、国へ仕えることに重点を置いて指導していきます。街の冒険者ギルドなどとは比べ物にならない技術を教えるので、国へ仕えずに冒険者となったとしても役に立つでしょう」

そう言った時、なんとなくだがミリアの視線はアレクに向いていたように思った。一瞬アレクと視線がぶつかったように思えたが、すぐにミリアの視線が外れたので気のせいだろうかと思う程度だ。

「午前中の座学では国の防衛に携わる上で必要な内容と、生きていく上で必要な知識を教えます。これは騎士団や魔術師団を目指す人にも大事な事です。城にこもってばかりではなく、遠征などにも出向きますからね。午後からは実習となり、魔法は私が教えます。武器での戦闘は私以外の先生に担当して貰います」

やはり、街で冒険者ギルドに登録して学ぶよりも、高度な技術や魔法を教えて貰えるようだ。この学園に入る事を選択して良かったとアレクは思った。

より強くなる為に、これから学園で貪欲に知識と技を吸収しなければなと考えるのだった。

そこからは、これからの授業内容や年間のスケジュールについてと、ダンジョンに関しての話だった。

　要約すると、授業は週に五日で午前が座学、午後が魔法と武技の実技。一年の内、夏と冬には一ヶ月半の休みがあるそうだ。

　これは遠くから学園に来ている生徒の帰郷の為に長く設定してあるらしいが、王都や近郊に住んでいる生徒はダンジョンに潜ったりしても良いそうだ。

　但し、ダンジョンに潜れるのは夏休み前に行われる試験で合格点を取らないといけない事、ダンジョンに潜る際はパーティーを組まないといけない事など決まり事があった。

「ミリア先生！　ダンジョンというのは中に魔物がいるんですよね？」

　誰かが手を挙げてミリアに質問をした。見るといかにも活発そうな少年で、ダンジョンに興味があるのだろう。アレクも気になっていたので知りたかった事だった。

　ミリアは相変わらずの無表情のままその少年を見ると、ダンジョン内の説明を始めた。

「ダンジョン内は全十層になっています。一層から大鼠《おおねずみ》、大兎《おおうさぎ》、狼《おおかみ》と動物系の魔物が出ます。入り組んだ迷路のような構造になっていて、考えなしに入ると迷って彷徨《さまよ》うことになります。また、学園で購入できる護符には導師級魔法である《空間》の転移魔法を付与してあります。それを所持していると、魔法が発動してダンジョンの入り口へと転送されます。ですので、必ず学園の購買所で帰還札を購入してから行くように。銅貨五枚ですが決して忘れないで」

　思ったよりも様々な魔物が出るようだ。因みに入学したばかりの一年生達では一層の魔物に秒殺されるとミリアは生徒たちを脅かした。

それを聞いた先ほどの少年は顔を青くして黙ってしまったし、他の生徒も怯《おび》えてしまった。

そんな生徒たちを見てミリアは但しと言葉を続ける。

「夏まで授業を受けて試験に合格すれば、一層と二層は潜れるくらいの実力は十分付くので頑張りなさい。冬の試験に合格すれば四層までは行けるようになるでしょう。それ以降は二年生にならないと技術的にも肉体的にも厳しいとは思うけどね」

その言葉を聞いて皆の表情が少しだけ明るくなる。確かに子供程度の能力と肉体の強度では魔物なんて相手にできる筈《はず》が無いのだ。

試験に合格したとしても、パーティーを組んでやっと魔物と対等に戦えるというだけで、個人で潜ると囲まれたりしてあっさり負けるらしい。

「決して死なないように。危険と判断したら即座に逃げなさい。ご家族も私たちも悲しむわ」

そう締めくくってダンジョンの説明が終わった。次は自己紹介の時間となった。

「では、窓際の一番前の君から自己紹介をしてください。それが全部終わったら今日の授業は無いので解散となります」

ミリアの言葉に従い、生徒が一人ずつ自己紹介を行う。やはり貴族出身が多いようだが、カストゥールのような横柄な態度の貴族は運良くこのクラスには居ないようだ。次々と自己紹介が進み、アレクの番となった。

「アレクです。見ての通り平民の出です。田舎者だったので失礼な口のきき方をするかもしれませんが、色々と教えて頂ければと思います」

アレクはそう言い頭を下げた。他の生徒の時と同様パチパチと拍手が送られたのだが、ミリアが一言付け加えた。

「アレク君は今回の入試で上位合格者の一人です。また、魔力量が多いらしくて寮ではお風呂の水張りの代行を始めたそうよ。寮に入っている者は気軽にアレク君に頼むといいわ」

ミリアの言葉にあちこちから感嘆の声があがった。

アレクが何かを言う前にミリアは次の生徒へと発言を促し、タイミングを逃したアレクは口を閉じて座るしかなかった。

授業が終わり挨拶をして解散となった後、アレクは直《す》ぐにミリアの所へと足を運び何時《いつ》ぞやの礼を言った。

「ミリア先生。その節は貴重なアドバイスを頂きありがとうございました」

すると、ミリアは僅かだが微笑《ほほえ》み、アレクへと言葉を返した。

「覚えていたのですね。これからの学園生活、期待しています」

そう告げると、ミリアは踵《きびす》を返して教室から出て行った。そんな二人を見ていた他の少年たちはミリアが微笑んだ時の美しさについて騒ぎだす。少女達はそんな表情を見せるミリアとアレクの関係にあれこれと憶測を交わし合っていた。

そんな中、フィアだけは面白くなさそうな表情でアレクをじっと見つめており、そんなフィアを見てエレンはため息を吐くのだった。

（はぁ、フィア自身気づいていないようだけど。アレク君に気があるようね）

エレンは、そんなフィアとアレクを交互に見ながら、これからの学園生活がどんな風になるのか思いを馳《は》せた。

学園生活の初日は入学式と自己紹介だけで終わりとなり、ミリアとの短い会話を終えたアレクは、席でこれからの予定を考えていた。寮へとそのまま戻るか、学園内を見学するかと悩んだが、明日以降施設の説明くらいはあるだろうと思い寮へと帰る方を選択する。

アレクが立ち上がろうとした時、自分へと視線が集中しているのに気付いた。内二人はフィアとエレンなので問題は無いのだが、他のクラスメイト達も視線をアレクに向けていた。

女生徒などは数人で何やらヒソヒソと囁《ささや》き合っていたりと何とも居心地が悪い。

（なんか注目を浴びてるなぁ。まあ、入試の時に侯爵の息子とやりあったり、風呂の話がミリア先生から言われちゃったりしたしな。目立ちすぎたか……）

周囲のほとんどが貴族であり、唯一の例外も大きな商会の御曹司や子女と、アレク以外は皆金持ちや権力者だ。入学金だけで銀貨一枚かかるのだから、平民で入学出来るのは過去を見ても極めて珍しい。そんな中に唯の平民が入って来て目立っているのだから当然の結果だろう。

そんな風に視線の意味を捉えていたアレクだが、実際は見当違いな事を皆は思っていた。

（あいつ、ミリア先生に微笑まれてたぞ！　美人の先生に微笑まれるなんて。……うらやましい）

（アレク君ってミリア先生とどんな関係なのかしら？　それにしても赤い眼《め》って珍しいわね）

（アレク君、結構かわいいと思わない？　平民って言うほどダサくないし）

男子生徒からは興味と嫉妬の視線であったし、女生徒からはアレクの容姿に対して評価をされているようだったが、アレクにはもちろん分からない。

周囲の視線の意味に悩むアレクが首を傾《かし》げると、それがまた更に女生徒の視線を集めるのだから堂々巡りである。

すると、フィアとエレンがアレクの様子がおかしいのを見て話しかけてくる。

「どうしたのアレク君」

「ん、いや。どうも全員の視線が集まっているのが気になってね」

貴族だから怖いという訳では無い。それならばカストゥールに喧嘩《けんか》を売るような事はしないし学園に入る事すら躊躇ったただろう。

だが、相手からどう思われるかは別であり、苛《いじ》めなどに遭ったらどうしようかと悩んでいる事をフィアに伝えた。

すると、フィアは席から立ち上り、クラス中に聞こえるような声で周囲に言葉を放つ。

「皆さん、アレク君が視線を浴びて不安になっていますよ？　何か言いたい事があるなら直接おっしゃったらどうかしら」

アレクとエレンは突然のフィアの行動に驚いた。まさかフィアがこうも平然とクラスの皆にものを言うとは思わなかったのだ。

クラスの皆も直接的な言い方に驚いていたが、直ぐに顔を見合わせるとアレク達の所へとやってくる。何を言われるのかとアレクが内心冷や汗をかいていると、口々に喋《しゃべ》り始めた。

「アレク君って寮の風呂張りやってくれるんだって？　僕もまだ厳しいんだよ。お願いしていいかな？」

「アレク君はミリア先生と知り合いなの？　どんな関係なの？」

「アレク君って平民って言ってたけど、教養あるわよね。入試の上位なんてすばらしいわ！」

皆の口から出るのは興味や感心の言葉だった。アレクはほっとしつつ、話しかけて来てくれた人に順に返事をする。

先ほど自己紹介をしていたのを思い出しながら、なんとか名前と顔を一致させる。

「へぇ？　たった一回の紹介だったのに名前覚えてくれたんだ？」

「すごいけど、フルネームって何か堅苦しくない？　普通に名前で呼んでいいわよ？」

「そうね、身分の違いはあっても同じクラスメイトを差別なんてしたくないわ。アレク君も私の事は名前で呼んでいいわよ」

貴族と平民という身分の差は確かにあるが、大半の生徒は同じクラスの一員として迎えてくれるようだ。幾人かは平民であるアレクを快く思っていないのか、僅かに顔を顰《しか》めている。

アレクは全員に感謝の意を伝えると、質問攻めに対して返事をしていく。

ミリアとの関係についてはきちんと説明すると、一部の男子からなぜか安堵《あんど》の声が聞こえた。

そうして皆の質問を一通り答えているると、別の女生徒からの質問が来た。

「アレク君って生まれはこの国なのよね？　どうしてこの学園に入ろうとしたの？」

そう問いかけられた瞬間、アレクの表情が歪《ゆが》む。

ここ暫《しばら》く忙しくて思い出す暇もなかったロハの村の光景が思い出された。

自分や村人、そして家族を殺していった盗賊団『濡《ぬ》れ鴉《からす》』の頭目の顔が思い出され、抑えて来た怒りが湧きあがってくる。

「っ！」

その怒りの感情に反応したのか、アレクから魔力が吹き出してしまった。

すぐに気付き気持ちを落ち着かせた為収まったが、魔力が威圧となって周囲の生徒達に襲いかかる。質問を投げかけた女生徒などは目尻に涙が浮かんでいた。

「あ、ごめんなさい！　ちょっと嫌な事思い出しちゃって。ほんと、ごめんなさい……」

また無意識に魔力による威圧をしてしまった事に気付いたアレクは直ぐに謝った。繰り返し謝罪をするアレクに周囲の雰囲気は徐々にだが元に戻った。

「本当にすみませんでした。えっと、出身はロハの村っていう所なんです。何もない開拓村だったんですけどね」

「ロハ？　この前親父《おやじ》が遠征で行った所がそんな名前だったな。でも、あそこは確か……」

気を取り直して質問に答えたアレクに、一人の男子生徒がぼそっと呟《つぶや》く。アレクが視線を向けると茶髪で体格の良い少年と目が合った。

「えっと、ランバート・セグロア……さんでしたね。確かセグロア家と言えばオルグ様と同じ家名ですが、もしかして？」

「ああ、オルグは俺の親父だ。そうか、君が親父の言っていた……」

どうやらクラスメイトの一人が、ロハの村で出会ったオルグの息子だったようだ。世間は広いようで狭いな、と内心思う。

彼が知っているなら遅かれ早かれ知られてしまうと考えて、アレクは皆に事情を話した。

アレクの境遇を聞いて、少女たちは涙して憐《あわ》れんでくれた。フィアとエレンも若干涙ぐんでいるように見える。教室の雰囲気がだいぶ沈んでしまい、これではお通夜のようだと感じたアレクは殊更明るい声を出して喋った。

「でも、オルグ様に助けられて王都に来てよかったと思ってますよ？　シルフの気まぐれ亭というところでお世話になっていたんですが、宿の主人も女将《おかみ》さんも良い人でしたし。父が遺《のこ》してくれたお金でこうして学園に入って皆さんとお知り合いになれたんですから！」

そういうと、少しだけ雰囲気が元に戻る。

周囲にも微笑みを浮かべる子が増えて、先ほどまでの暗い雰囲気は消えていった。

村の事を話す予定ではなかったが、この一件がアレクがクラスの皆と馴染む切っ掛けになった。

ランバートは力強くアレクの肩を叩《たた》くと、にやりと笑って声をかける。

「何にしろ、さっきの魔力はすごいな。お前に負けないように俺も力を付けないとな！　これから宜しくな！」

バシバシと叩かれる肩の痛みに顔を顰めながらもアレクはランバートと握手をした。

彼は卒業したら、父親と同じく騎士団に入るのが目標だとアレクに語った。

こうして、平民であるにも拘《かか》わらずクラスの皆から概《おおむ》ね好意的に捉えられたアレクは、無事に初日を終える事が出来た。

◆

クラスの皆と打ち解ける事が出来たアレクは、寮へ戻ってから早速依頼をくれた数名のクラスメイトの部屋のお風呂に水を張って回る。この日は五部屋から風呂の水張りを頼まれたのだが、担任であるミリアに一言だけ条件を付けられた。

「魔力量上昇の妨げになるから、限界までは生徒にさせるように」

確かにアレクが毎日やっていたら、アレクの魔力だけが伸びてしまう。依頼をくれた生徒には事情を説明して、不足分だけをアレクが補う事にした。

また、何人かは水を張る事で魔力を使いすぎてしまい、加熱用の魔道具に注ぐ魔力が足りない事態が起きた。そんな時もアレクに声が掛かり、魔道具に魔力を注ぐという依頼を受けた。

そんな他の生徒達を見ていて思ったのは、皆目眩《めまい》や倦怠感《けんたい》を覚えた時点で魔力の消費を止めているという事だ。胸が苦しくなるまで消費しても命には別状は無いのだから、もう少し消費すればいいのにとアレクは思ってしまう。

実はアレクが知らないだけで、何人かはそこまで消費している。その内の一人はエレンである。

エレンは数年前より魔導師である祖父の下で魔法を学んでいた。その祖父から胸が苦しくなるまでが魔法の使える限界であること、それを繰り返して初めて一流と呼ばれる魔法使いになれるのだと教えられていた。

エレンとフィアの部屋はエレンが水を十分張れるという事で、初日以来訪れることは無くなっていた。どうやらエレンの魔力量をフィアが知らなかった為に頼んでしまったようだ。

祖父の下で受けた指導の賜物《たまもの》か、エレンは現時点のアレクよりも保有する魔力量が多い。

魔法適性ではアレクと同じくA評価を受けた程だったが、魔法ばかりに傾倒して貴族の名や歴史を蔑《ないがし》ろにしてきた所為で上位合格とはいかなかった。

だが、繰り返し魔力量の上昇に努めてきた彼女は、魔法の素質と相まって総魔力量が高いのである。

ともあれ、数ヶ月も経てば他の生徒達の魔力量も上がり、アレクは水張りによる小遣い稼ぎが出来なくなるだろう。この僅かな期間で少しでもお金を稼ぐべく、アレクは頼まれた部屋を行き来するのだった。

依頼された部屋を全て回り終え、やっとアレクは自室へともどる。

アレクは風呂に浸かりながら今日の出来事を振り返っていた。

何より反省しなければならないのは、感情の起伏によって魔力を周囲に放ってしまった事だ。

悲しみの感情では起きないが、怒りの感情を抱いた時に起こってしまうようだ。

アレクはこの時点ではまだ知らない事だが、この現象は魔力を解放して魔物などへ威圧を与える技である。武術を学んだ者が起こす威圧と似た技で、自分より魔力量の少ない者の行動を一時的に押さえつける効果を生み出すのだ。

（自分の感情と魔力をコントロール出来るようにならないとなぁ）

アレクはエレンと違い師が居ない。ひたすら魔力量を増やしてきただけで、コントロールについては全くの無知である。

今は魔力量が一般人よりも多い程度だが、枯渇を繰り返すにつれ異常さが目立つようになるだろう。そうなる前にしっかりとコントロール出来るようになり、魔力量を隠せるようにならなくてはならないとアレクは考える。

何よりも国や貴族に目を付けられたくは無い。戦う力は欲しいが権力者に利用されるのだけは勘弁して欲しい。万が一にも不死の特性を知られると面倒な事になりそうだ。

「あとはどうやって魔力を枯渇させるかだな」

そんな事を呟きながら風呂から上がり着替える。

現時点ではボーンウルフに魔力を与えるか風呂の水張りをするかだけである。

授業で魔法を学ぶ内に何か良い方法が見つかるかもしれないが、当面魔力を使う場面を増やさないといけないなと思うのだった。

「今の時点で他の生徒よりも魔力量はあるんだから十分なんだけど。もっと増やさないとな」

アレクが考える手段としては何通りかある。一つは川にでも生活魔法で水を延々と流す事。

これは確実に魔力を消費出来るが、人に見られると説明が面倒である。

二つ目はボーンウルフ以外の眷属《けんぞく》を作り出し、それらに魔力を供給する事。

ボーンウルフのように魔石を生み出すようであれば収入も得られるが、誰かに見られたらと考えると呼び出す種類が限定される。

眷属の中で問題なさそうなのは《レイス》である。レイスなら透明化が出来るので呼び出してもいいかもしれない。

最後に学園のダンジョンに入り魔法で敵を倒す事。

これは攻撃魔法の方が生活魔法よりも消費量が大きいので、かなりの魔力を消費することが見込める。

当然魔石を得る事も出来、収入も見込める。

しかし、ダンジョンに入るには早くても夏の試験に合格する必要があり、今すぐどうこう出来る物でも無い。

「まず出来るのは他の眷属を召喚する事か」

そう結論付けると、アレクは眷属を召喚する為に魔力を集中し始める。

呼び出すのは霊体をイメージした《レイス》である。

レイスは他人に見られる心配が無く、疑似人格を持ち魔力を操って簡単な物を動かす事が出来るので、部屋の掃除や片付けが出来る。

(イメージ、家事が出来るならメイド風で……)

姿形は術者のイメージを元に構築される為、アレクは頭の中にメイド服の女の子をイメージする。

「《眷属召喚》レイス！」

アレクの放った言葉によって、膨大な魔力がアレクの体から抜け出ていった。

予想以上の倦怠感がアレクを襲う。眩暈《めまい》に耐えるように額を押さえたアレクの目の前に、半透明の少女が佇《たたず》んでいた。

その少女はアレクが考えていたよりも小さく、とても幼く見える。自分のイメージが作り出した姿であるにもかかわらず、何をイメージしたのか一瞬わからなかった。

『初めまして。お父様』

その少女は直接アレクの頭に語りかけて来た。どうやら声としてではなく、テレパシーのような能力で会話が可能らしい。

「へぇ。これがレイスか——見た目は十歳くらいかな？」

アレクは生み出した新たな眷属をしげしげと見た。

メイドならばもっと大人の姿でいい筈なのにと思わなくもなかったが、自分の魔力量ではこのサイズが限界だったのだろうと納得した。

「以後宜しくお願いします。お父様」

そう言ってお辞儀をしたレイスの声が、今度はしっかりとアレクの耳に聞こえた。

どうやらテレパシーのような方法と普通に言葉を発して会話する方法の二つが可能のようだ。

「じゃあレイス。何が出来るのか少し実験してみようか」

アレクは召喚したレイスに指示を出し、何が出来るか実験を行った。

結果、短時間であれば完全に透明化が出来る事。それほど重くない物であれば魔力を消費して触れる事。空中に浮遊し、飛ぶことが出来るという事がわかった。

「だいたい予想とおりだな。これからよろしくね、レ、イ、ス」

「……お父様。出来ればでよろしいのですがお名前を授かりたく」

少女は申し訳なさそうな表情をしつつ、アレクへ名前を付けて欲しいと願った。

確かにレイスというのは眷属の種類で固有名じゃないなと思う。望むのなら名前を付けてあげようと思いレイスの姿をじっと見つめた。

アレクはその少女の顔を何処かで見た記憶があった。

暫く記憶を思い起こしていると、前世の記憶で見た自分の娘の面影があることに思い至る。

「もしかして、杏《あん》が成長した姿を思い描いたのか？」

一度その考えに至ってしまうと、成程なと納得した。

夢のように幾度となく見せられた前世の記憶に、数え切れないほど出てきた自分の娘である杏《あん》。

成長を見守る事もできず、死の間際悔やんでいた前世の自分の記憶。

その記憶が目の前のレイスを形成する時に影響したのだろうか。

感慨深げにレイスを見つめていたが、名前を付けて欲しいと言われていたのを思い出し我に返る。

「君の名は――アン。そうだな、アンと名付ける」

「畏《かしこ》まりました。私の名はアンです、素晴らしい名前を付けて下さりありがとうございます。お父様」

そう言ってアンは可愛《かわい》らしい笑顔を浮かべてお辞儀をした。

「私の記憶はお父様の記憶を受け継いでいます。ですので、前世を含めたお父様の知識の中にある料理や掃除などについては全て出来ます。あと、普通の人間のように学習することも出来ますので、必要があれば図書室などで学んで来ることが出来ます」

どうやら思った以上に高度な知能を持っているようだ。

アンを上手《うま》く使えば情報の収集や人の秘密を知る事ですら可能だろう。

「取り敢《あ》えず、掃除はお願い。あとは食事も自炊に切り替えていくつもりだから。その内、料理もお願いね」

「畏まりました」

アンはそう言ってお辞儀をすると掃除を始めた。

見ていると、器用に箒《ほうき》を操り床を掃いたりしている。

透明化や壁抜けが出来るので、今後何かあった際には情報収集もお願いすることになるんだろうなと思いながら、掃除をする姿を飽きずに眺めていた。

夜も更け、ボーンウルフとアンの両方へ魔力を与える。

二体の眷属へ魔力を注ぎ込むと、ほどなく魔力が枯渇しアレクは意識を失うのだった。

◆

朝、目を覚ますと、アンの姿が部屋の中に見当たらない。

寝る前に魔力が枯渇するまでアンに注いでおいたので、一晩で消える筈は無いと辺りを見回すが、姿を消している様子も無い。

ふと、部屋から離れた場所にアンの存在を感じた気がして、試しに心の中でアンに呼びかける。

『アン、何処に居る？』

すると、遠くに感じていたアンの気配が部屋の中に戻って来た。

「申し訳ありません、お父様。朝食までには余裕がありましたので、学園内を散策しておりました」

目の前で具現化したアンはそう言うとアレクへと謝罪した。

「別に怒ってる訳じゃないよ。目が覚めたら居なかったからちょっと心配しただけ。散策はどうだった？」

「はい、お父様の記憶に無かった施設の配置などは全て記憶しました。お尋ね下されば誰が何号室に寝泊まりしているか等《など》もお知らせする事が出来ます」

どうやら学園内の施設の位置や、部屋割りなども調べて来たようだ。既に立派な諜報員《ちょうほういん》である。

「そ、そうか。プライバシーは守ってあげなよ？」

下手な事を聞いて要らぬ情報を得てしまわないように、アレクは深く聞かない事にする。

教室の移動の際や迷子になった時はアンに頼ろうと考えるとアレクは着替えを始めた。

朝食を食べ教室へと向かう。アレクが教室へと入ると、室内で数人の女の子が騒いでいた。席へと向かうとフィアとエレンが女の子の輪から離れてアレクの方へとやってきた。

「おはようございます。どうかしたの？」

「おはよう、アレク君。それがね、昨日寮の中で変な音が聞こえたんですって」

話を聞いてみると、昨晩寮内で寝ていた少女が、誰かが室内を歩くような気配を感じたり、何か物が動いたような奇妙な音が聞こえたりして目を覚ました。

少女は部屋の中を見回したが誰もおらず、怖くなって頭まで布団をかぶって寝たようだ。

聞いてみると他の生徒も物音を聞いたらしく、謎の音の正体を巡って様々な推測が飛んでいるようだ。

話を聞くに連れ、アレクの口元が引きつってくる。直ぐにアンへ心の中で呼びかける。

(ちょっとアン？　昨日散策してた時って誰かに見られてたんじゃないの？)

『透明になっていたので姿は見られていないと思います。ただ、魔力の感知が出来る方には存在が分かるようですね。それと、気になる物を調べたりしていた際に物音が鳴ってしまった可能性はあります』

アレクの問いかけにアンはテレパシーで返事をしてきた。

やはり、原因はアンのようだ。恐らく生徒の部屋の中を巡った際に音を聞かれたのだろう。

また、眷属は魔力で作られた魔法生物なので、魔力が微弱ながら漏れている。魔法の素質を持つ者であれば、アンの身体《からだ》を構成している魔力を感じ取れるのかもしれない。見えない所為で正体はばれないだろうが、恐怖に駆られた生徒が魔法を放ってくる危険性もある。

アレクは可能な限り他の人の部屋に立ち入らないよう、アンに言い聞かせることにしたのだった。

とくに、学園長や教師陣には絶対近づかないよう厳命しておく。

しかしこの日から度々同様の音が聞かれ、学園で初めての不思議話としてアレクが卒業するまで語り継がれる事となるのだが、それは別の話である。

教室でがやがやと騒いでいると、担任のミリアが入って来た。

一旦怪音話は中断され、皆が昨日決めた席へと着席する。

「皆さんおはようございます。今日から本格的に授業を始めるわ」

そう言って早速授業が始まった。

初日である今日は、歴史と種族についてである。

「昨日の入学式で学園長が仰《おつしや》っていたように、ゼファールは未開の地を開拓して造られた国家です」

ミリアはこの国の始まり以前について教えてくれた。

今、アレク達の住む大地は大陸の南端だと言われている。

遙《はる》か古《いにしえ》の時代。歴史書では大破壊時代《ホロコースト》と神話時代《ミュートス》と定義されている二つの時代がある。

大破壊時代《ホロコースト》以前の事を記す文献は殆ど存在していないようだ。ただ、古代の遺跡を調査した結果によれば、人類は今よりも高度な文明を持っていて繁栄していたらしい。

しかし、何らかの異変により人類の殆どが死に絶え文明が失われたのだと言う。今残っている文献は神話時代《ミュートス》以降の物が殆どなのだそうだ。

大破壊時代《ホロコースト》を記した最古の文献にはこう書かれている。

『獣とは異なる異形なる生き物に人類は滅ぼされるだろう。大地は雪で覆われ海は濁り空は淀《よど》んでいる』

歴史家や研究家が色々な憶測を述べているが真相は分からないそうだ。ただ一つ、魔物はその時代から居て人類と敵対していたのだろうという事だけは共通の見解らしい。

「人類は滅びに瀕《ひん》していたようね。けれど、女神エテルノ様が現れて人類に希望をもたらしたの」

ミリアはそう言って神話時代《ミュートス》へと話を移す。

「魔法は女神エテルノ様がこの世界にお産まれになった際に生じたと言われています」

ミリアが生徒たちに語って聞かせたのは、この世界で最も有名な神話だった。


――遙か昔、この世界に魔法の概念はなく人は魔物に怯えて暮らす毎日だった。弱い魔物であれば武器を用いて退治も出来たが、硬い魔物や大型種が現れれば為《な》す術《すべ》が無かった。

人々が絶望に打ちひしがれているとき、突如として現れた少女が見たことも無い術で魔物を打ち倒した。少女はその術を魔法と称し広く民衆へ広めた。

その少女はエテルノと名乗り、神から遣わされた使徒だとされた――


エテルノはこの時代以降、女神として崇《あが》められる事となる。彼女は決して老いることなく、人類に魔法を伝授し終えると突如として姿を消したらしい。

加護が生まれたのもこの時からとされ、時折エテルノから神託を授かる者がいることから、女神は健在だと知られることになる。

「ここから人類と魔物との長い戦いが始まったと言われているわ。女神から魔法を学んだ人類はその強大な力を武器に魔物と戦い、人類の版図を広げて行く事になるの」

ここまで聞き終えたアレクはふと疑問に思い質問を投げかける。

「あの、ミリア先生。ダンジョンはどの時代に出来た物なんでしょうか？」

アレクの問いにミリアが答える。

「少なくとも神話時代《ミュートス》にはあったとされているわ。そうすると、大破壊時代《ホロコースト》に出来たのかそれ以前からあったのかのいずれかかね」

ダンジョンからは魔物がわき出すと聞く。だとすると何らかのタイミングでダンジョンが出来て、そこから魔物が地上に這《は》い出してきたのではないかとアレクは推測した。

神話時代《ミュートス》の終わりは、人類が住める国が造られたと同時に女神が姿を消した年を指す。

それ以降から現在までは『復興期』という分類にされているらしい。既に復興期に入ってから二千年は過ぎているらしい。

「人類最初の国は東にある『ソティラス帝国』ね。十年前にゼファールに攻めてきたけど、この話はまた後でしましょう。ソティラス帝国を起点に西が『オールマニー共和国』。北東に『ラムサーフ公国』。そして東に我がゼファール王国が位置します。また、ゼファールとラムサーフ公国に隣り合う場所にエルフだけの国『ユグドラル』が位置します」

復興期から二千年が経つ今でも国家は五つしか存在しない。

そして人類が取り戻した大地は、大陸全体のおおよそ三分の一と推測されている。正確な大陸の全体図を知らないのであくまで予測らしい。また、この大陸の他に別の大陸があるのかは現時点では判明していない。

海洋技術が低い訳では無いが、少なくとも航行できる範囲において別の大陸は見つかっていないらしい。

こうして各々の国家が未だ魔物が蔓延《はびこ》る土地を少しずつ開拓して行き、人類の版図を広げているのが現在の状況なのだとミリアは締めくくった。

例外的に、エルフの国であるユグドラルだけは領土の拡大をしていないそうだ。理由は絶対的な人口が少なく、領土を広げる余力が無い為だとか。

ミリアは歴史について話し終えると、続けて種族について説明を始めた。

「現在大陸に存在する種族を大きく分類すると、人族、獣人族、妖精族、龍族の四種族よ」

ミリアの話をまとめると、獣人族は犬や猫などの特徴を兼ね備えた種族で、その種類は多岐にわたるようだ。寿命は人族と同様で七十歳辺りが平均的らしい。

妖精族はエルフ、ドワーフ、フェアリーの三種族が代表的で、エルフやドワーフであればゼファールでも稀《まれ》に会うことがあるらしい。フェアリーだけはエルフの国へ行かないと会うことは無いという。

「フェアリーは小さくてとても可愛らしい種族よ。心ない者が捕まえて奴隷にした歴史があってね。以降、ユグドラルでエルフやドワーフに保護されているの」

フェアリーを捕まえたり売買したりする事は表向き禁止されているが、裏で取引される事があるらしく、見つかるとエルフやドワーフなどが取り戻そうと襲って来るらしい。

妖精族の寿命は平均八百歳くらい。その大半を若い姿で生きられるらしく、人族の女性の憧れとなっている。

「最後に龍族だけど、彼らだけは未だにその存在が謎に包まれているわ。大破壊時代《ホロコースト》においても龍族だけは自らの支配する土地に残ったとも言われているし、女神様から魔法を授からなかったとも言われているわ」

龍族は個体数こそ少ないが、その肉体は強靭《きょうじん》で数十年くらい何も食べなくとも生きられるらしい。一体で一国の軍に匹敵する力を持つために、大破壊時代《ホロコースト》ですら問題なく生き延びたようだ。

「資料では稀に人族の国に現れるとあるわね。人型に変身する事が出来るようで、見た目は人と変わらないと書かれていたわ」

ミリアはそう説明すると一息ついた。

伝え聞くところに寄ると、龍族の寿命は千年とも二千年とも言われる。もしかすると大破壊時代《ホロコースト》より前から生きている個体もいるかもしれないとミリアは語った。

◆

昼食を挟み、午後の授業は実技の時間となった。とはいえ、初日から魔法を放ったり剣を振り回したりする筈も無く比較的地味な授業だ。

魔法は生活魔法を用いて、詠唱の正確さや魔力の込め方を繰り返すだけだった。

しかし、それほど魔力量が多くない生徒ばかりなので、アレクや何人かの生徒以外は直ぐに魔力が半減してしまい、早々に授業は終わってしまった。

アレクも余り目立たないように加減して授業を受けていたので、不完全燃焼気味である。

次は武器を用いての授業となった。アレク達がグラウンドに集まると、一人の男性が生徒達の前に立つ。

「これからお前らの戦闘指導をすることになったガルハート・メッソンだ」

そう名乗った男は軽薄そうな美丈夫だった。歳は三十くらいだろうか？　歯を見せて微笑めばキラッと光りそうな印象を受ける。

「ガルハート様って、あのSランクの『武神《ぶしん》』の異名を持つ!?」

生徒の誰かが驚きの声を上げた。その途端、女の子達からは黄色い悲鳴が、男子達からは熱狂的な雄たけびが上がり、グラウンドに轟《とどろ》いた。

余りの煩《うるさ》さにアレクは耳を塞いで騒ぎが落ち着くまでやり過ごす。近くを見てみるとフィアとエレンも頬を染めてガルハートを見つめていた。

(『武神』？　皆の反応からすると有名人みたいだけど……)

田舎暮らしだったアレクには全く聞いたことの無い名前だった。

異名というのは魔法使いの頂点である『魔導師』と同じく、その道を極めた一部の偉人に与えられる二つ名である。

また、Sランクとは冒険者達のギルドでのランクであり、全種族の最高ランクがSとされている。

「あ、あの！　どうしてガルハート様のようなお方が教師をなさっているんですか？」

女生徒の一人が、こちらも頬を染めながらだがガルハートに質問する。確かに王立とはいえ、学園の生徒の指導にそんな有名人が就くなど聞いたことも無い。

女生徒の質問にガルハートは頬を指先で掻きながら説明した。

「あー、この数年他国との戦争も無く平和だろ？　魔物も最近では大物が出たという話も無い。つまり……暇なんだ。その時に学園長のシルフィードから声が掛かってな」

どうやら暇つぶしで教師の仕事を受ける事にしたらしい。予想外な理由にアレクは呆気《あっけ》に取られたが、他の生徒は英雄に指導して貰えると興奮状態だった。

事情を知らないアレクは、一つ質問をガルハートに投げかける。

「あの、ガルハート様は『武神』という事ですが、どのような活躍をしたんですか？」

アレクのこの一言に当のガルハートでは無く、周囲の生徒から驚きの声があがる。

「は⁉　アレクはガルハート様の事を知らないのか？」

「嘘《うそ》でしょ？　ガルハート様といったら『亜竜殺し《ドラゴンキラー》』『戦場の死神』『救国の英雄』って呼び名で有名よ？」

クラスの生徒から口々に上がるのは、ガルハートがどれ程の偉業を達成したかという言葉だった。

ある街を襲った亜竜「ワイバーン」を単独で撃破したとか、他国との戦争でたった一人で戦況を覆したとか。

どんな武器でも達人級に使いこなし、いかなる魔物でも戦争でも負け無しのその姿に付けられた異名が『武神』らしい。

「成程、すみません。田舎者なのでそういった話に疎くて……」

頭を下げたアレクに当のガルハートは全く気にした風も無く、朗らかに笑い許してくれた。

「ああ、気にすんな。勝手に付けられた異名だしな。それに、俺は唯の教師として来てる。人に教えるのも初めてだから余り期待されても困るんだよ」

そう言ったガルハートはふと目を細めてアレクを見た。

（ふぅん、こいつがシルフィードの言ってたアレクか。この歳で結構な魔力量だな）

ガルハートは学園長から、アレクやエレンのように将来有望そうな生徒については事前に説明を受けていた。特に平民出のアレクは異常とも言える魔力量を保有していることを伝えられている。

受験の時よりもアレクの魔力量は更に上がっているのだが、ガルハートは一目見てその魔力を正確に測った。

「さて、俺の自己紹介をしに集まった訳じゃないんだ。早速授業を始めよう」

ガルハートは内心を表には出さず、変わらない笑顔で生徒達を相手する。

「まず、前衛として武器を振るつもりの奴《やつ》は右へ、魔法を主体にする予定の者は左へ分かれてくれ」

ガルハートの指示で将来どのようなスタイルで戦うかによってチーム分けをされる。

アレクは武器など前世から今に至るまで持った事もないので、魔法主体の左側へと移動する。ロハの村に居た時に使った事がある武器といっても、父親が狩った獲物を捌《さば》く為のナイフと、弓くらいだ。

　ガルハートは近接戦闘を覚える重要性を生徒達へと話し始めた。自分に合った武器を選ぶ方法や、魔法使いでも護身の為に武器の使用は欠かせないとアレク達に説明する。

　そうして、グラウンドの片隅にある木製の武器の中から、自分が使ってみたいという武器を三つ選ばせる。

「あの、ガルハート先生？　なぜ一つではなく三つ選ぶんですか？」

　アレクがそう質問すると、ガルハートはいい笑顔で頷いて説明してくれた。

「うん、いい質問だな。一つ選べと言えばそれは当人の好みで選んだだけだ。見た目とか、軽いからとかな。それは必ずしも本人に合った武器とは限らない。実際は二つ目、三つ目に選んだ武器が本人に一番適している事の方が多いんだ。それに、魔法を主体とする奴に武器を選べって言っても選べるか？　精々が短剣か杖《つえ》を選ぶ程度だろう？」

　そう言って皆の方を見ると、確かに近接希望の生徒は片手剣か両手剣を手に取った者が殆どで、魔法を主体にする生徒は短剣や杖ばかり手に取っていた。木製の武器には槍《やり》や斧《おの》、弓もあるのだが、それらを手に取った生徒は皆無だ。

　言い当てられた感じがしてアレク達は所在無げに目を彷徨わせた。そんな生徒達を見てガルハートは説明を続ける。

「だから、最初に選ぶ武器は三つって俺は決めてるんだ。最初の一本とは系統の違う武器を選ぶ事をお勧めするぞ。あと十分くらいで選んでくれ」

そう言われてアレクは手元にある武器へと目線を戻す。既に手に取っていたのは短剣を模した木刀だ。他の二つに何を選ぶか少し真剣に考えてみる。

「片手剣？　でも確か正確な技量が無いと刃が垂直に当たらないって聞いた事があるな。弓も器用さが必要そうだし」

散々悩んだ挙句、アレクは短剣の他に棒杖《ぼうじょう》と鈍器を模《かたど》った武器を手に取る。そんなアレクを見ていたガルハートが興味深げに話しかけてくる。

「ほう？　アレク君はメイスと杖か。何でそれを選んだか聞いてもいいかい？」

「えっと、鈍器ならどんな角度で殴っても相手に与えるダメージは変わらないからです。剣は鎧《よろい》や硬い皮に遮られると通らないけど、鈍器だと衝撃を内部に通す場合があると聞いた覚えがあります。杖は『突けば槍、払えば薙刀《なぎなた》、持たば太刀、杖はかくにも、外れざりけり』だったかな？　突き、払い、打ちと万能な武器だと聞いた覚えがあったので」

どちらも前世での小説やテレビでの記憶だったが、それを聞いたガルハートは驚いた表情でアレクを見つめていた。

「ほう、思ったより考えて選んだな。それに加えて、その二つの武器なら殺さず捕まえたい場合にも便利だよ。非殺傷の武器としてもいい」

ガルハートに褒められたアレクは照れたように微笑んだ。それを見た他の生徒は、自分もガルハートに褒めて貰おうと今まで以上に必死に武器を選ぶのであった。

この後、簡単な型を指導してもらい、体力作りの為にランニングや柔軟体操などを夕暮れまで行った。貴族が中心だった為か、皆一様に地面へ倒れ伏したり荒い息を吐いていたりした。

疲れてはいるものの、立っている生徒も居た。それは父親に騎士団長のオルグを持つランバートや数名の男子生徒だった。唯一女性で立っていたのは意外なことにリールフィアであった。

「フィアさんは体力あるんだね」

息を整えながらアレクが声を掛けると、フィアは恥ずかしそうに頬を染めながら事情を教えてくれた。

「私の父の領地は東の未開の地に面した田舎なの。魔物が多いし身を守る為にって、父から剣術を教わっていたのよ」

「なるほど。だからか……フィアさんに負けないように僕も頑張らないとな」

女の子に負けてはいられないと気合いを振り絞って立ち上がる。

結局この日は体力の限界まで身体を動かす羽目になり、大半の生徒が筋肉痛に悩まされる事になった。

◆

二日目の午前中の授業は魔法についての説明だった。

「魔法は妖精族が使える精霊召喚と古代語魔法《ルーン》があるわ。精霊召喚についてはエルフだけに伝えられているから説明は省きます。興味がある人は学園長にでも尋ねてください」

ミリアはそう言うが、あの学園長に聞きに行く事は恐れ多くて出来ないだろうと殆どの生徒は思った。

「古代語魔法《ルーン》は詠唱によって発現させる事が出来る魔法です。生活魔法の一つを例にとれば――『我、願うは闇を打ち払う光明――《ライト》』。これが詠唱です。ただし、熟達すれば発動は《ライト》と唱えるだけですみます」

ミリアは皆の前で実演して見せた。

「また、武器を持って戦う者が扱いやすいように編み出した《武技》という魔法もあります。これは遠距離にいる敵に対し無属性の魔力による斬撃を飛ばしたり、高速で連撃を繰り出したりするスキルです」

そう言って短剣を取り出すと、実際に《武技》を見せてくれる。

「これは遠くの敵に当てる為の《魔力撃》ですが――」

ミリアは教壇の上に二十㎝程の木材を立てると、少し離れた場所へと移動する。

「《魔力撃》！」

ミリアが言葉を発したと同時に、手に持った短剣の刀身がうっすらと光る。力をいれずに短剣を横に振り払うと、教壇に置かれた木材が何かに弾《はじ》かれたように床へと転がった。

「おお！」

生徒達の歓声が上がる。ミリアは転がった木材を拾うと生徒達へと見せた。

見ると、木材に横一線に傷が刻まれていた。離れた場所から、力を入れる風もなく振るわれただけの一撃で、ここまで威力があるのかと皆が驚く。

「狭い教室ではこれが限界ですね。本職でもありませんし。剣術などの実技の時間に、担当の教師から教わって下さい」

武技は一般的に魔法とは異なり、魔力をそのまま武器へ通す為に効率が悪いらしい。魔法使いであれば魔法を使って唱えたほうが、同じ威力をもっと少ない魔力で発現できる。

ミリアも覚えた武技は何種類かあるが、使う事はまず無いのだという。

そうであれば、武器を持ち戦う者も魔法を唱えたほうがいいのではないかとアレクは思う。疑問に思い質問すると、ミリアはこう答えた。

「魔法を使うためには詠唱と共にイメージを構築して、集中し魔力をコントロールしなければいけません。これは黙って立っていればそれほど難しくは無いけれど、身体を動かしていると途端に難易度が上がります。だけど武技はそれほどコントロールが必要無いの。だから、身体を動かしながら発動するには武技の方が適しているのよ」

その説明にアレクを含め全員が納得した。喩えるなら針への糸通しだろうか。動いていればまず成功しないだろう。

とは言っても、動いている時は魔法が使えないかと言われればそうでは無い。上級の威力の高い魔法になれば難しいが、初級の魔法であれば走りながらでも唱える事は可能である。

皆が納得したのを見て、ミリアは説明を続ける。

「魔法は魔力が伴っていなければ発動しません。系統は無属性、地水火風の属性魔法と、治癒を目的とした治癒魔法があります」

属性魔法は自然界にある力を発現させる魔法で、上級以上になると氷や雷も扱えるようになる。氷は水の、雷は風の上位属性らしい。

無属性とは身体強化の魔法や《武技》で用いる魔法を指しており、治癒魔法は神殿の司祭が魔法を秘匿していることから神の魔法、聖属性とされているようだ。

「あれ？　でも生活魔法に傷を治す《キュア》がありますよね？」

生徒の一人がミリアに尋ねる。ミリアは頷くと質問に答えてくれた。

「それはね、平民や貧困層の死亡率が高かったから、当時の権力者が神殿へ公開するよう指示したのよ」

ミリアの説明に成程と頷く。多少の怪我《けが》が元で破傷風《はしょうふう》になってしまい死因に繋《つな》がる場合も少なくないだろう。《キュア》程度だとしても、患部を清潔にして魔法で治してしまえば確率はぐっと低くなる。

ただし、生活魔法で治せる傷は切り傷程度である。

重度の怪我は人体に関する詳細なイメージを持っていないと正しく効果が出ない為、神殿の治癒魔法の使い手は人体に関する知識が豊富だとかで、現代でいう医師の役割を果たしているらしい。

「では、学園では治癒魔法についてては学べないんですか？」

アレクは疑問に思ってミリアに尋ねた。

「そうね。学園のダンジョンには学園で雇った治療師を同行させるし、冒険者となると治療師を見つけて固定のチームを組むか、お金を払って治療師を雇うかしているわね」

ミリアの答えに少なからずショックを受けたアレクであった。

ミリアの授業は続き、魔力の上げ方についての部分になるとミリアの表情が一段と真剣みを帯びた。とは言え、先ほどまでの表情と殆ど変らず若干目が細くなっただけなのだが。

「魔力の上昇は、いかに魔力を使ったかが影響します。ただし、既に知っていると思いますが魔力の枯渇になると命を落とします。ですので、この一年で自分の魔力がどの程度かを完全に把握して貰います。この把握が不完全だと進級できませんので気合いを入れるように」

この発言に一部の生徒から悲鳴があがるが、自分自身の命が懸かっているので皆真剣に頷いていた。

この後のミリアの説明で知ったのだが、魔力枯渇に陥っても直後に他者から魔力を供給して貰えば一命は取り留めるらしい。

ただし、一時でも枯渇状態になった肉体は激しいダメージを受ける為、数日は寝たきりになるという話だった。

（僕の場合、枯渇状態になっても復活した後は特に影響無いんだけどなぁ）

ここでも自分と他の皆との違いに気付き、自分の異常さを再認識したアレクであった。

◆

入学から一ヶ月、午前中はミリアによる座学の授業、午後は体を鍛えると共にガルハートから武器の扱いを教わっていく。とはいえ、座学は魔力の制御と魔力量の増加に関する講義のみで攻撃魔法の一つも教えて貰えていないし、午後はランニングや素振りばかりで型も基本のものだ。そんな状態で一ヶ月も過ぎると、クラスの半数は飽きて集中力が無くなって来ていた。

「流石にこう毎日同じ内容だと飽きるなー」

午後の授業中にそう言ってアレクに話しかけて来たのは騎士団長オルグの息子、ランバートだった。ランバートはアレクと違い近接職を目指している所為か、体力には自信がありクラスで一番の脳筋と評判だったが、何故《なぜ》かアレクによく話しかけて来た。

「ランバート君は体力有り余ってそうだからいいけど、僕なんかは基本的に体力無いからねぇ。今のメニューでも結構大変なんだよ？」

実際、アレクの言葉通りランバートは殆ど汗をかいていないのに対して、アレクは汗だくで肩で息をしている。同じ歳といってもここまで体力に差があるのはランバートが流石という事なのか、アレクの体力がなさすぎるのか判断に悩む所ではある。

「俺は親父に付き合って五年は体鍛えてるからな。剣も親父から習ってて基本的な型は知ってるし、ぶっちゃけ授業がつまんない」

「そんな事言ってるとガルハート先生に聞こえるよ？」

そう窘《たしな》めたアレクだが、時すでに遅く背後から声が掛けられた。

「ちゃんと聞こえてるぞ？　ランバートは体力だけはあるからな。お前だけ皆の倍走ってもいいぞ？」

気付くと、ガルハートがアレク達の背後に立っており、木刀を肩に乗せランバートを見下ろしていた。ランバートは小さく悲鳴を上げて猛ダッシュで逃げていき、アレクだけが取り残されてしまった。その様子にアレクとガルハートはお互いに顔を見合わせつつ苦笑する。

「でも、僕は体力無いからしょうがないですけど。ランバート君のように近接職を目指す人達はガルハート先生から武技を教えて貰うのを楽しみにしてますよ？」

余計な事とは思いつつ、生徒の気持ちを代弁してガルハートに伝える。

体力作りが辛《つら》いので、多少でも別な事に時間が割ければ良いという気持ちも若干ある。魔法使いを目指す半数の生徒がアレクに期待を込めた視線を送ってきていた。やはり皆走り込みが嫌になって来ているのだろう。

「はぁ。わかったよ、来週から技も教えていく事にする。体力作りと半々くらいの時間でな」

その言葉を聞いた生徒から歓声が上がる。

この出来事以降、午後はミリアとガルハートが合同で魔法と武技を教えてくれる事になった。

この一ヶ月体力作りを続けたお蔭《かげ》で、入学当初よりは持久力も筋肉も付き始めてきているが、実戦で役に立つ程ではない為、体力作りも並行して行われる事になる。それでも、魔法や技を教えて貰えるというのは嬉しいものでアレクも顔に笑みを浮かべた。

翌日、いつも通りアンに起こされたアレクは着替えをして教室へと向かう。廊下を歩いて教室へと向かっていると、前方に見覚えのある集団が立っていた。相手もアレクに気付くと顔を顰めつつ睨《にら》みつけて来る。

「これはボレッテン様、おはようございます。その節は礼儀を弁《わきま》えず大変失礼いたしました」

廊下に居た集団は、入試の際にアレクと一悶着《ひともんちゃく》あったボレッテン侯爵家のカストゥールと、その取り巻き達であった。

アレクは学園長から問題行動を起こすなと言われていたので、貴族相手の礼をしておく。

対してカストゥールは何も言わず、取り巻き達に顎で合図すると教室へと入って行った。

(はぁ。あの程度の出来事でギスギスしたく無いんだけどなぁ。いい加減忘れてくれないかな)

アレクは溜息を吐いて自分の教室へと歩き始める。

同じクラスの皆はアレクの境遇に同情していたりと好意的な感情を持ってくれているが、他のクラスにいる貴族達は平民出身であるという事で、カストゥール同様アレクを見下した態度を取っていた。

とはいえ、嫌がらせを受けている訳では無いため問題があるわけではない。ただ、廊下を歩いていたり、食堂で昼食を食べていたりする際に感じる視線が鬱陶しいのだ。

(貴族様と平民だもんなぁ。仕方ないんだろうけど)

アレクは今日二度目の溜息を吐きながら自分の教室へと入っていった。

授業が始まり、午前中はいつものように座学で税の計算や内政についての講義だった。

税の計算などはランバートを始めかなりの生徒が頭を悩ませていた。この世界には計算機などは無く、算盤《そろばん》があるだけだ。算盤はやると分かるのだが、珠《たま》を弾く際にミスが起きやすい。気付いたら数字が合わなくなり、皆四苦八苦していた。

アレクは前世で珠算を習っていた事もあり、それなりに算盤を扱うことに自信があった。

（小学生の頃にやってただけなのに覚えてるもんだなぁ）

初めこそミスもあったが、一時間もすると指が勝手に動くようになった。因みにシルフの気まぐれ亭で働いていた時は全て暗算で対処出来る程度の数字だったので算盤は使わなかった。

アレクの計算能力を見てミリアを始め、クラスの皆が感嘆の息を吐く。

「アレク君は商会で経理が出来るわね。領地を持つ貴族に仕えて税務官も出来そう」

ミリアの言葉に将来領地を継ぐ予定の何人かの生徒の目が光った気がしたがアレクは気付かない。

この後、卒業までに幾度か税務官として領地に来ないかと誘われる事になるのだが、それは別の話だ。

◆

週が明け、ついに実際に魔法を放ったり武器を扱ったりする事を許された。

実際に魔法を放ったり出来る実技の時間が、アレクにとっては最も充実している時間となっていた。

アレクはこの一ヶ月半、武器は杖に主体を置いて習っていた。片手用のメイスも選択肢に入れていたのだが、いまいちしっくりこなかった所為だ。

「よし、突き！　払い！　足も狙っていけ！」

ガルハートの指導を受けるアレクの全身からは汗が噴き出している。

今、アレクを含む五人が同時にガルハートに向かって攻撃を仕掛けている。しかし一撃として当たる事はなかった。

当初は一人ずつ型を習っていたのだが、如何《いかん》せんガルハート一人で二十人に教えなければならず、時間が圧倒的に不足していた。結果として五人一組で同時に乱取りする事になったのだが、生徒の誰一人として当てる事が出来ない程の実力差があった。『武神』という称号は伊達《だて》ではないという事だろう。

「よし、そこまで！」

ガルハートの号令で乱取りをしていたアレク達の手が止まる。

肩で息をしている生徒達を順に評価して悪い所や良い所を指摘していき、最後にアレクの番となった。

「アレクの杖術《じょうじゅつ》は形になって来てはいるが、圧倒的に体力不足だな。ミリアからそのうち身体強化の魔法を習うからある程度は補えるだろうけど、あれは基礎体力に比例する魔法だからな。もう少し体力をつけておいた方がいいぞ」

「はい……」

ガルハートの言葉を聞きながら、アレクはガルハートの実力の高さに舌を巻いていた。

扱う武器の違う五人がそれぞれ不規則に攻撃を加えているのに、一度たりとも当たらないのだ。

背中を向けている時も当然あり、隙だらけだと思って攻撃しているにもかかわらずだ。

ともあれ、アレクとしては近接職を目指す訳でも無い。どちらかと言われれば、ミリアの授業で習う攻撃魔法に重点を置いている。

そんなアレクの考えを見透かすかのようにガルハートは言葉を続ける。

「まあ、お前は魔法使いを目指すんだろうしなぁ。このまま一年もすれば十分そこいらの魔物であれば不意打ちくらいは防げるようになるだろう。ただ、これだけは覚えておけ。いくらチームを組んで前衛に守られていても攻撃が抜けてくる時は必ずある。後衛だからと武器の扱いを疎《おろそ》かにすれば、あっさり死ぬぞ」

この言葉はアレクだけでなく、他の生徒にも向けられたものだった。

もっとも、アレクなら長い詠唱も必要とせず、詠唱破棄で魔法を発動出来るのだから他の生徒よりは生き延びる可能性は高いだろうとガルハートは心の中で思う。とはいえ、魔力が延々と続く訳でも無いのだから最後には自分の体力と武器が切り札になるとガルハートは経験から知っている。


季節は六月も終わり、後半月もすれば夏休みとなる。

夏休み前の試験次第でダンジョンに潜れるかどうかが決まる為、生徒達も指導する職員たちも熱が入る。今回の試験に合格しなければ次にダンジョンに潜れるのは早くて夏休みが終わってから、一ヶ月以上も後なのだ。

そんな焦りが見られる中、ついに夏の試験の合格発表が行われた。

ミリアとガルハートが並んでアレク達の前に立っていた。これから呼ばれる者はダンジョンに潜る為のチームを組み、集団戦について学んでいくことになる。

残念ながら不合格の者は再度個別の指導を受け直し、次回の試験までダンジョンはお預けである。

「今から合格者を発表します。名前を呼ばれた生徒は四人ずつチームを組んでもらいます」

ミリアから次々と合格者の名前が告げられる。

自分の名前が呼ばれ、アレクは小さくガッツポーズをとる。他の生徒達も名前を呼ばれて歓声を上げたり、同じチームを組もうと他の生徒に声を掛けたりしている。

今回不合格となった者は嘆きの声を上げながら項垂《うなだ》れていた。

「よう！　アレク。俺と組もうぜ！」

そう言って背中を叩いてきたのは同じく合格したランバートだった。

彼はクラスで剣の扱いが一番上手い。アレクとしては心強かったので快諾する。少し離れた場所で他の男子生徒に勧誘されていたフィアとエレンも近づいてきてアレク達に声を掛けてきた。

「アレク君、ランバート君。私達も一緒にいい？」

「二人の足を引っ張らないように頑張るわ」

満面の笑みのフィアに対して、エレンは少し自信無さげに声を掛けて来た。同じ魔法使い志望のエレンとしては、アレクと自分をどうしても比べてしまい自信が持てないでいた。

入学した当初こそエレンの方が魔力量も多く魔法の知識もあった。だが、二ヶ月も過ぎるとアレクの方が魔力量が多いのでは無いかと思うようになってきた。

これはアレクが幾度となく魔力枯渇になることで魔法量を増やしている所為だ。エレンがどれだけ頑張っても消費量の一％程度増えるのがせいぜいなのに対し、アレクは十％も増えるのだ。アレクとしてもずるをしているように感じてしまい、魔力量については隠すようにしていたのだが、エレンは敏感に感じ取っていたようだ。

加えて魔法の授業でアレクの見せた詠唱破棄がエレンをいっそう落ち込ませていた。エレンは未《ま》だ詠唱破棄で魔法を唱えられる域まで達していないのだ。

エレンはこの年齢の子としては優秀な方でありアレクが特異なのだ。前世での科学知識などがあり、イメージがエレン達と違いすぎるのである。

だがエレンとしては同じ歳なのにという気持ちがどうしても拭えないでいた。

「おう！　クラスの美少女コンビが一緒ならダンジョンも楽しくなるってもんだ」

ランバートはそう言って歓声を上げる。アレクにとってもフィアが一緒なのは嬉しかったので否はない。

先ほどまでフィアに声を掛けていた生徒達から睨まれている気がするが、本人たちの意思の方が大事である。

リールフィアは元より剣がメインだ。恐らくチームではランバートと共に前に立つ事になるだろう。

「足を引っ張るのは僕かもよ？　エレンさんは状況に応じての魔法の使い分けが上手いし逆に教えて欲しいくらいだ。これから同じチームなんだしお互いに補い合って強くなっていこうよ」

「ありがと。だけど、咄嗟《とっさ》の判断を差し引いてもアレク君は詠唱が短いから差が無いのよねー」

エレンは詠唱の破棄が余り得意では無かった。その分、状況を先読みして魔法を唱える事で補ってきた。

逆にアレクは先読みが甘い。咄嗟に詠唱破棄で魔法を発動して誤魔化しているだけだ。

二人はまったく正反対のタイプの魔法使いだった。

「俺から言わせればどっちもどっちだ。経験を積めば先読みもしやすくなるし、熟練していけば詠唱の短縮も出来るようになる。ダンジョンでバンバン経験を積んでいけばいいんだよ！」

「そうですよ！　そんな事いってたら剣も魔法も半端な私はどうしたらいいんですか？」

お互いに自虐的になっていたアレクとエレンをランバートがフォローする。そして、自虐的な言葉を口にしながらも全く落ち込まないフィアに感化されて、アレクとエレンの表情にも笑みが浮かぶ。

「そうだね、ダンジョンに潜ってお互い頑張ろう」

アレクの一言に全員が頷いた。夏休みまで残り十日、四人は連携を取る訓練を積みながらダンジョンが解禁される日を待つ事になる。

生徒二十名の内、合格者は十二名だった。少ないように見えるが、たった二ヶ月の修練でダンジョンに潜れるだけの技能を身につけている事のほうが特殊なのだ。

ランバートやエレンのように、学園に入る前から祖父や父に指導を受けた者や、フィアのように学べば学んだだけ吸収し上達する才ある者。そして、アレクのように特殊な存在だからこその合格なのだ。

授業が終わり、自室へと戻ったアレクは浮かれていた。

試験にも合格し、知り合いの三人とチームを組むことが出来た事が嬉しくて、つい鼻歌を口ずさんでいた。そんなアレクを不思議そうに見上げるボーンウルフと、少し不機嫌そうに見つめるレイスのアンがいた。

「お父様、ダンジョンなんて危険な所に行くにしてはずいぶん嬉しそうですね」

アンから発せられたのはずいぶんと険のある言葉だった。アレクは首を傾げて何か機嫌を損ねるような事をしたかと暫《しば》し考えた。

「アン、なんか機嫌悪い？」

「お父様の眷属たる私やボーンウルフがおりますのに、ダンジョンへは連れて行って下さいませんの？」

どうやらアンは、自分たちが戦力に数えられておらず留守番をさせられるのが不服なようだった。

アンはアレクへと詰め寄ると鬱積した日々の不満をぶつけるように一気に捲《まく》し立てた。

「私は攻撃にはお役に立ちませんけれど、偵察にて敵が来るかを調べる事は出来ます。ボーンウルフに至ってはお父様に剣を向ける敵を打ち倒すのが本来の役目です。それなのに、やっている事と言えば愛玩犬のような扱いばかり！　そもそも名すら付けて貰えないと彼は日々嘆いております」

いくら顔が可愛くとも、半透明のレイスが怒った形相で迫ってくると流石に怖い。アレクは後ずさりながらボーンウルフへと顔を巡らす。

「あー、そう言えば名前を付けて無かったよね。名前欲しい？」

アレクがボーンウルフにそう尋ねると、短い尻尾をブンブンと振り回して肯定の意を示している。

アレクとも簡単な意思の疎通は出来るのだが、どうやらアンとは同じ眷属として完全に会話が出来ているらしかった。

主《あるじ》たるアレクに名前を付けて欲しいと願う事も出来ず、アンに愚痴をこぼしていたのだろう。いじらしくて涙が出てきてしまう。

「そうだな、お前は今日からアインだ」

アレクが告げるとボーンウルフ改めアインは嬉しそうにアレクの足元へ体を擦りつける。骨なので肋骨《ろっこつ》がゴリゴリと脛《すね》にぶつかって痛いのだが、空気を読んで口に出さない。

アインとはドイツ語で一《いち》の事なのだが、初めての眷属という事でそう名付けた。

じゃあアンはツヴァイではないのかと言うと、見た目で名付けてしまったので既に統一性は無い。

(名前に困ったらこの続きで名付けて行こう)

そんなアレクの内心など知らないアインは満足した風に足から離れると、ベッドに横たわった。

これで問題は解決したと思ってアレクが気を緩めると、アンは机をぺしぺしと叩きながら話を戻した。

「お父様、何も話は終わっておりませんよ？　ダンジョンにご学友とはいえ未熟な生徒のみで潜るくらいならば私とアインを連れて行って下さい」

「そう言えば、そんな話だったね」

話が終わった気分だったアレクは冷や汗を掻きながらそっと目を逸《そ》らした。

だが、アンは更に言い募る。

「他のご学友がおられるのですから、当然私は姿を常に消します。お父様たちが気付かない敵をお知らせするくらいに留めるつもりです。アインも普段はバッグに入っていて、お父様に危険が生じた時のみお手伝いするに留めます。ですから、是非お供させてください」

そう言ってアンは深々と頭を下げる。

いくら死なない身体とは言え、主が危険に晒《さら》されるかもしれない時に、のほほんと部屋で待っているなど眷属の矜持《きょうじ》が許せないのだ。

暫くそのままの姿勢で居たアンに、アレクは声を掛けて頭を上げさせる。

やはり無理なのかと悲しげな顔をするアンにアレクは諦めたように告げた。

「わかったよ。二人をダンジョンに連れて行く。だけど、随行する教師や神官がアンに気付くかもしれない。完全に気配を消せるように今から練習しておいて」

「ありがとうございます」

アレクの言葉に、アンは満面の笑みを浮かべながら手を胸の前で握りしめた。

アレクは頷くとアンとアインを伴って行くことを約束する。最悪はあの三人にアンとアインの存在がばれてしまうだろうとアレクは考えていた。しかし、いつかは知られてしまう可能性があるのだと自分に言い聞かせる。

(こんな特殊な加護だと知ったら皆どんな顔をするのかな)

もしかすると怖がり、自分から離れて行ってしまうかもなとアレクは自嘲する。けれど、付き合いが長くなれば何れ《いず》自分の異常性に気付かれる。結局は遅いか早いかなのだ。

そんな事を考えていると、先ほどまでの浮かれた気分は何処かへ消えてしまった。アレクは風呂に入るとアンに告げると水を張りに浴室へと向かう。

十日後からのダンジョンが楽しみでもあり、同時に不安でもある。今は考えないようにしようと、魔道具へ魔力を通しお湯を沸かすのだった。

翌日、チームとして訓練をすることになったアレク達は、各々の武器を持ちガルハートと対峙《たいじ》していた。

ランバートは片手剣と小型の盾を持ち、フィアは軽めの曲刀と短剣の二刀流という出で立《いた》ちだ。

エレンは三十㎝程のワンドと小さな円形の盾を装備し、アレクは両手で扱う杖を持っている。

実は、エレンはアレクより更に格闘術に向いていなかった。小さな頃から導師である祖父に魔法の手ほどきは受けていたものの、武器の扱いに関しては全く触れずに育った。

その弊害か、この二ヶ月の授業で全くといって良い程武器が扱えず、ガルハートに守りに専念しろと言われ小型の盾のみ装備することとなった。

結果として、前衛にランバートとフィア、後衛にアレクとエレンという配置になった。アレクは前衛を抜けた魔物がエレンに辿《たど》り着かないように守る役割もあるのだ。

そんなアレク達と向かい合いながら、ガルハートは配置や各自の役割を指導してゆく。

「ランバートは敵を真正面から受け止めろ、フィアはその左右から各個撃破。エレンとアレクは魔法攻撃を主体としてランバートが食い止めている奴を確実に仕留めろ」

そう言ってガルハートを仮想敵とした模擬戦が行われる。

実際の敵は一体ではなく複数居るのだから実戦で想定通りに行くとは限らないが、基本の動作を体に覚えこませるように繰り返し体を動かしていく。

「我、願うは敵を貫く一条の火。《ファイアアロー》！」

ガルハートを足止めしようと必死に食らいつくランバートの頭上を抜けてエレンの《ファイアアロー》がガルハートへと飛んで行く。だがガルハートは剣を一振りするだけで、当然のように打ち消してしまう。

「《クァグマイア》、《アースバインド》！」

ガルハートの意識がエレンの《ファイアアロー》へと向いた瞬間にアレクがガルハートの足元に泥の沼を発生させる。足場が不安定になり体勢が崩れたところへ間髪いれずに束縛系の《アースバインド》の魔法を唱える。

泥沼となったガルハートの足元から、土で出来たロープのような物が足へと絡まる。回避力が落ちたガルハートに向かってフィアとランバートがすかさず攻撃を仕掛けた。

「ふんっ！」

しかし、ガルハートが一言気合いの声を入れ地面を踏みしめると《アースバインド》が千切れ飛ぶ。そして自由になった身体であっさりとランバートとフィアの攻撃を躱《かわ》してしまった。

「うそでしょ、あのタイミングで避けるなんて……」

その動きをみたエレンが呆然《ぼうぜん》と呟く。声に出さなくてもアレクも他の二人も同じ気持ちだった。かなり絶妙なタイミングで入った束縛系の魔法を気合いのみで解かれるとは思っていなかった。

そんな四人を見て、ガルハートは口角を上げ笑みを浮かべる。

「ふふ、今のは結構いい連携だったな。俺じゃなかったら一撃食らってたレベルだ」

ガルハートは落ち込むアレク達を慰めながら、実際ダンジョンの二層くらいまでならこいつらで十分クリア出来そうだと感じていた。

(最後の連携はちょっぴり危なかったな)

内心でそう思いながらも、表面上は余裕の笑みを浮かべながら生徒達に指導していく。

流石のガルハートも、あの《アースバインド》が決まれば続く攻撃を避けることは難しくなる。教師としての威厳を保つため、少しだけ本気を出して魔法を解いてしまったのだ。

僅か十三歳でこれだけの実力なのだ、これからが楽しみだと心底思いながら別の生徒の指導へと気持ちを切り替えた。

ガルハートとの模擬戦が終わり、皆ヘトヘトになりながら寮へと戻った。

自分の部屋へと戻る前にフィアとエレンの部屋のお風呂に水を張るのを忘れない。この二ヶ月は連日の模擬戦で魔力の残量が少ないのでアレクが行っていたのだ。

「へー、ここが寮の中か。俺入るの初めてなんだよな」

アレクの背後からそう声を掛けて来たのはランバートだ。

彼は王都に家族と住んでいるので普段は家に戻るのだが、今日はアレクの部屋へと遊びに来ていた。

アレクも模擬戦で汗をかいているので風呂に入りたいのだが、自分一人が入ってランバートを待たせる訳にもいかない。

「ランバート君は着替え持ってきてる？　なら風呂にも入っていきなよ」

「お、いいのか？　いやー汗が気になってたから助かるぜ」

アレクの厚意に素直に甘え、ランバートは部屋に入ると早速沸かしてくれた風呂へと飛び込んだ。

事前にアンへは念を送っておいたので、アインはベッドの下へと避難しているしアンは姿を消している。

（そう言えば、この世界に生まれてから誰かを部屋に招待した事って無かったな）

生まれた村は家族と住んでいて誰かを家に呼ぶことも無かったし、王都へ来てからは親しい友達と呼べる者など居なかった。

そう考えてみると、ランバートはこの世界で出来た初めての友達と言えるのかもしれない。

（まあ、相手は騎士団長の息子で貴族だけどね）

ランバートは王都の騎士団長オルグ・セグロア子爵の息子で貴族である。本当ならアレクのような平民が普通に話しかけられるような身分では無い。

しかし、幸いな事にランバートだけでなくクラスの皆も身分を気にする事無く平等に接してくれるので助かっている。

「そういや、アレクに聞きたいことがあったんだが」

風呂から上がったランバートは、十三歳にしては逞《たくま》しい体を拭きながらアレクへと問いかける。自分よりも一回り以上大きなランバートの体に、流石鍛えてるなぁと思いながら冷蔵庫の魔道具から冷えた果実水を取り出す。

「今日も模擬戦で攻撃魔法を使っていなかったけど、なんでだ？」

アレクから果実水を受け取ったランバートは一息に飲み切ると、そうアレクに尋ねた。頼むから下着一枚で牛乳を飲むかのようなポーズは止めて欲しいなと思う。

「まず服を着ようよ。僕が攻撃魔法を使わない理由はね、先生達に止められてるからだよ」

「ん？　ああ、攻撃魔法の最初の頃の授業でお前がやらかした、アレか」

アレクの言葉にランバートは服を着ながら会話を続ける。アレクが授業で攻撃魔法を初めて習った際に起きた事故が原因なのだと聞いてランバートは納得するように頷く。


──事の発端は二週間前に遡る。魔法の実技を習うため、アレク達はグラウンドに居た。

今まで理論や魔力量を上げる授業ばかりだったので皆やる気であふれている。

生徒達がグラウンドに集まっている前に立ち、ミリアが口を開いた。

「さて、今日から簡単な攻撃魔法を実際に撃って貰います。生活魔法と同様に明確なイメージと古代語《ルーン》、そして相応の魔力によって発動します。ですが、これは人に危害を及ぼす魔法であるという事を忘れないように。建物へと撃てば被害を及ぼしますし、人へ向ければ殺傷してしまいます」

そう言うとミリアは、二十m程先に設置してある金属製の案山子《かかし》に向かって片手を伸ばす。

「我、願うは敵を貫く一条の火。《ファイアアロー》」

すると、ミリアの掌《てのひら》から炎が現れ案山子へと飛んで行く。確かに見た目は火で出来た矢だ。《ファイアアロー》は案山子に命中すると四散し消えた。あとには拳大の焦げ跡が付いており、ミリアを見ていた生徒達から歓声が上がる。

「これが火属性の基本魔法、《ファイアアロー》です。唱えた古代語《ルーン》を覚えましたか？　今見せた魔法のイメージをしっかり覚えていてください。では五人ずつ横並びで案山子に向けて練習して」

ミリアの号令に従い、生徒達は順に案山子へ向かい魔法を唱えてゆく。

一度で発動する者も居れば不発でなかなか発動出来ない生徒も居て資質が問われるのだと分かる。

そんな中、祖父を導師に持つエレンは最も威力があり、発動もスムーズだった。ミリアの放ったものと同じくらいの威力があり、ミリアからも褒められていた。

そして順番がアレクへと回ってくる。

アレクもミリアやエレンのように一発で決めてやろうと気合いを入れる。初めて使う攻撃魔法という事もあってアレクの気持ちも昂《たかぶ》って来る。イメージは案山子を燃やし尽くす程の灼熱《しゃくねつ》の炎！とアレクは魔力を込めて古代語《ルーン》を唱えた。

「《ファイアアロー》！」

何時ものように詠唱破棄で発した古代語《ルーン》を鍵《キー》にアレクの掌に魔力が集まる。だが、他の生徒が見せたような赤茶けた火と違って、そこにあるのは《ライト》のような白く眩《まばゆ》い光だった。

それに気付いたミリアが普段の無表情な顔から一転、焦りを浮かべた表情に変わる。

「アレク！　魔法を止めてっ！」

ミリアの叫び声が聞こえたアレクだったが、そもそも魔法を中断する方法を習っていないので止めようがない。そうこうしている内にアレクの魔法が案山子へと飛んで行き、まるで目潰しの《フラッシュ》のような輝きに、その場に居た生徒達が目をつぶった。

次の瞬間、案山子へと命中した火矢は激しく燃え上がる。

光が消え、生徒達は恐る恐る目を開いた。誰もが声も無く光の消えた方へ目を向けると、そこには金属を融解させながら煙を上げている案山子があった。

どうやら魔力を込めすぎて、熱量が異常だったようだ。

普通の火属性の魔法では決してこうはならない。通常の火矢が１０００℃程なのに対して、アレクの撃った魔法は金属を融解させている事と色から考えると３０００℃を超えていたのではないだろうか。

案山子を見て満足していたアレクは肩を叩かれ顔を向ける。

そこには笑顔を張り付かせたミリアが立っていた。

「アレク君。今の時間が終わったら職員室に来なさい」

アレクは何が悪かったのかわからなかったが、ミリアの笑顔が怖くて黙って頷いた——。

「あー、あれが原因か。確かに模擬戦で使われたくは無い」

「あの後大変だったんだよ……。ミリア先生には魔法制御について二時間も補習させられるし。攻撃魔法の授業はみんなから離されて別だし」

　ランバートが遠い目をしてあの出来事を思い起こしていると、アレクも冷蔵庫から果実水を取り出し一口飲みながら愚痴を呟く。

　結果としてアレクのみ魔法の加減について強制的に習わされたのは記憶に新しい。どこか二人とも疲れた表情で椅子に座った。

「エレンには攻撃魔法は任せるって言ってあるから。僕は阻害系の魔法のみ使うつもりだよ。あれから加減も覚えたから使うには問題無いと思うんだけどね」

「ま、ガルハート先生もアレクの魔法は受けたくないって愚痴ってたからな。ダンジョン入るまでは止めといてくれ」

　こうしてランバートと話は弾み、日が暮れるまで他愛のない話題で盛り上がった。

　ランバートの家での出来事や、フィアやエレンの話題なども上がった。日が落ちるとランバートは帰って行った。

　ランバートが帰った部屋でアレクは一人正座をさせられていた。魔法の授業での失敗をアンに黙っていたのが先ほどの会話で知られてしまったのだ。

『いいですか、お父様！　自重という言葉を知ってください。何ですか鉄をも溶かす《ファイアアロー》って。あれですか？　中二病ですか？　痛い人なんですか？』

　散々アンに注意され、アレクは項垂れて言われるままとなった。

　下手にアレクの記憶や知識がある所為で、向こうの世界の単語を使ってくる。結局、風呂にも入

れず、アンから解放されたのは深夜を過ぎてからだった。

中二病扱いされ、すっかり疲れ切ったアレクはベッドで自己嫌悪に陥りながら寝るのだった。

◆

夏休みが近づく中、授業の無い週末はシルフの気まぐれ亭へとバイトに来ている。勿論《もちろん》、生活費を稼ぐためである。

何時もの様に朝は仕込みを手伝い、昼が近づくと増えていくお客から注文を取ったり厨房《ちゆうぼう》へ入ったりと忙しく働いていく。

入学から三ヶ月が過ぎ、風呂の水張りの依頼はほとんど来なくなった。

皆魔力量が順調に増え、余程授業で魔力を使わなければ自分で出来るようになってきたからだ。

多かった時は日に二十人近い依頼があったが、最近では多くて二人くらいに減った。

それでもこの三ヶ月で銅貨がそれなりに増えた。ボーンウルフの吐き出す魔石もそれなりに溜まってきているので、敢えて宿で働かなくても生活には困らないのだが。

(苦しいときにお世話になった二人には恩返ししないと)

可能な限り週末には働きに来て、ついでに記憶にある料理を再現しては食堂のメニューに加えていく。それが世話になった二人への恩返しだと思っている。

アレクがそんな事を考えていると、厨房を覗《のぞ》き込んだミミルが声を掛けて来た。

「アレク君にお客さんだよー」

「はい？」

客と告げられ、誰が来たのかと思考を巡らす。真っ先に思いつくのは騎士のレベッカだ。しかし、彼女なら忙しいお昼時をかなり過ぎてから来る筈だ。今は丁度昼時とあって客が途切れず忙しい時間帯なのだ。

「誰だろう？　どんな方ですか？」

「アレク君と同じくらいの年頃の子だったよ。学園のお友達じゃないかな」

まさかランバートが来たのだろうかとアレクは驚く。こんな平民が飲み食いする食堂に貴族である彼がやってくるとは想像が出来なかった。

「アレク君。少しなら離れても大丈夫だから顔を出してきなさい」

悩んでいるとティルゾから声を掛けられた。アレクは礼を言うと、厨房から出て食堂の方へと向かう。食堂へと入ると、一角に平民風を装ってはいるものの、明らかに仕立ての良い服を着た三人組が座っていた。

「あ、アレク君。来ちゃった」

出て来たアレクに気付き、三人組の中の一人が笑顔で声を掛けて来た。やはり、アレクを訪ねて来た人とはフィアとエレン、そしてランバートだった。

「やっぱり。どうして皆がここに？」

アレクは驚きつつ声を掛けた。

聞くと、アレクが週末働いているという話をランバートから聞いたフィア達が、一度見てみたいという話になったのだとか。確かにこの間ランバートが部屋に来た際、ここで働いている話をした覚えがある。

「というわけだ。仕事の邪魔をするつもりは無かったんだがな。早速だがアレクのお勧め料理を三つ頼む」

ランバートがそう言ってアレクに気にせず仕事に戻るよう勧める。確かにこれ以上厨房を抜けるのはティルゾに悪いので、アレクは注文を受けると一声ミミルに声を掛けて厨房へと戻った。

「学園の同じ組の生徒でした。お勧めと言われたのでハンバーグとゼリーを出しますね」

「りょうかいー。サービスで果実水も出しておくわね」

アレクの学友だと知ると、ミミルはよく冷やした果実水を三つ持ってフィア達の席へと向かった。

アレクはミミルに礼を言って厨房へと戻ると、ティルゾが一人で忙しそうに調理をしていた。

「ん？　もういいのかい？」

「ええ。ちょっと学園の生徒が顔を見に来ただけなので。あと、ハンバーグを三つお願いします」

ティルゾにそう返事をすると、アレクは仕事に戻った。

一時間程過ぎた頃、再びミミルが厨房へと顔を出しアレクを呼んだ。

「客足が落ち着いて来たから、アレク君は学園の子達と話してきて良いよ」

ミミルにそう言われ、アレクは二人に頭を下げると厨房を出た。新作のゼリーを持って三人が座っている席へと向かう。

「いやー。あのハンバーグって旨《うま》いな！　ステーキと違って濃厚な味だった」

アレクが席へ行くと真っ先にランバートが料理を褒めてくれた。ランバートには通常の倍のサイズを出したのだが、綺麗《きれい》に食べきっていた。フィアとエレンも満足そうな笑みを浮かべつつ料理の感想を口にする。

「お料理もだけど、食後に出て来たゼリーっていうお菓子？　あれ何かしら。食べた事の無い食感で美味《おい》しかったわ」

「そうね。アレク君が今手に持ってるのも同じゼリー？　色が違うんだけど」

エレンがアレクの持っているトレーに気付き覗き込んで来た。

「さっきのは普段ここで出しているゼリーなんだ。これはまだ出した事の無い新作だよ。後で感想聞かせてね」

アレクはそう言って三人の前にそれぞれゼリーの入った器を置いていく。先ほどまでのゼリーはゼラチンや寒天のような物と砂糖を少量。そして季節の果物を入れただけだが、今出した物は牛乳を加えて柔らかめに作った新作だ。

「へー。なんかプルプルしてるわね！」

「おいひい《おいしい》」

早速エレンとフィアはスプーンですくって食べ始めた。ランバートは無言でひたすら口に詰め込んでいた。肉をあれだけ食べたのによく入る胃である。

食べ終えた三人からは絶賛された。フィアに至っては毎週来て食べたいかもと言い出す程好評だった。

「作り方はティルゾさんに教えておくから。その内定番商品になるかもしれないね」

「え？」

アレクが言うと、エレンが疑問の声をあげた。

「これって、アレク君が考え出した料理なの？」

「うん。そうだよ？　さっきのハンバーグもだし、ゼリーも僕がここで作って売り出したのが最初」

どうやら皆は店の主が創作した料理だと思っていたのだろう。アレクが考えたと聞かされ、三人は驚きを隠せなかった。

正確にはアレクの前世にあった料理だが、それを言う訳にもいかないので、自分で考え出したと言っておくことにした。

「アレク君！　寮でも作って貰えない？」

そんな事を言い出すフィアに少し困った顔をしたアレクだが、偶《たま》に食べるから美味しいんだよと伝えると残念そうな顔をしながら諦めてくれた。寮で作れない事はないが、それでは宿の売り上げにつながらない。

そんなアレクの気持ちに気づいたのか分からないが、フィアとエレンはまた来ようねと言いながら残ったゼリーを美味しそうに頬張るのだった。

◆

「今日の授業は、ダンジョンと魔物についてです」

週が明け、登校したアレク達に対してミリアはそう言って授業を始めた。今まで魔法や武器の扱いについては学んできたが、魔物について言及されたのは初めてである。

「まず、入学初日にダンジョンについて話したのを覚えていますか？ 学園で保有するダンジョンは安全のためチームを組んで入るのが規則となっていますが、毎年一人くらいは単独で潜る人がいます」

そう言って、ミリアはアレクをちらりと見た。

（何でいつも、こういう話の時に僕の方を見るんだろう……）

眷属を召喚して一人で潜ってみたいと思っていただけに、一瞬どきりとする。

「先日の試験に合格したとはいえ、皆さんは未成年です。ダンジョンに潜る際は教師か神殿の神官が必ず同行します。間違っても単独で潜ろうとは思わないで下さい」

そうミリアは言うとダンジョンの説明を始めた。

学園が管理しているダンジョンは全十層である。

なぜ敷地内にダンジョンがあるのかといえば、元々ダンジョンがあった上に王都や学園が建てられたからだという。

「ゼファール国内には大小合わせて四つのダンジョンがあります。そして、魔物はそのダンジョンから現れるのです。そのため、ダンジョンを見張ることで地上へ魔物が這い出してくる事のないよう管理しているのです」

要するにダンジョン内で発生する魔物を間引いているのだとミリアは説明した。

「だとすれば、ダンジョンの入り口を塞いでしまえばいいんじゃないですか？」

生徒の一人がそう問いかける。それに対してミリアは首を横に振って否定した。

「過去に同じような事を考えて実際に行った例があるの。結果はダンジョン内に魔物が溢《あふ》れ、塞いだ入り口を破壊して地表へ魔物が大量に這い出てきたらしいわ。おまけに出てきた魔物は以前よりも強力な個体ばかり……全ての魔物が討伐され事態が終息するまでに周辺の五つの町が滅び、死者は一万人に及んだと言われているわ」

その凄惨な話に生徒は皆顔を青くして押し黙った。

「このことは『大氾濫』とのちに呼ばれて各国の王や領主たちに伝えられたわ。貴方《あなた》たちの中で領地を継ぐ人もいるでしょうけれど、拝領する時に改めて言われるはずよ」

ミリアの言葉に何人かの者は真剣な表情で頷いている。彼らは将来父親の領地を受け継ぐ者なのだろう。

「先生。そうであれば、ダンジョンそのものを破壊することは出来ないんでしょうか？　例えばダンジョンの核となる何かがあるとか……それを破壊出来ないんですか？」

そう発言したのはアレクだった。前世の知識の中にダンジョンが登場する空想物の小説や漫画があったが、それらには大概『ダンジョンコア』などと呼ばれる核が存在していたのを思い出したのだ。

「あら『コア』を知っているの？　それについても過去に試行錯誤されているけれど、結果としては全て失敗に終わっているわ」

アレクの質問に対してミリアが答える。

魔法や武器ではダンジョンの壁や床は破壊できず、ある程度壊すことが出来ても一定時間で修復されてしまうようだ。また最下層には確かにダンジョンの中心となる『コア』のような物はあるらしいが、それを守る魔物が強大であること。仮に魔物を倒したとしてもコアに触れることは出来ないそうだ。

「コアへ触れようとすると、とても強い魔力が噴出して近づけないそうよ」

ミリアはそう言うと話題を変えた。

「さて、次は魔物についてです。魔物の特徴を知らないと、どんな弱い相手にでも負ける事があります」

生徒の殆どは魔物など見た事が無い。これは貴族であるから街の外へと出ることが無いというのもあるが、国の政策で人里周辺の魔物については、騎士団や冒険者によって優先的に狩られているからだ。

「魔物と普通の獣との違いは第一にその大きさです。第二に額に魔石が塡《は》まっていること。第三に目が白く濁っている事が特徴としてあげられます」

ミリアは人間と魔物の違いについてアレク達に語っていく。

魔物の多くは獣や虫の姿を模している。ネズミや猫のような小動物からヒョウや虎のような中型の動物、芋虫のようなものやカマキリや蛇に至るまでその姿は多種に及ぶ。

だが、通常の獣や虫と異なるのはその大きさである。

芋虫などでも大きさは五十㎝ほどになり、カマキリなどに至っては二mにもなる。ネズミなども軒並み巨大化しているのだ。

また、人型の魔物も存在する。醜い容姿をしたゴブリンを始め、巨大な体軀《たいく》をしたトロール。中には体長五mを超す巨人タイプもいるそうだ。

「虫や獣の姿をした魔物は少数の群れで行動しますが、人型のものはその種族ごとに大規模な群れを形成することがあります。ダンジョン内ではなく、ゴブリンなどのランクの低い魔物ですが、五十体を超える群れが見つかった記録もあります」

たとえ人型である魔物の中で最弱と呼ばれるゴブリンでも、五十体も集まれば町が一つ滅ぶ可能性がある。そして群れが大きくなるほど上位種と呼ばれる個体が発生している可能性が高くなる。

通常のゴブリンは体長が一m程であるが、上位種のゴブリンジェネラルと呼ばれる個体ともなれば体長はその倍にもなる。そしてゴブリンの最上位のゴブリンキングともなれば、オーガにも匹敵する強さを誇る。

万が一にもそのような群れが発生してしまえば中級冒険者だけでは対処できなくなる。ゴブリンと同数の冒険者に加え、上級冒険者が複数名必要となるだろう。それほどキングと呼ばれる個体は脅威なのだ。

「少なくとも学園のダンジョン内において上位種が発生した事はこの数十年無いわ。生徒が潜る階層は一層から五層が多いけれど、六層以降に関しては定期的に冒険者を雇って間引いて貰っているの。長い間放置されているようなダンジョンであれば上位種が居る可能性もあるから、他のダンジョンに潜る時は注意が必要ね」

学園のダンジョンには上位種が出現しないと聞いて生徒達から安堵の息が漏れた。発生する可能性はゼロでは無いが、その場合同行する教師か神官が対処する事になる。

「そして皆さんも知ってのとおり、魔物を倒すと魔石と呼ばれる結晶を手に入れることが出来ます。この魔石は魔道具を使用する際に必要となり、学園でも買い取っています。額に埋まっている魔石をえぐり取って持ち帰るようにしてください。色によって買取額は異なるので購買にある一覧表でどの程度の価値があるか確認しておくように」

これについてアレクはバンドンから聞いていたので知っていた。ふと、ダンジョンに出る魔物はどの程度の魔石が付いているのか気になったので、ミリアへ聞くことにした。

「じゃあ、学園のダンジョンの一層に出る魔物の魔石は何色なんですか？」

「精々、白か黄色よ」

アレクの問いかけに、きっぱりとミリアは答えた。それを聞いたアレクは失望の色が隠せなかった。てっきりダンジョンで得た魔石が収入に繋がると考えていたのだ。想定していた収入が得られないと思うと少し悲しくなる。

「二層以降の魔物なら薄い緑くらいはあるかもしれませんよ」

落ち込んだアレクを見てミリアは付け加えた。だが、そもそも収入を得にダンジョンに潜る訳ではないのだと釘《くぎ》を刺す事は忘れなかった。戦う術を身に付ける為なのだと生徒達に言い聞かせる。

「ですから、目先の欲に囚《とら》われず生き残る事を第一に考えなさい。命と数枚の銅貨を秤《はかり》にかけるまでもないでしょう？」

そう言うと生徒達は納得して頷いた。アレクも残念ではあったが、力を付ける為なのだと思い直し頷くのであった。

「そして、亜人系は武器を扱う場合があります。あとは学園のダンジョンには居ませんが、魔法を使ったりブレスを吐いたりする魔物もいます」

この話に生徒達は驚き、ざわめきが広がる。ミリアはパンパンと手を叩いて静かにするよう言うと、説明を続けた。

「魔法といっても女神エテルノが伝えた魔法ではありません。ですが、似たような魔法を使う魔物がいるのは事実です。攻撃系ばかりで阻害系や防御系を使わないのが救いですが、火力が高かったりするので注意が必要です。ブレスは巨人系や亜竜タイプに多いですね」

何れにしろ、学園のダンジョンでは出ないですけど、と再びミリアは呟き生徒を安心させようとする。万が一にでもそんな魔物が出るなら、生徒をダンジョンなんかに入れる訳がないのだ。

こうして、ダンジョンに出る魔物の種類や弱点、攻撃方法などを順に教えながら授業は続いた。

当面は一層と二層なので、獣型と亜人についての説明をアレクはひたすらノートに書き取っていく。

「また、魔物や魔獣は魔石の他に牙や爪、皮などを剝ぎ取って売る事が出来ます。これらは道具や武器防具に使用するので、学園の他、冒険者ギルドなどでも買い取りをしています。どの魔物から何を得られるかもしっかり覚えるようにしてください」

魔物の解体については、それから数日座学と午後の実技で教えられる事になった。冒険者として経験の豊富なガルハートが、適当な魔物を冒険者ギルドから借り受けてきて実演してくれるそうだ。

午後となり、いつものグラウンドでは無く学園の敷地の片隅にアレク達は集められた。

少し離れた所には学園保有のダンジョンの入口がある。何故この場所なのかと言うと、魔物の解体を実演するにあたり、血が地面に染み付いても問題の無い所が選ばれたからだ。周囲は短い草が生い茂っており、多少血で汚れても目立たない場所だ。

「これから魔物の解体を体験して貰う。獣タイプと亜人タイプだ。血が出たりして生臭い光景となるが、これからの人生で避けて通れない道だ。まずは俺がやるからしっかり見ておくように」

ガルハートの言葉に女性陣は既に青い顔をし始めていた。男子も目の前に置かれた魔物を見て嫌そうに顔を顰めている。ガルハートが用意したのは、狼の魔獣とゴブリンと呼ばれる亜人の魔物だった。最初に魔物の特徴である額の魔石や、目の白濁した状態をアレク達に見せ魔物であることを教える。次に一本のナイフを取り出しながら、説明を始めた。

「解体の手順だが。素材や討伐証明部位と呼ばれる箇所を切り取る。そして額の魔石の回収だ。素材をはぎ取った後の死骸は、ダンジョンであれば暫く放っておけば床や壁に吸収されて消える。外であれば可能な限り燃やすか土に埋めることが望ましい」

ガルハートはそう説明すると、手際よく狼の毛皮を剝いでいく。綺麗に剝げば価値は高いが、乱雑にして傷だらけにすればそれだけ二束三文に価値は落ちるそうだ。

「ま、何事も経験だ。数人に分かれて一体ずつ解体してみろ。狼はこの一番長い牙を一組として、ゴブリンは両側の耳が討伐部位だ。素材は狼の毛皮だからな」

ガルハートはそう言うと、解体用のナイフが入っている箱をアレク達の前へ置く。生徒は一本ずつナイフを手に取ると、思い思いのメンバーに分かれて魔物の解体にあたった。アレクも共にダンジョンに潜るランバートやフィア、エレンと一体の狼の前に移動した。

「私、こういうのは苦手……」

「私も」

フィアとエレンは嫌そうに顔を顰めている。ランバートは平気そうな顔だったのでアレクは経験があるのか尋ねてみた。

「ああ。俺は親父に解体まで習ってるからな。そういうアレクも平気そうだよな」

「僕も父さんの狩りに連れていかれた事があって、獣なら解体の経験があるからね。流石にあっちの亜人系はやった事無いけど……」

アレクはそう言って離れた場所に置いてあるゴブリンの山を見る。かなりの数が置かれている事から察するに、あれも自分たちで解体しろと言われるんだろうと悟る。嫌そうな顔をしながら、まずは目先の魔獣だと、アレク達は目の前の狼に目線を戻す。

「僕やランバートがやってもいいけど。それだとフィアやエレンが何時までも出来ないからなぁ」

アレクがそう言うとフィアは目を潤ませ、胸の前で手を組んだ姿勢でぷるぷると首を横に振る。

可愛らしい仕草に、一瞬自分が全部解体してもいいかなと思ってしまうが、ランバートの冷たい視線に気付き頭を振って誘惑を振り払う。

「こうしよう。フィアとエレンでゴブリンの耳を削《そ》ぎ取ってくれたら、狼の皮を剥ぐのは僕とランバートでやる。ゴブリンの耳を僕らがやるならフィア達に狼を解体して貰う事にするけど。どうする?」

少し意地の悪い言い方だとは思うが、アレクがそう言うとフィア達は目の前の狼とゴブリンを見比べる。

「ゴブリンでお願いします……」

程なくしてフィアとエレンは観念したようにゴブリンに手を伸ばした。教師の指導でゴブリンの耳を削ぎ取っていく。綺麗な手が緑の血で汚れるのは見てて忍びないが、解体の際に手袋をしていては手元が狂うのでかえって危険なのだ。

「うぇぇ……。終わったよー」

涙目でフィアが告げる。アレクは二人を褒めると魔石を抉《えぐ》り出して死骸を引きずって脇に寄せる。これは後からまとめてダンジョンに捨ててくるらしい。

続けてアレクとランバートが狼を解体する。牙を根元から取り外し、毛皮を剥いでいく。これはアレクが慣れていたので他の班よりも早く終えることが出来た。

「よし! 全員終わったようだな。今回具合が悪くなった奴も、数回やれば嫌でも慣れる。今週はずっと魔物の解体だからな。しっかり頑張れよ」

ガルハートのその一言でクラス全体から悲鳴が上がる。こんな授業が後四日も続くのかとアレクも顔を顰めた。それにしても、毎日解体の訓練が出来るほどの魔物の死骸をどこから持ってくるのだろうかと不思議に思う。一年生の人数が百人であり、五人くらいで一体だとしても毎日二十匹である。

「ガルハート先生。何所《どこ》からこれだけの魔物を持ってきてるんですか？」

「ん？　こいつらは俺が午前中に学園のダンジョンで狩った奴だ。来週からの夏休みに備えてダンジョンに異常が無いか調べるついでにな。魔道具の鞄《かばん》ってのがあってな。値段は異常に高いが、かなりの物量が入るんだ」

アレクの質問にガルハートは楽しそうに答えてくれた。普通ならこれだけの魔物を狩るにはそれなりに苦労するのだろうが、彼は出会い頭の一撃で一匹ずつ仕留めたと事も無げに語って聞かせた。

何よりもアレクは魔道具の鞄の存在に驚いた。《空間》魔法を扱える導師級の魔法使いならば自在に操れるらしいが、それ以外は魔道具の鞄を手に入れなければならなく値段が非常に高いという。

相場として金貨一枚程はするらしく、中級の冒険者では手が出ないらしい。

「だから安心して解体していいぞ？　不足しても直ぐにもってきてやるから」

ガルハートの言葉に生徒達は更に悲鳴を上げるのであった。

夏休みが近づく中。アレク達は教室の片隅で話し合いをしていた。その内容とは、『いつからダンジョンに潜るか』である。つまり、夏休みの計画を練っていた。夏休みにダンジョンに潜るとしても、神殿の神官か教師の一人を伴わないと入れないので、予定表を提出するようミリアに言われたのだ。

「僕は特に予定が無いけど。皆はそれぞれ家の予定とかもあるでしょう?」

そう言ってアレクは三人の様子を窺う。自分とは異なり、三人とも貴族なのだから色々と付き合いもあるだろうとアレクは思っている。

それにしても、とアレクは女性陣の顔を見る。ランバートは元からだが、フィアもエレンもこの一週間で一皮剝《む》けた顔つきになっていた。綺麗になったという方向ではなく、精悍《せいかん》になった方でだが。

(やっぱり魔物の解体とか経験しちゃうと、多少の変化はあるよね)

この数日、午後はひたすら魔物と魔獣の解体だった。始めの頃は吐いたりしていた二人だが、三日もすれば慣れてきたのか顔色を変える事も無くなっていた。

「俺は初めの此処《ここ》と……この辺りは予定がある」

「私も。この辺りにお母様が王都へやって来るらしいので」

ランバートとフィアがそれぞれカレンダーに予定を書き記していく。次いで、エレンも自分の予定を書いていく。書き込まれたカレンダーを眺め、アレクは四人が集まれそうな日に大きく丸を付けていく。

「そうすると……この辺りで三日と、休み明け直前のこの辺りの四日かなぁ」

こうして見ると、ダンジョンに潜れそうな日はそう多くは無い。アレクとしては、もっとダンジョンに入り浸るような日々を考えていたのだが、やはり貴族は予定も多いのだと改めて実感した。

「悪いな。俺としても少しでも多くダンジョンに潜ってみたいんだが。色々と予定が……」

「いや、仕方無いよ。こうして見るとフィア達もお茶会とかに呼ばれてるみたいだし。付き合いは大事だよね」

すまなそうに謝るランバートに気にしないでと首を振った。すると、今度はフィアが溜息を吐きながら愚痴をこぼす。

「別にお茶会なんて行きたくないの。でもお父様のお知り合いの方の子とかに呼ばれちゃうとねー」

どうやら単にお茶を飲むだけではなく、色々と愛想を振りまいたり顔色を窺ったりと大変らしい。

ふと、アレクは気になった事をフィアとエレンに尋ねた。

「そう言えば、二人は自分の家には帰らないの？　フィアは確か離れた所に領地があるんだよね？」

「領地に帰るとなると一旦親が王都に迎えに来てからになってしまうわ。護衛からお世話してくれる人達まで含めると十人以上の規模になっちゃうから滅多な事じゃ帰れないの」

「そうね。親からすると王都へ迎えに来て領地へ帰って、学校が始まる前にもう一度送り届けて、更に帰らないといけないものね。二往復ともなるとかなりお金も掛かるし、卒業するまでは無理じゃないかしら？」

アレクの問いかけにフィアとエレンが帰れない理由を話してくれた。旅をするにはそれなりに危険が伴うようだ。

「じゃあ。この予定でダンジョンに挑戦するって事で良い？　最初のこの日までに武器や防具を各々揃えるって事で」

「なら前日に皆で集まって、消耗品や薬の買い出しは一緒に行かないか？　購買で大概の物は揃うが折角だ。王都で皆で買い物でもしよう」

アレクが予定をまとめていると、ランバートが提案をしてきた。すると、フィアが笑顔で賛成した。

「いいわね！　皆で色々とお買いものしましょう」

ダンジョンで必要そうな物を買うのだが、フィアの表情はまるで服でも買いにいくかのような浮かれたものだった。フィアを除く三人は苦笑しつつ日程を決めた。

# 第五章　長い夏休み

夏休みに入ってから五日目。アレク達は学園の保有するダンジョンの入り口へとやって来た。

前日には街で買い物を済ませていて、それぞれ自前の装備を持っている。

ダンジョンへ連れて行くことになっていたアンとアインはどうしているかというと、アレクの影に潜んでいた。この十日間アンやアインが感知されないように色々と試してみたところ、アレクの影と一体化できる事が分かったのだ。どのような原理になっているかは分からないが、これで必要な際に自らの影から眷属《けんぞく》を召喚することが出来るようになった。

ダンジョンへは初回という事もあって、ガルハートと神官の二名が引率してくれる事になった。

ガルハートはアレク達と共にダンジョンへ来ており、あとは神殿から神官が来れば揃《そろ》う事になる。

「神殿の神官様って誰が来るんですか？」

エレンがガルハートに尋ねると、ガルハートはどこか嬉《うれ》しそうに答えた。

「どうやら女の子らしいぞ。元冒険者としても活動していた人らしいが、まだ若いって話だ」

ガルハートは女性がやってくるのが楽しみらしい。英雄色を好むと言うが、彼もそうなのだろうかとアレクは首を傾《かし》げた。程なくしてアレク達の所へ一人の女性が近づいてきた。

「初めまして。神殿から派遣されて来ましたリサと言います」

そう言って頭を下げ挨拶をしてきた女性は、アレクが神殿で洗礼を受けた際に担当してくれたリサだった。

「リサさん？」

アレクが思わずといった感じで呟《つぶや》くと、リサはアレクに気付いたようで何か思い出すかのように首を傾げた。すると、すぐに思い出したのかぽんと手を叩《たた》きアレクへと返事をした。

「あ、神殿に洗礼に来てた子だっけ？」

どうやらリサも覚えていたらしい。アレクは挨拶をしながら小声で気になっていた事を聞く。

「その節はお世話になりました」

「いえ。またよければお越し下さい」

アレクが頭を下げるとリサは微笑《ほほえ》んで挨拶を返した。

「なんだ？　アレクとリサさんは知り合いだったのか」

ガルハートが意外そうに言った。アレクが洗礼を受けに行った時の担当だった神官だと告げると、ガルハートはアレクの肩へ腕を回して小声で言った。

「なあ、かわいい子じゃないか。俺を紹介してくれないか？」

やはり英雄は色を好むらしい。アレクが呆《あき》れた視線を向けると、ガルハートはわざとらしい咳払《せきばら》いをして先を促した。

「さて、リサさんが来た事でメンバーは揃ったな。俺とリサさんがしっかりと守ってやるから自分達で思った通りに進んでみろ！」

ガルハートの言葉にアレク達は気を引き締めると、ダンジョンの入り口を睨《にら》み付けた。隊列は模擬戦と同じくランバートが前、次いでフィアが立つ事になる。アレクとエレンが横に並ぶ形でダンジョンへと下る階段を降りて行く。

ダンジョンへと降りると直《す》ぐに大きな扉が通路を塞いでいた。どうやらこの扉が魔物を外に出ないようにしているらしい。複雑に魔法陣が刻まれている事から何らかの魔道具と思われる。教えてもらった合言葉を言って魔力を流すと、扉が静かに開いてゆく。先には薄暗い通路が奥へと伸びていた。

全員が扉の奥へと入ると、自動で扉が閉まった。これも掛けられた魔法の効果なのだろう。扉が完全に閉まると周囲は完全に闇に包まれてしまい、エレンは慌てて《ライト》の魔法を発動させる。魔法の灯《あか》りに照らされて半径十m程まで見渡す事が出来た。通路は石で出来ており、ヒンヤリとした空気が漂っている。

アレクは暗闇を見通せるので真っ暗になった事に最初気づかなかった。エレンが即座に魔法を唱えていなかったら疑問に思われただろう。そして《ライト》で照らされた事によって、逆に灯りの範囲外が見えなくなった事に気づく。

扉の奥の通路は幅が三m程だろうか。剣を振るだけの広さはあるが、二人並んでの戦闘には僅かに狭いと感じられた。フィアが槍《やり》を使うならともかく、二刀流なので尚更《なおさら》そう感じる。逆に後衛のアレクとエレンにとっては程よい広さだった。エレンは武器を振り回さないし、アレクは杖《つえ》なので槍のように突く事もできる。

「少しだけ、この狭さでの連携を練習しようか」

このまま初戦闘になると不味《まず》いと感じたアレクはランバートとフィアに提案する。二人もアレクの意図を察して武器を抜き、互いのリーチを確認し始めた。エレンも魔法の射線が通るか、位置取りを合わせて確認している。

五分程連携の確認を行い、ある程度の納得がいったアレク達はダンジョンの奥へと歩を進めた。内部は静まり返っているイメージだったのだが、奥の方から何かの鳴き声が聞こえてきたりと想像よりも意外と音がしていた。

少し進むと、前方からキーキーと鳴き声が近づいてくるのに気付いた。身構える一行の前に、程なくして数匹の魔獣が姿を現した。灯りに照らされ視認出来た魔物は、大きな灰色の鼠《ねずみ》の魔獣だった。鼠と言ってもその体軀《たいく》は五十㎝程の猪《いのしし》のようなサイズである。体当たりや噛《か》みつきでの攻撃が一般的だ。

初戦闘から複数を相手しなければならない事に少しだけ焦りを覚えるが、アレクは咄嗟《とっさ》に二匹の足止めを試みる。

「大鼠が四匹。二匹は僕が足止めする。《アースバインド》！」

アレクの放った地属性の魔法が二匹の足へと絡みつき、足止めに成功する。こちらへと向かってくるの残り二匹をランバートが迎え撃つ。

「しっ！」

ランバートの気合いの入った一撃が大鼠へと振り下ろされた。残念ながら当たりはしなかったが、一匹はランバートと向かい合う形で足を止めた。残った一匹をフィアが迎え撃つ。

「こっちはまかせて！」

掛け声とともに、フィアは大鼠に切りつけ初撃で深手を負わせた。鼠は一際大きく鳴きながらフィアへと突進してきたが、フィアは落ちついた動作でそれを避け、すれ違いざまに左手の短剣を喉元へと突き刺した。

その頃、通路の左側へと移動した鼠をランバートが壁際へと追いつめていた。逃げ場が無くなった大鼠に対して剣を振り下ろし傷を負わせる事に成功する。しかし、傷を負った鼠はフィアが相手にしていた鼠と同様に突進をしてくる。距離が近すぎて勢いはあまり無いが、咄嗟の事で反応が遅れたランバートの脚へと齧《かじ》りつこうとする。

「我、願うは敵を穿《うが》つ鏃《やじり》――《アースブリッド》！」

その時、間一髪でエレンの魔法が間に合った。ランバートへ齧りつこうとしていた大鼠の横腹に拳大の石が飛んで来て突き刺さる。その勢いで横へと逸《そ》れた鼠へランバートが剣を振り下ろし息の根を止めた。

「すまん。助かった」

「いえ、混戦で魔法を撃つタイミングが中々摑《つか》めなくて。怪我《けが》しなくてよかったわ」

エレンに礼を言うランバートに対し、エレンも支援が遅れた事を詫《わ》びる。フィアの方も鼠を倒し終えているのを確認した四人は、未《いま》だ足止めを喰《く》らってもがいている鼠二匹へと視線を向ける。

「あれは僕が倒していいのかな？」

活躍の場が無かったアレクは一応皆に確認を取る。ランバートは「加減しろよ？」と一言だけ口にしたが反対はしなかった。他の二人も頷《うなず》いて肯定の意を示した。

アレクはランバートの一言が気になったが、自分とて訓練を積んできたのにと思うだけで、特に何も言わずに鼠へと視線を戻す。

「二匹同時なら……《ウィンドカッター》」

アレクが手を横に振りぬきながら風属性の魔法を放つ。詠唱破棄で放たれた魔法は横一線に二m程の風の刃を作り出し鼠へと高速で飛んで行く。刃が鼠に当たると、二匹同時に血を噴出して簡単にその命を文字通り刈り取った。

全ての魔獣を倒したところへ、リサを伴ったガルハートが近づいてくる。その表情は満足気である。

「初戦お疲れ。少し危ういところもあったが概《おおむ》ね合格点だな」

そう言ってアレク達を労《ねぎら》う。だが、と言葉を続けて反省点を指摘する。

「全体的にお前ら油断しすぎだ。前衛がどちらも敵に集中しすぎて、後衛が見えてなかっただろ？《アースバインド》が効いてたから良かったが、もし魔法が破られたならアレクとエレンが襲われていた可能性もある。前衛は視野を広く持って常に戦況を認識できるように心がけてくれ」

そう言われランバートとフィアは項垂《うなだ》れて反省した。とはいえ、ガルハートも最初からそんな事が出来るとは思っていない。だが、意識するかどうかで変化する事もあるのだからと、敢《あ》えて言う事にしたのだ。

「エレンは流石《さすが》というべきか、混戦の中で大鼠に魔法を当てた精度は大したもんだ。だが、混戦なら無理に攻撃系を使うんじゃなく、阻害系に切り替えるとか柔軟に考えられれば尚良しだ」

ガルハートに褒められ嬉しかったのだろう、エレンは口元を緩めながら頷いた。

「最後にアレクだが。敵が多いのを見て即座に阻害系で足止めしたのは上出来だ。だが、最後までとどめを刺していなかったのが減点だな。さっきも言ったように、途中で魔法が解けたら戦線が崩壊していた。やるなら聞く前に仕留めろ。模擬戦じゃ攻撃魔法を使わせなかったが、これは本物の戦闘だ」

その言葉にアレクは真剣に頷いた。戦闘が終わるまで様子見をしていて二匹を放置していたのは事実である。ガルハートの言う通り途中で魔法を破られていたら危険だった。自分の魔法を過信していた訳では無いが、確かにその通りだろうと自分の甘さと油断を反省した。

「だが、多少の反省点があったほうが俺としても先生らしく言えるからな。次はもっと上手《うま》く出来るだろう」

そんな四人にガルハートはにやりと笑みを浮かべながら先へと促すのであった。

四人は気を引き締め直し、大鼠から魔石を回収する作業へと入る。大鼠は売れそうな素材が無いので解体の必要が無い。フィアとエレンも慣れたとはいえ、好んで解体はしたく無かったので嬉しそうだった。

当然のように魔石は白であった。ダンジョン内であるので魔石だけ抉《えぐ》り取って死骸は放置する。

このまま一時間もすると自然と消えていくのだそうだ。

一通りの処理が終わって安堵《あんど》していると、不意にアレクの脳裏に声が聞こえた。

『お父様。通路の先からこちらを窺《うかが》っている魔物の気配があります。ご注意を』

それは影の中に隠れていたアンからの念話だった。はっと意識を周囲に向け、アレクは皆に注意を促した。

「みんな！　前方に何かいる」

一瞬きょとんとした三人だが、直ぐに戦闘態勢をとり前方へと注意を向ける。そんな四人にガルハートは驚いたような視線を向けた。

（マジか。あれの気配を察知できるとか、その歳《とし》で有り得んだろ）

ガルハートは最初から奥に潜んでいるものの気配を感じていた。四人が気付かなかったら手を出して「先生凄《すご》い！」と尊敬の眼差《まなざ》しを向けられる予定だったのだ。隠れている気配は駆け出しの生徒が気付くようなレベルでは無い筈《はず》なのだ。

不意打ちが無理だと分かったのか、光の届いていなかった場所から一匹の魔獣が歩み寄ってくる。今倒した大鼠よりもさらに一回り大きく、体が赤茶けた鼠だった。

「あれは……大鼠の上位種？」

出て来た魔獣を見てエレンが呟いた。先程倒した大鼠よりも禍々《まがまが》しい魔力を放っている。

「まさか、学園のダンジョンには上位種はいないって！」

アレクも驚いて叫んでしまった。だが、さっきの大鼠と同時に現れなかった事を今は幸運に思うべきだと気持ちを切り替えて、他の三人を安心させるべく声を発した。

「でも、大丈夫。相手は一匹だよ。さっきの大鼠よりは手強《てごわ》いだろうけど四人がかりならいける！」

アレクの言葉に各々が頷きを返す。普通の個体よりどの程度強いかは分からないが、一層で出てくるのだから無茶なレベルでは無いとアレクは信じたかった。

(問題は突進された時にランバートが耐えられるかだな)

そう考えたアレクはランバートへ補助魔法を掛けることに決めた。補助魔法とは、筋力や敏捷《びんしょう》度などの肉体的能力を上昇させる効果を持つ魔法である。他にも、集中力を上げたり、魔法の威力を底上げしたりすることも出来る。アレクはまだ三ヶ月しか魔法を習っていない為《ため》、それ程効果の高い魔法は使えない。だが、現時点で《武技》を使うことの出来ないランバートにはアレクかエレンが魔法を掛けてやるしかない。限られた手数の中で最善の魔法を選び、ランバートへ向けて放つ。

「ランバート！　補助魔法行くよ。《ストレングス》！　《タフネス》！」

アレクの放った魔法の効果により、ランバートの体を薄い光の膜が覆う。《ストレングス》は対象の筋力を、《タフネス》は持久力や耐久力を僅かにだが上げる魔法である。

「フィア！　我、願うは風の如《ごと》く舞う翼――《クイック》！」

アレクと同時に、エレンもフィアへと補助魔法を放った。エレンが放った魔法は対象の敏捷度をあげる。早く走ったり、反射速度をあげたりする魔法だ。

詠唱破棄のアレクと同じタイミングで唱えたという事は、アレクよりも早くに同じ考えへと辿《たど》り着いたのだろう。やはりエレンは状況判断が速いなとアレクは感心する。

二人の魔法詠唱が終わった直後、大鼠のボスが突進してきた。ランバートは剣を逆手に持ち替え、左腕の盾に右手も添えた。そして重心を低くして大鼠の突進を正面から待ち受ける。

大きな音を立ててランバートの盾と大鼠の体軀が衝突した。魔法の効果で筋力と持久力が上がっているにもかかわらず、ランバートの体は三m程押し込まれる事になった。

勢いが落ちたところへ、フィアが大鼠の側面へと切り込む。一発、二発と攻撃を加えているが致命傷には程遠いようだ。

「この鼠、硬い！」

フィアが泣き言を口にする。皮下脂肪の所為《せい》なのか筋肉が厚いのか、刃が中まで通らないようだった。エレンは慌ててフィアへと向けて《ストレングス》を唱える。

「突進は厄介だ！　《アースバインド》」

アレクが先ほどと同じく束縛系の魔法、《アースバインド》で大鼠の移動を止めるべく魔法を発動させた。身動きができなくなった大鼠にランバートが剣を突き立てる。が、ランバートの様子がおかしい。盾を持っている腕が力無く垂れており、見ると苦痛に耐えるように歯を食いしばっていた。

「ギィィィィイ！」

補助魔法で筋力の上がっているランバートの攻撃は、硬い皮膚を突き破ってそれなりに深い傷を負わせたようだ。大鼠から耳障りな鳴声があがる。その側面からはエレンの魔法を貰《もら》ったフィアが曲刀で足や首などに連続して攻撃を繰り出していた。

「ええい！」

フィアの攻撃は素早い。《クイック》の補助魔法がかかっている所為もあるだろうが、ランバートが一撃当てる間に四回は攻撃を繰り出している。先ほどよりも深い傷があちこちに増えていき、大鼠からの出血が無視できない量へと達する。そこへ、エレンとアレクの放った《アースブリッド》がとどめとなり大鼠のボスは地面へと沈んだ。

「ランバート！」

魔獣が倒れると、ランバートは剣を手放して左腕を押さえた。それを見たアレクが叫びながら近寄っていく。

「最初の突進で……腕をやられた」

その言葉を聞き、フィアとエレンも駆け寄ってランバートを囲んだ。フィアとエレンが周囲を警戒している間に、アレクはランバートの左腕に固定された盾の留め金を外してゆく。

「リサさん！　回復をお願いします」

エレンが離れていたリサへ治癒魔法を掛けるよう声を掛ける。リサは駆け寄るとランバートの腕の状態を確認する。

「折れては……いないようね。ヒビが入ったのかしら。大丈夫よ、直ぐに治すから……我、願うは生命の息吹――《リカバリー》」

ランバートの腕に添えられたリサの腕が僅かに光を放った。数秒程してリサが手を離すと、ランバートから苦悶《くもん》の表情が消え、不思議そうに自分の腕を見ていた。

「すごいな。さっきまでの痛みが嘘《うそ》のようだ」

「すごいでしょ！　これが初級の治癒魔法、《リカバリー》よ。軽度の裂傷、骨折くらいならこれで治す事ができるわ」

ランバートの呟きに、リサは得意気に魔法の効果を語って聞かせた。アレクも説明を聞きながら、そのくらいなら自分の知識の範囲内で使えそうだな、と古代語《ルーン》を覚える事にする。

『アン。さっきは助かったよ。連れて来てよかった』

『いえ。お役に立てたなら嬉しいです』

アレクは念話でアンへとお礼を言うと、アンはどこか嬉しさを滲《にじ》ませた声で返事をした。当初は連れてこない予定だったが、アンに言われて連れて来ていた事が、結果的に自分たちを助けてくれた。

もし、敵に気付かなかった場合、魔獣に不意打ちを喰らった可能性が高い。体格の良いランバートですら盾越しに攻撃を受けて骨にヒビが入ったのだ。下手をすれば一撃で戦線離脱となっただろう。

赤い大鼠の額にある魔石を見ると、黄色の魔石だった。やはり一層では売却できるような魔石は出ないのだなと諦めつつ、魔石を抉り取る。

思わず連戦となってしまった四人は疲れた体を休めながらも、先ほどのように完全に気を抜かないように周囲に目を向けるようになっていた。そんな四人を見てガルハートは口を開く。

「アレクはよくあの魔物に気付いたな。正直気付かないかと思ってたが見直したぞ。流石に連戦だときつかっただろう。俺が周囲を見張っておくから気にせず休め」

ガルハートの厚意に甘え、四人は力なく石畳へと腰を下ろすのであった。

やはり初の実戦という事もあり、アレクも知らない内に緊張していたようだ。石畳へと腰を下ろすと急激に喉の渇きを覚えた。荷物から木製のカップを取り出し、他の三人にもカップを出すよう促す。

「喉が渇いたね。水出すからカップ持ってたら出して」

それぞれが自分の荷物からカップを取り出したのを確認してアレクは生活魔法で水を注いだ。やや温《ぬる》めの水を飲みながらアレクはいつも思う。

(やっぱり冷水は出せないか……。導師級の魔法で氷を出すしか無いのか)

幾度となく試してはいるものの、生活魔法の《ウォーター》では冷水や熱湯を出す事が出来ずにいた。これればかりはイメージだけではなく、該当する古代語《ルーン》を知るまでは無理なのだろうと半ば諦めている。

喉の渇きを癒《いや》したアレクは、自分達の代わりに見張りをしているガルハートとリサへと視線を向けた。

リサも冒険者をしていただけあって、ダンジョンにも慣れた様子でガルハートと楽しげに談笑している。女性に話しかけられ喜んでいる姿を見て、英雄と呼ばれる彼もこうしてみるとただの男なのだと感じる。

「ガルハート先生って独身だっけ?」

アレクの呟きにフィアが気付き答える。

「確か独身の筈だよ?　どうしたの……って、あれかー」

フィアはアレクの見ていた方に目線をやると二人のやり取りに気付いて僅かに眉を顰《ひそ》める。

「生徒の前では止《や》めて欲しいよね。……アレク君も女の人に言い寄られたらあんな風に鼻の下を伸ばすの？」

急に自分へと向けられた質問に狼狽《うろた》えながら、アレクは慌てて首を横に振る。

「いや。僕は一人の女性と決めたら他の人とは一線引くから」

「そう？……ならいいけど」

フィアは暫《しばら》くアレクの表情を窺っていたが、嘘は言っていないと分かったのだろう。どこか嬉しそうな表情でカップの水を飲みほした。

（こっちの世界は重婚出来るんだっけ。自分にはそんな器用な事、出来そうに無いけど）

アレクにとって、結婚とは前世の一夫一妻が常識として頭にあった。だが、フィアはこの世界の貴族の娘として、一夫多妻を前提に物事を考えていた。

（アレク君はまじめだなー。こういう人となら幸せになれそうなのに……って！　私なに考えてるの!?）

突然身悶《みもだ》えし始めたフィアにアレクは驚く。フィアは小さな頃から貴族の子女としての教育を受けている。当然、重婚が当たり前だと教えられていた。

フィアの父親も領主として正妻と妾《めかけ》を娶《めと》っている。夫婦仲も左程悪くなく、妻同士の仲も良好な家庭に育った為、理想とする男性像は父親のように誠実である人だった。

成人ともなれば、親に嫁ぎ先を言い渡されるかもしれないということはフィアも分かっていた。

だが、出来るのなら自分が好意を寄せる人と添い遂げたいと思っていたのだ。

自覚の無かったアレクへの好意に気付いてしまい、恥ずかしさにくねくねしているフィア。それをエレンが生暖かい目で見守っていた。

「さて、そろそろ休憩は終わりだ。まだ入って一時間程度だからもっと奥へ行こう」

そこへ状況を読まないランバートが口を開き立ち上がる。身悶えしていたフィアは我に返ると慌てて立ち上がる。そんなフィアを見ていたアレクとエレンも立ち上がると、カップをしまう。

「フィア、大丈夫？　なんか顔が少し赤いけど」

「だいじょうぶ！　さっ、頑張って先に向かおう」

フィアの挙動が心配になったアレクが声を掛けるが、フィアは顔を合せないようにしつつ先へと向かう為の荷物をまとめた。一度自覚してしまうと相手の顔は中々見られないものである。

休憩中は談笑していたリサとガルハートだが、やはり冒険者らしく行進中は一切口を開かない。

隊列を組んで進むアレクに、アンが念話で囁《ささや》いてきた。

『お父様。先ほどリサさんがガルハートさんに話していた内容に、治癒魔法に関する情報がありました』

『へぇ。さっきランバートに唱えた《リカバリー》とは別の？』

前を歩いている他の三人に気付かれないように、アレクはアンへと思念を返す。どうやらリサはガルハートへ自分がどこまで治癒魔法を使えるかを話していたようだ。アンの報告を聞くと、先ほど使った《リカバリー》のように中度の怪我を癒す魔法の他に、《キュアポイズン》という毒を中和する魔法や、《リジェネレーション》という部位欠損や内臓破損の再生魔法も使えるようだ。どうやら神官としてかなりの腕前らしい。

もっとも、本来なら古代語《ルーン》を知ったからといって効果は出ない。だからこそ、リサはガルハートに気軽に話したのだろう。事実、ガルハートも聞いたからといって使えるわけではない。

だが、アレクには前世での知識がある。内臓の大まかな臓器と機能に関する知識や筋肉や骨格については学校で習っていた。メディアで得ていた知識もあり、完全とは言わないがある程度の効果を発揮することが出来るのではないかと思っていた。

『なるほどね。怪我、毒、欠損に対して処置出来るなら大概の事態には対処できそうだな。アン、ありがとう。……でも、あまり盗み聞きはよくないよ？』

『畏《かしこ》まりました。相手は選びます』

アンはアレクが窘《たしな》めると、そう言って念話を止めた。相手を選ぶという事はリサは対象外と暗に言っているのではないかと思い、アレクは苦笑する。

そんなやり取りをしつつ、徐々にダンジョンの奥へと進んでゆく。

結局、この日は鼠タイプの魔獣の他、狼《おおかみ》や蜘蛛《くも》の魔獣を撃破した所で帰還する事になった。狼相手では、素早い動きにフィア以外の反応が遅れて幾度か引っ掻《か》き傷を負ったりした。生活魔法の《キュア》でも治療が可能な程度であり、アレクが皆の怪我を治してしまい、仕事を取られたリサがいじけてしまったりという出来事があったくらいで、特に大きな問題も無く探索は終えた。

おおよそ半日ぶりに地上へと戻ったアレク達は、大きく伸びをして外の新鮮な空気を吸った。

「よし。初日としては合格点だ。素材と魔石は購買に持っていけ。白と黄色でも多少金に交換してくれる筈だ」

ガルハートはそう言って解散を宣言した。この日持ち帰った魔石は、白が十八個と黄色が一個である。素材は狼の毛皮が三つのみだ。購買で売却したが、素材含めて鉄貨五十枚にしかならなかった。宿に一晩泊まれる金額にはなったが、貴族である三人から見れば僅かな額だ。

「シルフの気まぐれ亭に行って打ち上げをしよう！」

ランバートがお金の使い道を提案すると、フィアとエレンも賛同した。四人で食べれば一回で消えてしまいそうだが、アレクも皆と共に騒ごうと決めて、同意した。

この日、ランバートがハンバーグを三皿も食べたり、フィアとエレンがデザートを食べまくった所為で、あっさりと今日得た収入が消えてしまったのは言うまでもない。


ダンジョン攻略二日目、ダンジョン前に集合していた四人の前にやってきたのは、教師であるミリアだけだった。本来、共に来る筈の神官の姿が見えず、アレク達は困惑した。

「あれ？　今日は神官様は来ないのですか？」

エレンが代表して尋ねると、ミリアは相変わらずの無表情で肯定の意を示した。

「ガルハート先生は治癒魔法を使えないので神官を呼びますが、私は使えるので大丈夫です。神官に依頼するのも安くは無いので、経費節減です」

その言葉にアレクは驚いた。ミリアは導師クラスの魔法使いでは無かったのか。治癒魔法とは医療技術をある程度学んでいなければ、正しい効果は出ない筈だ。驚いている四人を見て、ミリアは事も無げに言った。

「家が神官の家系だっただけです。私は魔法使いのほうが性に合っていたので……」

そう言って少しだけ表情が曇った。何となく事情を察してしまったアレク達はそれ以上聞くのをやめた。

(たぶん、魔法使いになるって言って家ともめたりしたんだろうな)

アレクはそう思うも口には出さなかった。よくある事だが、家が代々何か特定の職業についていると、その子供は家業を継ぐものという風潮が強い。継ぐ継がないでもめるのはよく聞く話である。

「では、行きましょうか。今日はしっかりとエレンとアレクの魔法の上達ぶりを見せて貰います」

そう言われた二人は動揺する。ミリアは魔法に関して妥協しない性格だ。下手に手を抜いたり気の抜けた魔法を使ったりしていると怒られるのだ。

絶望に打ちひしがれている二人を見て、ランバートとフィアは心の中で合掌する。純粋な魔法職の二人と違い、フィア達は前衛職なので対象外だ。助けを求めるような視線を見ていないふりをしつつ、二人は逃げるようにダンジョンへと入って行った。

「アレク、状況によって魔法を使い分けなさい。エレン、魔法に集中し過ぎて周囲の状況判断が疎《おろそ》かになっています。それでは不意打ちに対処できませんよ」

ミリアの叱責が二人へと降り注ぐ。指摘は的確なのだが、絶えず言われると辟易《へきえき》してくる。

最初は他人事《ひとごと》だったフィアとランバートも、魔法使いとの連携についてあれこれと指摘されて、げんなりし始めていた。

ガルハートの指導は褒めて伸ばすだが、ミリアは叩いて伸ばすの方針のようだ。

昨日のような大鼠や、蜘蛛や狼を数匹倒したところで一旦休憩という名目の反省会となった。

「昨日、ガルハート先生から聞いていた通り、連携は上手だと思うわ。だけど、敵との相性によってどう戦うか変えるべきね」

ミリアはそう言うと、敵との相性について語った。例えば、狼や鼠のように動きの素早い敵なら、魔法使いに近づかないように足止めが優先となる。だが逆に、蜘蛛のように巣を張って待ち構えていたり、初動が遅かったりする魔獣であれば前衛は近寄らずに魔法での攻撃を優先させるなどだ。

「それと、敵を見つけたからといって、突っ込むのは減点ね。前に出た前衛が他の魔物を呼び寄せる場合もあるわ。すると、倒せる許容量《キャパシティ》を超えて、あっと言う間に死ぬわよ」

その言葉に身に覚えがあるのか、ランバートが指先で頬を掻いた。盾役である彼は、敵を見つけると真っ先に飛び出していっていた。

色々と指摘が多かったが、意識して戦うことによって夕方に近づく頃には、だいぶ様になってきていた。

(指摘自体は的確なんだよね。ただ、あの無表情で言われるとくるものがあるなぁ)

アレクは心の中でボヤきながら魔法を放つ。すると、即座にミリアから叱咤《しった》が飛ぶ。

「アレク君。余計な事を考えながら戦う余裕があるようですね」

その言葉にドキッとする。ミリアは人の心が読めているのだろうかと思うほど的確だ。思い返せば、授業中でも生徒の考えを読んだかのような発言をすることが多々あった気がしてくる。

アレクは余計な思考を止め、戦闘に集中すべく気持ちを切り替えると、また一匹の蜘蛛を魔法で撃ち落とした。

この日、四人が解放されたのは完全に日が落ちてからだった。昨日の初日に比べると、疲労度が半端ではなく、地上へと戻った四人は力無く地べたへと座り込んだ。

「まさか、あれだけ言った事に全て対応して戦えるようになるとは思いませんでした。厳しく指導しましたが、貴方《あなた》たちは他のチームより根性も能力もありますね」

そういってミリアは少しだけ口元を綻ばせた。どうやら、指摘した全ての事に対して、動きを直してくるとは思っていなかったようだ。

他のチームは途中で泣き出したり、戦意を挫《くじ》かれた生徒が居たりと、散々な結果だったらしかった。

（そりゃ、あれだけ言われれば普通挫けるって……）

四人は口にこそ出さなかったが、同じ事を思っていた。ランバートは意地になっていたが、何度か血管を浮き立たせていた時があったし、エレンですら目が潤んでいた時があった。

フィアとアレクはそこまででも無かったが、やはり精神的にくるものがあった。それでも、やり遂げたのは皆意地になっていたからだろう。

「ミリア先生。もう少し優しくしてくれてもいいんじゃない？」

フィアがぽろっと零《こぼ》す。その発言に怒るかなと思い、アレクはミリアを見た。だが、予想に反してミリアの表情はどこか悲しそうだった。

「優しくする事で皆さんが死なずに済むのなら、私もそうします。けれど、学園から一歩外へ出たら、私達教師は何もしてあげられないんですよ」

ミリアはそう呟くと、ぽつりぽつりと昔の話をしてくれた。

ミリアがまだ学園の生徒だった頃、当時指導してくれた先生達は、とても優しい人達だったそうだ。ミリア達生徒も、その優しさに守られながら育った。

だが、学園を卒業する間際に、力試しとばかりに生徒のみで学園外のダンジョンへと潜ってしまったのだと言う。

ミリアも当然一緒だった。既に自分たちは成人の魔法使いと同等か、それ以上の実力があると思っていた。慢心していたと言ってもいいだろう。そんな彼らを待っていたのは、厳しい現実だった。

「学園のダンジョンに居る魔物が弱いのは授業でも話しましたね。実際、外のダンジョンの魔物はここと段違いの強さと能力を持っていました。それはそうよね、子供が挑むダンジョンと大人が挑むダンジョンだもの」

ミリアは一旦言葉を切り、目を伏せた。

「チーム毎《ごと》に分かれて、一層、二層と潜っていくと大きな部屋に突き当たったの」

どうやら、ダンジョン内にはランダムでエリアボスと呼ばれる魔物が出る部屋が出現するらしい。学園のダンジョンでは発生しない為、ミリア達はその事を知らなかった。

教師たちも、まさか生徒のみで外のダンジョンに潜るなんて思ってもみなかったのだろう。卒業までに教えれば良いと思っていたのだと後から聞かされた。

「私達が中へと入ると、そこは既に血の海だったわ。同時に潜っていた他のチームが先に挑戦したらしくて……全員が見るも無残な姿で転がっていたの」

ミリアはそこまで口にすると、両腕で自身の体を抱きしめた。当時の事を思い出しているのだろう。

「私達は運よく、二つのチームが同時にその場に辿り着いたの。逃げ出す事もできず、ひたすらエリアボスへと攻撃を繰り返して……結局、ダンジョンに入った二十人のうち、生き残ったのは私を含めて六人だけ。……私たちの姿が見えない事に気付いた先生達が、あちこちで聞き込みをして、ダンジョン内に居た私達を捜し出すまで、私達は級友の亡骸《なきがら》の中で泣いていたわ」

アレク達四人は言葉も無く、じっとミリアの話を聞いていた。若さゆえの過ちと言うには、あまりにも凄惨すぎる結果だ。

この事が原因で、学園の教育方針は大きく変更を迫られる事になったのだという。現実の厳しさを早めに教え、決して慢心させないよう徹底して教育を施すようになったのだと。

当時生き残った六人も、ミリアが代々神官の家系で、幼い頃より治癒魔法を教えられていたから助かったのだという。下手をしたなら、自分たちもあの骸《むくろ》の一つになっていたかもしれないのだと、ミリアは呟いた。

「だから、私達のような愚かな生徒を二度と出さないように、私は他の教師よりも厳しいと嫌われても、皆さんに生き残って貰う為にあえて言うようにしているの」

そう言い終えると、ミリアは今にも泣き出しそうな表情でアレク達を見た。話を聞いていたフィアとエレンは涙をぽろぽろと零して嗚咽《おえつ》を漏らしている。アレクとランバートも、ミリアの過去を聞いて、ミリアへと抱いていたイメージを改めようと思った。

「さて、恥ずかしい話をしてしまったわね。もう日が落ちているし解散しましょう」

そう言い残すと、ミリアは背を向けて学園の建屋へと歩きだしてしまう。アレク達は慌ててミリアの背後を追いかけるのだった。

そんなアレク達は、背を向けたミリアの口元に、どこか悪戯《いたずら》めいた笑みが浮かべられている事に、誰も気づくことはできなかった。


ダンジョン探索も今日で三日目となり、初日と同様ガルハートとリサが随行する為に連れだってダンジョン前へとやってきた。

そこでガルハート達が見たのは、ダンジョン前で素振りをしているランバートや、ストレッチをして、やる気十分なフィアだった。

「お前ら、妙にやる気だがどうしたんだ？」

ガルハートが尋ねると、イメージトレーニングをしていたと思《おぼ》しきエレンが答えた。

「おはようございます！　私達は絶対に負けません！」

「いや、何にだよ？」

答えになっていない回答にガルハートの突っ込みがはいる。この三人では駄目だと思い、他のメンバーよりも落ち着いて見えるアレクを捕まえて、皆から少し離れた所へと連れて行く。

アレクは昨日ミリアから聞いた話をガルハートに話した。

「……という訳で、三人が『先輩方の死は無駄にしない』とか言い始めて、ああなりました」

アレクの言葉に、ガルハートは納得がいった顔で三人を見やる。

「ああ、お前らもあれを聞いたのだな……」

その含みのある言葉にアレクは首を傾げるが、ガルハートは何でもないと言って溜息《ためいき》を吐いた。

実は、昨日ミリアがアレク達に話した内容は、だいぶ話を盛っている。確かに、当時の生徒達が一般ダンジョンに挑んで大きな被害を受けたのは事実だった。

だが、実際に死者はおらず重軽傷者が多数出ただけで済んだのだ。

(それでも、二度と同様の事態が起きないように、生徒達を脅す意味もあって話す事になってるんだがな……効果あり過ぎだろ)

毎年、教師の中で一人が受け持って生徒に話す事になっている。それが今年はミリアだっただけなのだが、ランバート達は完全に信じているようだった。

普通に考えれば、たとえ五年以上前の事とはいえ本当にそれだけの事件があれば誰かしら生徒の中で知っているものだし、親から聞く者も居る筈だ。

しかし辛《つら》い過去の話であり、そうそう口に出す事も躊躇《ためら》われる内容なので生徒同士の会話に出る事もない。

自分たちのチームだけが聞いた話なのかもしれないという心理も働いているのか、この五年上手く作用している。

「まあ、やる気があるのは結構だ。今日は一層の最後まで目指していこうか」

ガルハートの言葉に、四人は気合いの入った返事をしたのだった。一人蚊帳の外だったリサだけが、訳の分からないまま首を傾げていた。

アレク達は破竹の勢いでダンジョンを進んでいく。二日間戦闘を経験した事で、動きが滑らかになってきていた。また、昨日ミリアにみっちりしごかれた事で、魔獣の種別ごとの対応も初日とは比べ物にならない程成長していた。

(本当に、昨日どれだけ鍛えたんだよ)

ガルハートは呆れるしか無かった。初日は休憩を多めに挟みながら六時間程だったのに対して、昨日は休憩も碌《ろく》に取らずに、九時間も潜っていたことをガルハートは知らなかった。

(今朝の職員間での申し送りをした時、ミリアがやけに上機嫌でアレク達の事を褒めていたから、何かあったなとは思っていたが……)

指導すればしただけ成長を見せるアレク達を、ミリアは気に入ったのだろう。つい、指導に熱が入ったようだ。あまりやり過ぎないようにミリアを注意しようとガルハートは思いながら、ダンジョンの奥へと進んでいった。

ダンジョンの一層は、それほど入り組んでいない。アレク達は簡単な地図を書きながら進み、あっさりと一層の奥へと辿り着いた。

そこにはダンジョン入口とは色違いの扉があった。

「さて、この奥の部屋には一層の守護者が居る。何が居るかはランダムだから俺から教える事は出来ない。それと、一旦入ると守護者を倒して先に進むか、護符で帰還するしか出る方法は無い」

ガルハートは部屋の前で休憩をしているアレク達へと説明を始めた。

「この中の守護者を倒すとクリスタルが手に入り、二層へと入る事が出来る。ダンジョン入口の扉にそれをかざすと、次からは二層へと直通で通れるようになるんだ」

アレクは不思議に思う。それはダンジョンそのものに転移系の魔法が付与されているという事なのだろうかと。だが、誰が迷宮を作り上げたのかすら分からないのだから、答えの出ない問いかけである。

「さあ、休憩は終わりだ。お前達なら大丈夫だと思うが、油断せず戦え！」

「はい！」

ガルハートの激励に、四人は息を合わせて応えた。

ランバートが先頭に立ち、扉を押し開ける。重厚な音を立てながら扉が開くと、奥から生き物の息遣いが聞こえて来た。

素早く中へと入り隊列を組むと、背後で扉が自動的に閉まる。これで倒すか、護符で逃げ帰るかの二択しかなくなった。

部屋は大きなホールとなっていて、学園の体育館の広さの倍はあるだろうか。侵入者に気付いたのか、奥から何かがこちらへと向かってくる気配が感じられた。

「視界を確保するよ。《ライト》」

アレクは連続して《ライト》の魔法を唱えると、ホールのあちこちへと灯りを飛ばしていく。エレンの唱える《ライト》よりも数段明るいアレクの魔法は、五mはありそうな天井近くから十分な光量をもってホール全体を照らしてゆく。

「見えた。あれが守護者……ね!?」

守護者の姿を視認したフィアの語尾が変な風に跳ね上がる。まだ少し離れた場所からこちらへと飛び跳ねながらやってくる魔獣の姿は——どう見ても、モフモフの兎《うさぎ》だった。

「なんだ、兎かよ」

ランバートが気の抜けた声で呟いた。そう、こちらへ向かってくるのは五匹の兎だった。ジグザグに飛び跳ねながらこちらへとやってくる。見た目に迫力は無くランバートが気の抜けた声を上げたのも頷ける。

「あれ……大きすぎない?」

エレンの呟きが聞こえた。比較する物が無い所為でいまいち大きさが把握し難いが、近づくにつれ、体長が二m近い事が分かった。

頭部には一本の角がある。毛に覆われて魔石の有無は分からなかったが、目が白く濁っているので野生の動物ではなく、魔物で確定だろう。何より、体長二m近い兎が普通の動物である筈が無い。

(兎は後足での蹴りに注意だったか?　あとは角があるんだし突進してくる可能性もあるな)

アレクは授業でミリアが言っていた、一角兎という魔獣の話を思い出した。未だ魔獣の姿に呆《ほう》けている三人へと注意を促す。

「みんな！　あれは一角兎だよ。後足の蹴りだけは直撃を喰らわないで！」

アレクの言葉にハッと我に返った三人は、戦闘態勢へと移る。フィアなどは「見た目の可愛《かわい》さに騙《だま》されるところだった」などと呟いていたが、意識は既に切り替わったようだ。

敵が五匹も居る為、このまま接敵されてはランバートとフィアでは抑えきれない。エレンと目で合図して、魔法を発動させる。

「《ウィンドカッター》！」

「我、願うは敵を穿つ鏃――《アースブリッド》！」

アレクが風の初級魔法である《ウィンドカッター》を連続で唱える。それに続いてエレンが地属性の《アースブリッド》を一角兎へと撃ち込んだ。一角兎は飛んでくる魔法に気付き、今までとは異なる速度で回避行動をとり始めた。

アレクの魔法は掠《かす》った程度で、エレンの魔法に至っては完全に回避されてしまう。

（くそっ！　思ったより俊敏だ）

野生の兎であれば、移動速度は時速八十㎞にも達する。一角兎は巨大な所為かそこまで早くは無いようだが、単体魔法では簡単に回避されてしまうだろう。

足を止めるか、動きを読んで当てるかの二択しかないと考えたアレクは、エレンへと叫ぶ。

「エレン！　足止めするから動き止まったのをお願い！」

アレクの言葉にエレンが頷く。アレクは何時《いつ》もの《アースバインド》を唱え、足止めを狙う。アレクの唱えた魔法は一角兎の足へと絡みつき、一瞬動きを止める事に成功したのだが、次の瞬間には強力な後ろ蹴りで魔法を解かれてしまった。

「なっ!?」

兎の後ろ蹴りは強力で、自分の倍程もある狼なども撃退してしまう。その蹴りはアレクの魔法程度なら簡単に打ち破る威力を持っていたのだ。

足止めが無理だと判断したアレクは次の手段に切り替えた。

「エレン、タイミングを合わせて！《ウォーターブリッド》、《ウォーターピラー》！」

アレクは一角兎の居る場所の左側へと水系魔法を連発する。兎は水に濡《ぬ》れるのを嫌うという知識を思い出し、水系で攻める事を選んだのだ。《ウォーターブリッド》で頭と同じ大きさの水の塊を飛ばし、《ウォーターピラー》で一m程の水柱を足下に生み出す。

案の定、水を嫌がるように巨大兎は右へと方向を転換して逃げ惑う。それに合わせてエレンが逃げる先へと魔法を撃ちだす。

「我、願うは敵を切り裂く風――《ウィンドカッター》！」

エレンが放った風属性の魔法は、目論見《もくろみ》通りに逃げる先を誘導された一角兎へと直撃した。アレクと違い連発は出来ないが、休みなく魔法を唱えて当てていくと、五匹の兎の動きは目に見えて遅くなった。

そこへ追い打ちで泥沼を生み出す《クァグマイア》の魔法で泥を発生させる。白く綺麗《きれい》だった毛は泥水を吸って重くなり、もはや走る事すら困難な状態へとなっていた。

ここでやっと出番とばかりに、ランバートとフィアが兎を一匹ずつ狩っていく。後ろ脚に注意が必要だとはいえ、ここまで動きが鈍った状態では装備の重いランバートですら余裕で回避が出来た。

一匹ずつ数を減らしてゆく一角兎。アレクもエレンも魔法にて仕留め、戦闘開始から十分程で五匹全てを倒し終えた。

それを眺めていたガルハートは口元に笑みを浮かべながら、満足そうだった。

(状況判断、それに魔法の手数ではアレクが一番優れているか。初見での一角兎は初心者殺しって呼ばれてるんだがな。こうもあっさり倒すとは)

高い俊敏性と強力な後ろ蹴りは、冒険者になりたての初心者が大怪我を負いがちな魔獣だった。今回は、広いホールで距離があったからアレク達に有利だったという事もあるだろう。森の中で至近距離で遭遇していたなら、違う結果もあり得たのだろうが。

「お前ら、おめでとう。これで一層は攻略したことになる。部屋の奥にクリスタルが現れる筈だ」

ガルハートの言葉で、やっと戦闘が終わったのだと実感したアレク達は、歓声を上げて喜んだ。

本来であれば、一角兎の毛皮は良い値段で売れる。だが、傷だらけになった事と泥水で汚れきった所為で価値が無くなっていると聞かされ、アレクはがっくりと項垂れるのであった。

この日、アレク達の班は一年生の中で一番早く二層へと到達したのだった。

# 第六章　弟子入り

「ん……」

アレクはいつもより遅い時間に目を覚ました。昨日、一層の守護者を倒した後、地上へと戻ったアレク達《たち》だったが、その後ガルハートと神官のリサも連れて、シルフの気まぐれ亭で打ち上げを行った。今年の一年で一層を攻略したのは、アレク達のチームが最初だと聞かされた四人は歓声を上げて喜んだ。祝杯をあげ大いに騒いだ結果、部屋に戻って来たのは九時を回ってからだった。アレクは疲れもあり、風呂に入った後はさっさと寝てしまったのだ。

「おはようございます。お父様」

「おはよう、アン」

傍《そば》に待機していたアンに挨拶を返しながら、未《いま》だ寝ぼけた頭を徐々に覚醒させる。

夏休みはまだ一ヶ月もあるが、四人が揃《そろ》ってダンジョンに潜れるのは今回潜った三日間と、夏休みの終わり付近の二日間しかない。その間はアレクを除いた三人は、貴族としての用事があって揃わないのだ。

特にすることの無いアレクは何をして過ごそうかと選択肢を頭に思い浮かべる。お金を稼ぐのであればシルフの気まぐれ亭に行くべきであろうし、力を付けるのであれば魔法の練習などの鍛錬をすべきであるとアレクは考える。

お金は眷属《けんぞく》であるアインが吐き出す魔石のおかげで、それほど切羽詰まるような状況ではない。であれば少しでも早く力をつけるために未習得の魔法を調べるべきではないかと考えた。

「図書室にでも行って魔法を勉強するか」

アレクは独り言を呟《つぶや》くとアンの作ってくれた朝食を食べ終え、学園の図書室へと向かうことに決めた。

初め、アレクは一般の生徒が閲覧できる場所に置いてある本を見ていたのだが、古代語《ルーン》魔法を記述した本は殆《ほとん》ど無かった。不思議に思い管理人に尋ねたところ、古代語《ルーン》魔法を記した本は特別区画にて管理されていると教えられた。理由はと尋ねると生徒が実力に見合わない魔法を覚えてしまうのを防ぐためだと説明された。

出入りが管理されているその区画へ入る為《ため》には教員からの推薦状が必要であるらしい。アレクは諦め他の本を探そうとしていると特別区画の中に見知った姿を見つけた。担任のミリアである。

美人が書物を静かに読んでいる姿は、とても絵になっていた。少しの間その姿に見惚《みと》れていると、ミリアが顔を上げアレクに気付いた。

「あら、アレク君。夏休みなのにお勉強かしら？」

アレクに気付いたミリアは近づいてきて声を掛けてくる。

「はい。古代語《ルーン》魔法について調べようとしていたのですが、めぼしい本が置いてなくて。ミリア先生は何の本を読んでいたんですか？」

何を読んでいるのかとアレクが尋ねると、ミリアはアレクを特別区画の中へと招き入れ、手元の書物をアレクへと見せてくれた。タイトルには『魔法大全』と書かれている。タイトルだけでは意味が分からなかったアレクが首を傾《かし》げると、ミリアはアレクに正面へ座るように勧める。そして本について説明してくれた。

「魔法が生まれたのは、女神エテルノがこの世界に現れた時というのは授業でも話したでしょう？この本はその当時女神の直弟子だった人が書かれた魔道書の『写本』なのよ」

そう言って本の冒頭を開くと、順に説明してくれた。著者の名はマドゥライ・ウォーロック。エルフにして歴史上初の魔法使いと呼ばれ、後に『魔王』の称号を得た人物である。彼はエテルノに師事し今の魔法体系を確立させた偉人である。

「この本にはエテルノ様が人類に伝授した魔法の全てが書かれているの。けれど長い年月の中で当時の威力に比べ、質が低下してきているのが現代の魔法ね。アレク君が初めに使った蒼《あお》い炎の《ファイアアロー》に関しても記されているけれど、その理論は失われて久しいの。だから君の魔法はとても興味深いのよね」

授業でアレクの放った《ファイアアロー》の放つ色は青白かった。更には金属を溶解させる程の高温である。それは現代の魔法使い達では不可能な現象だった。

ミリアはアレクの魔法を見てから、今日まで幾度となく青白い炎を再現しようとしてきた。だが、多少威力が高くなっても炎の色までは変化せず、行き詰まっていたのだ。

偶然にもこの場所でアレクと会ったことで、丁度良い機会なので聞きだそうと思ったのだった。

「ああ、あの時の魔法ですか？　どうしようかなぁ……」

アレクはそう言って困った表情をする。炎の温度と酸素について説明するには、大気中の成分から説明しなければならない。当然この世界では解明されていない事象であり、なぜ知っているのかを言う必要が出てくる。

だが、アレクが悩んでいる理由をミリアは違う風に捉えた。

「当然ただで教えてとは言わないわ。それなりの対価は支払うし、私が教えられる事ならその情報と引き替えでも良いわ。何ならこの区画へ立ち入る事の出来る推薦状を書きましょうか？」

どうやらミリアはアレクが相応の対価を求めているのだと勘違いしたようだ。アレクとしては知識の元について詮索される事が煩わしいだけなのだが。

暫《しばら》く悩んだ後、アレクは意を決して頷《うなず》いた。

「では、僕の持っている知識をミリア先生に教える代わり、授業の時よりも高度な魔法について教えて貰《もら》えますか？」

この三ヶ月余りでアレクが学んだ魔法は、無属性と属性魔法の初級だけである。だが、今学んでいる程度の魔法では魔力が欠乏するまで使う事は難しい。そして、卒業までに学べるのは上級か魔導師級の初歩までだと聞いていた。アレクとしてはもっと魔法を学んで力を付けたいのだ。

今目の前にいるミリアは魔導師級の魔法使いである。そして魔道具作製を得意としている。

有効な魔法としては、無属性魔法の《ストレングス》や《タフネス》に代表される身体強化と、武器に魔力を纏《まと》わせ強度を上げたり離れた敵へと魔力を飛ばしたりする《魔力撃》が代表的である。身体強化の魔法も中級や上級ともなれば筋力・耐久力・敏捷《びんしょう》を全て引き上げる《フルブースト》や、全身に魔力で作られた鎧《よろい》を纏う《マジックアーマー》など強力で使い勝手の良い魔法がある。

属性魔法は大きく攻撃魔法と阻害系の魔法に分かれているが、初級は《ファイアアロー》や《アースブリッド》のように単体を相手する小威力の魔法を指す。中級ともなると頭ほどの大きさの火球が破裂する《ファイアボール》など、複数の相手に中規模の魔法を放つ事が可能になる。

アレクがダンジョンで二体を同時に《ウィンドカッター》で攻撃していたが、あれは魔力を通常の数倍込めることによって可能にしているだけで、あくまで初級魔法である。中級魔法が扱えるのであれば中級を用いたほうが魔力の効率は良いのだ。

上位魔法ともなれば属性魔法の更に強力な属性となる『重力（地）・氷（水）・炎（火）・雷（風）』を扱うようになる。炎は下位の火属性よりも更に火力が上がり、広範囲かつ高い火力を誇る。氷は文字通り氷塊を操り、敵を凍らせたり鋭利な礫《つぶて》で切り裂いたりする事も出来る。風属性と合わせた《アイスストーム》などは広範囲に氷の礫を含んだ竜巻を発生させ、範囲内にいる敵を倒す事が出来る。炎と違い周囲への延焼を心配する必要が無いため、森や建物内では氷属性が用いられる事が多い。

重力は物質の重さをコントロールする事で運搬を楽にしたり、落下の速度を調整したりする事が可能となる。高級な荷馬車などにはこの重力魔法を用いた魔道具が備え付けられている事があり、商人などに人気が高い。

最後に無属性の上位となる空間魔法だが、これが一番特殊であり習得の難易度が高い。

代表的な物は見た目以上に荷物を入れることの出来る《マジックバッグ》の魔道具だろう。マジックバッグは非常に高価であり、一部の富裕層しか持つ事が許されていない。この魔道具を作製できる魔法使いは、これだけで一財産を築くことが出来る。

また、上級よりも更に上位の『魔導師級』と呼ばれるランクがある。このランクともなれば、離れた場所の空間と空間をつなげる、いわば《テレポート》の魔道具を作製する事が出来るのである。

学園のダンジョンで用いられている帰還用の護符には、指定した位置へと飛ぶ事が出来る《リターン》の魔法が込められているが、これは魔導師級の魔法を用いているのだ。

それらの魔法をミリアから教わる事が出来れば、卒業までにかなりの魔法を習得できるとアレクは考えた。前世の記憶を持つ事を知られるリスクはあるが、それよりもメリットが高いとアレクは判断する。

「そして、これから僕が先生に言う知識については他言無用でお願いします。理由はすぐに分かると思いますが、これを承諾して頂けないと教える事は出来ません」

アレクの真剣な表情に、ミリアは目を逸《そ》らすこと無く対峙《たいじ》した。ほどなくしてミリアは頷き、約束する事をアレクに伝える。

「わかったわ。私、ミリア・ナックスはアレク君から聞いた事について一切の他言をしない事をここに誓います。それと、私から魔法を個別に学ぶつもりなら師弟関係を結ぶ必要があるわ。私の弟子となるのであれば、私の知りうる限りの知識を貴方《あなた》へ教えましょう」

ミリアと師弟関係を結ぶ事に否は無かった。アレクは頷き、この日よりミリアの弟子として魔法を学ぶ事となった。

◆

「では、僕の放った青色の炎についてですが――」

図書館から、ミリアの研究室へとアレク達は移動していた。ミリアから魔法を学ぶ前に、自分の持っている知識を伝える方が先だと思ったアレクは、覚えている限りの科学知識をミリアに教えた。

空気中の成分と炎の関連性についてや、自然界で雨や雷、風の発生するメカニズム、水が気体や固体に変化する『三態』についてを順に教えていく。

「つまり、大気中に酸素という物質があると認識した上で、生み出した炎にその酸素を供給するようイメージすると炎が青くなっていくんです」

一通りの説明を終えたアレクは、水差しに入っていた水を一口飲んで喉を潤した。ミリアはといえば、アレクの説明を必死に手元の紙へと書き込んでいる。

ミリアは一切の疑問を持つ事なく、ひたすら手を動かして書き記すと大きく息を吐き出した。

「ふう。すごい知識ね。大破壊時代《ホロコースト》以前はどうか知らないけれど、少なくとも有史以降では聞いた事もない理論ね」

「あの。自分で言うのもなんですけれど、信じるんですか？」

この世界には無い概念であるはずの話を、ミリアは簡単に受け入れすぎではないだろうかとアレクには感じられた。だが、その心配を他所にミリアはきょとんとした顔でアレクを見た。

「なに言ってるの？　それはこれから実験して実証するんじゃない。百の論より一つの証拠よ。それにしても空気中の成分だなんて発想はどこから出てくるのかしら」

ミリアの疑問は当然のことである。今まで誰も持ち得なかった知識を、僅か十三歳の少年が持てるはずが無いのだから。

「自分でもよく分かっていませんが、八歳くらいの頃に気付いたら『知って』いたんですよ」

輪廻《りんね》転生という概念がこの世界にあるか知らないアレクには、これ以上説明のしようが無かった。下手に前世の記憶や異世界の知識だと告白しても不審がられるだけだろう。もちろん、アレクがミリアに伝えた事を証明する術《すべ》は無い。簡単な理科の実験を行えばある程度の立証は出来るだろうが、流石《さすが》にそこまでする事は面倒だと思うアレクであった。

「成る程ねぇ。アレク君のような事例は過去にもあったと記憶しているわ。まあ、大概は頭がおかしい人として扱われたようだから、他の人には言わないほうがいいわね」

ミリアの言葉にアレクは驚いた。過去に自分以外にも転生者がいた可能性が出てきたからだ。

「その人達の事を記録した本か何か無いですか？」

勢い込んで尋ねたアレクに、ミリアは何冊かの本のタイトルを教えた。

「今言ったタイトルの本を読めば、その人達について多少は書かれている筈《はず》よ。だけど私も読んだけれど、これといって興味をひかれるような事柄は書かれていなかったわよ？」

ミリアは記憶から本に書かれていた内容を思い起こしてみるが、『私は神の生まれ変わりだ』とか『私は大破壊時代《ホロコースト》よりも前に生きていた』といったような一笑に付する内容ばかりだった。

「そういう事を知っていたのに、本当によく僕の言う事を信じましたね」

下手をすれば異常者扱いされていたのだと冷や汗を流すアレクに、ミリアは容赦ない言葉をぶつける。

「さっきも言ったけれど、実験して実証出来なければアレク君もその人達の仲間入りよ？　もしそうなれば私の弟子にもしないし。下手をすれば学園からも追い出されるかも」

脅すように言ってみるが、アレクは「当然ですね」と苦笑しただけだった。その様子にミリアは少しだけ安心した。嘘《うそ》や戯《ざ》れ言《ごと》であれば今の言葉で動揺するはずであるからだ。

こうして、ミリアの弟子となってからの一週間は地球の科学知識の検証にあてられた。

二日目にはミリアも青白い炎を生み出すことに成功し、アレクの言葉は実証された。これにより正式にミリアの弟子として認められる事となる。

実験は次々に行われた。水属性や氷属性の威力や生成速度の変化にも効果が現れる事が判明し、ミリアは大喜びであった。中でも絶対零度の氷を造り出す《アブソリュートコールド》が成功した時にはアレクが心配するほど狂喜していた。

「嬉《うれ》しいのは分かりますけど。ちょっとこれは……」

「うぅ……ごめんなさい」

今二人が居る研究室の室温は、夏であるにもかかわらず氷点下に下がっていた。

ミリアが調子に乗って《アブソリュートコールド》を連発した所為《せい》で、室内は冷凍庫並みに冷えてしまっていた。外は真夏であるのにこれだけ室温を下げられる事を見ても、この魔法がいかに極低温かが分かる。

「今市場で売られている『保冷庫』に用いる魔法をこれに変えれば、かなりの効率化が図れますね」

鳥肌の立った腕をさすりながらアレクは呟いた。

今市場で売られている保冷庫、いわゆる冷蔵庫は魔導師が用いる氷魔法を込め、箱の内部を冷やす魔道具である。商人や食べ物を取り扱っている店などでは持っている事が多い。ただし、冷凍保存出来るほど冷えない上に、大きさに比例して消費される魔力が多く、大量の魔石を必要とする為にコストパフォーマンスが悪い。

「確かにこの魔法なら消費される魔力に対しての効率は上がるでしょうけど……全部凍っちゃうわよ?」

「そこは箱を二層式にしてですね——」

ミリアの疑問にアレクが提案したのは、地球で昔売られていた仕組みの冷蔵庫である。上部に氷を発生させ、その下には冷凍庫を。更にその下には冷気を制限した空気が流れるようにした冷蔵庫部分を設置することで、箱内部の温度を調整出来るようにするのだ。

「この仕組みなら、冷蔵庫へ流れ込む冷気を調整することで全体を凍らせたりも出来るかなと」

アレクが描いていく図を見ながらミリアは驚きを隠せなかった。

（発想力が凄《すご》いわね。——いえ、これも『記憶』から？）

いったいどれだけの知識を持っているのか——ミリアは自らの知的好奇心を満たしてくれるアレ

クをじっと見つめるのであった。

◆

アレクが『記憶』についてミリアに告白してから、昼の間はミリアと研究室に居る事が多くなった。夜はミリアから許しを得て中級魔法に関して書かれた書物を部屋で読みふける毎日である。

そして、新たな魔法を知れば使ってみたくなるのは当然の事であった。とはいえ入学して僅か四ヶ月の生徒が訓練所で中級魔法を使っているとなれば、他の生徒や教師から目を付けられるだろう。

だとすれば人目に付かない場所はと考えると、ダンジョンの中しか選択肢が無かった。

他の生徒がダンジョンへ潜るのは朝九時から夕方六時までの時間である。アレクが人目につかないように潜るとすれば、夕方六時以降なのだが、部屋に誰か訪れてくるかもしれない事を考慮して、夜九時以降にしようと決める。

帰還札を使用すればダンジョンの入り口には戻ってこられる為、時間ギリギリまで進んでも戻るのは一瞬だ。その都度銅貨一枚が経費でかかるが、これればかりは仕方が無い。

「さてと。周囲の警戒はアンに任せて、遊撃はアインだとすると……接敵されないように盾役が必要か」

あくまでダンジョンに潜るのは魔力を消費する為なので、攻撃手段は基本的にアレクの魔法で事足りる。足止めや補助的な攻撃をアインにさせる事を考えれば、必要なのはランバートのような盾となってくれるポジションの眷属だろう。

「そうすると、《スケルトン》を召喚するとして……装備は盾と剣でいいかな？」

ある程度イメージを固めると、アレクは早速スケルトンを召喚し始める。

「《眷属召喚》――《スケルトンナイト》！」

アレクの呼びかけに応じて、目の前に身長が二m程の骸骨騎士《スケルトンナイト》が姿を現す。骨で出来た鎧『ボーンアーマー』に身を包み、左手には中型の盾を装着している。右手にはロングソードを携えていた。

「おお……結構迫力あるな」

「お褒め頂き恐縮です。我が主《あるじ》よ」

アレクが呟いた言葉に対し、スケルトンナイトから声が聞こえた。その声は渋い男性の声で、どうやら自我もしっかりと持っているようだった。

自我があるのなら名前が必要だろうと、アレクは骸骨騎士へと名前を付ける事にした。

「そうだな……君の名前はツヴァイだ。よろしく頼むよ」

「良き名を頂戴し、嬉しく思います。不肖ツヴァイ、これからは我が主の盾となるべく精進致します」

やけに堅苦しい喋《しゃべ》り方だが、これはアレクのイメージが原因である。盾持ちイコール騎士、騎士イコール堅苦しいというイメージを持たせたせいだ。

想像していたよりも恰好《かっこう》の良い騎士姿に、アレクはテンションが上がる。ツヴァイに色々なポーズを取らせながら悦に入っていると、ツヴァイが申し訳なさそうに話しかけてきた。

「主よ……申し訳ない。戦闘経験が無い故、どう戦えばよいのか分からぬのですが……」

そう言って畏《かしこ》まる姿に、アレクは愕然《がくぜん》とした。アレクの知識が元になっている為、授業で学んだ知識や、ランバートが戦っているのを見て得た知識のみがツヴァイに転写されているらしかった。

「……まずは一層で戦闘訓練からだね」

アレクは出だしから躓《つまず》いた事に項垂《うなだ》れながら、夜になるのを待った。

夜九時を過ぎた頃、アレクは一人でダンジョンの入り口へとやってきていた。勿論《もちろん》、アレクの影の中にはアインとツヴァイが潜んでいるし、姿を消しているだけでアンも傍に居る。

辺りは真っ暗で、遠くに寮の明かりが見えるだけだ。アレクは灯《あか》りを持たず、暗視能力に頼ってダンジョン前まで移動してきた。

(つくづく便利な能力だよな)

アレクはそう呟きながら、危なげない足取りでダンジョンの階段を下る。

入口を塞いでいる扉を開けて中へ入ると、早速アインとツヴァイを影の中から具現化させる。

「さて、灯り無しで行くつもりだけど。皆見えてるよね？」

アレクが尋ねると、アンもツヴァイも大丈夫だと返事をした。アインも首を振って肯定の意を返してくれる。

早速とばかりに、隊列を組んで奥へと進んで行く。先頭はツヴァイで、その足元にアインが追従する。アレクが最後尾を進み、その傍らにアンがふよふよと浮かんでいる。

万が一にでも、この光景を他の学生が見たならば、腰を抜かしていただろう。それだけ、異様な光景だった。アインもツヴァイも眼窩《がんか》が赤く光っており、唯一人間の姿であるアレクも同様に眼《め》が赤く光っているのだ。

そんな百鬼夜行も逃げ出しそうな一行は、徐々にダンジョンの奥へと進む。ツヴァイが歩く度に、骨と骨鎧がぶつかる音が暗闇に響く。それ以外の音が全く無い状態で暫く進むと、不意にアンが声を出して知らせる。

「前方の天井に、巨大蜘蛛《ジャイアントスパイダー》が二匹見えます」

その言葉に、ツヴァイとアインが戦闘態勢を取った。アレクは先制攻撃をすべく、巨大蜘蛛《ジャイアントスパイダー》へと魔法を撃つ。

「何時《いつ》もは抑えて撃ってるからな。今日は人目が無いから思い切り撃てるぞ！」

アレクは攻撃魔法を覚えてから一度しか本気で撃った事が無かった。たった一回でミリアに叱られ、アンには自重してくださいと叱られたのは苦い思い出だった。

数ヶ月に渡り、抑えて来たストレスをここぞとばかりに解き放つ。

「久々の本気！《ファイアアロー》！」

青白い炎が暗闇に軌跡を残して飛んで行った。放った《ファイアアロー》は狙い通りに蜘蛛《くも》の魔獣へと着弾し、一撃でその全身を燃やし尽くした。

「よっし！」

「よし！　じゃありません！」

アレクがガッツポーズを取ると、アンがすかさず突っ込みを入れた。連携と戦闘訓練をツヴァイ達にさせるのが当初の目的と言っていたのに、一撃で沈めてしまっては意味が無いのである。

「大丈夫だって。もう一匹残ってるから……」

アレクがそう言い訳をすると、言葉通り残った方の蜘蛛が床へと降りてきて、アレク達の方へと近づいて来た。

蜘蛛を近づけさせまいと、ツヴァイが進路上に移動し、盾を構える。蜘蛛はツヴァイに向けて糸を吐き出すと、盾を絡めて奪い去ろうとしてきた。

蜘蛛とツヴァイが引き合っている間に、その横からアインが駆け寄り蜘蛛の脚へと噛《か》みつく。ひと噛みで脚の一本をもぎ取ると、蜘蛛の体勢が崩れて糸を引く力が弱まった。そこへツヴァイが近づいて剣で胴体を一突きにして、止《とど》めを刺した。

初戦はアレク達の余裕の勝利だった。数ヶ月間、愛玩動物扱いだったアインは、戦闘で役立った事に嬉しそうに尻尾を振っていた。

その後も、順調に勝利を収めていったアレク達は、一層の守護者の間へと到達していた。

「やっぱり、道を覚えてたから辿《たど》り着くのが早かったね」

一行がダンジョンに入ってから、たったの二時間で最奥へと辿り着いていた。昨日までの探索しながらに比べると、真っ直《す》ぐ進むだけだった所為で、予想外に早く着くことが出来ていた。

アレクが魔法を抑える必要が無かった事、そして前衛であるツヴァイとアインに至っては、怪我《けが》などに気を遣わなくて良かった為、道中は余裕だった。

「この調子で、守護者も攻略しちゃおう」

「承知！」

アレクの言葉に、ツヴァイが応えて扉を押し開ける。彼も数度の戦闘で経験を積み、当初よりずいぶん動きが良くなっていた。

扉を開けたその先は、数日前と同じドーム状の広場だった。だが、以前と違い現れたのは一角兎《うさぎ》ではなく、巨大な蛇だった。

「あれは、大蛇ですね」

そう、奥で蜷局《とぐろ》を巻いている蛇は、かなりの長さを持つ大蛇だった。胴回りは三十㎝はあるだろうか。大蛇は、アレク達侵入者に気付いたのか、ゆっくりと蜷局を解き、こちらへと向かって来た。

「アインもツヴァイも巻き付き攻撃だけは注意してね？　砕けそうだし」

太い胴で締め付けられれば、ツヴァイといえども砕け散ってしまいそうに思える。こちらへと向かってくる蛇の体長は十ｍを超えているように見える。

「この骨鎧はそこそこ丈夫であるので大丈夫だとは思う。だが……アインは一口で飲み込まれそうですな」

ツヴァイはそう軽口を叩《たた》きながら、油断なく盾を構える。問題は、アインのサイズだと大蛇の太さに歯が立たない事だろう。

どうしたものかと思っていると、不意にアインが一声鳴き、身を震わせ始めた。

徐々に変化していくアインの姿を、アレクは大蛇の事すら一瞬忘れて見つめていた。アインの体長は元の七倍、一・五m程に変化していた。全体的に凶暴な姿へと変貌したアインの口は、アレクの頭くらいなら丸齧《まるかじ》りできそうな大きさになっていた。

「アイン……だよな？」

何を当然な事を言っているのだと自分でも思いながら、思わず口から洩《も》れてしまった。巨大なボーンウルフとなったアインは、アレクへと視線を向けると頭を下げて肯定の意を示した。

「お父様、今は大蛇を倒す時ですよ」

アンの言葉にはっとして意識を戦闘へと切り替える。既に大蛇はツヴァイの目の前まで来ており、噛みつきを盾で防ぎながら、剣で攻撃を始めていた。

「よし、アイン！　全力で戦ってみて」

アレクの言ったその言葉に、アインは素早い動きで大蛇の胴体へと噛みついた。胴体への攻撃に、大蛇はシャーと空気の漏れるような鳴き声を響かせながら体をくねらせる。だが、アインの素早い動きは巻きつきの攻撃をするりと躱《かわ》して、何度も噛みついてその身を削ってゆく。

アレクは少し離れた場所で、徐々に動きが鈍くなっていく大蛇の姿を眺めていた。自分が手をだす必要性が感じられない程、アインとツヴァイの連携は見事だった。

時間にしてたったの三分で、大蛇はその身を地面へと横たえ動きを止めた。戦いが終わるとアインの姿は元の手のひらサイズに戻り、アレクへと身をすりつけてきた。

「すごいね。アインの噛みつきも爪も予想以上の強さだ。でもなんで大きさを変えられるんだ？」

アレクはアインの頭を撫《な》でながら呟いた。倒した大蛇は、ツヴァイが剣で魔石を抉《えぐ》り取っている所だった。

どうやらアインは必要に応じて身体《からだ》のサイズを変化させる事が出来るようだ。変化させた後は保有する魔力が大きく減るらしく、アレクが魔力を供給してやらねばならなかった。

一層を攻略して、この日のダンジョン攻略は終えたのだった。

人目につくことなく、夜中過ぎには部屋へと戻ったアレク達は、明日からの予定を相談する事にした。幸いにも、先ほどまでの戦闘の興奮が残っているのか、眠気が来ないのである。

「基本的な方針は僕の魔力を消費する事だから、アインは今のサイズのままで戦闘だね。魔石はいざという時だけ使うことにしよう」

アレクの言葉にアインはどことなく悲しそうにしている。そんなアインに、アレクは頭を撫でながらフォローの言葉をかけた。

「アインはそのままでも蜘蛛とか食いちぎってたじゃないか。中層になれば亜人系になるし、脚とかに噛みつけば十分役に立つよ」

早く中層へと潜り、亜人と戦ってみたいとアレクは思っていた。しかし、そうなると火力がアレクだけとなる為、もう少し守りが欲しいと今日のダンジョンで痛感した。

敵が複数でてくると、ツヴァイの横を抜けてアレクまで接敵されてしまう事が何度かあったのだ。

「ツヴァイの他にもう一体スケルトンを召喚するか。《リッチ》にも興味はあるけど、魔法職が増えても今は意味が無いし……」

今日のダンジョンでアレクは遠慮なく魔法を使っていたのだが、まだまだ余裕があった。枯渇までいけなくとも、それなりに減らすには手当たり次第に魔物を倒すしか無いのではないかと思えてくる。

「ダンジョンを手当たり次第に歩いて敵を倒すとしても魔力は足りるんだろうけど、移動が疲れそうだなぁ」

そんな事を呟いている内にやっと眠気が襲ってきて、アレクは眠りについた。

「《ファイアボール》！」

アレクの唱えた火属性の中級魔法は通路の先から現れたゴブリンの集団をまとめて火だるまにした。燃えて全滅したゴブリンから魔石を抜き取ってアレク達は先へと進む。そんな主に眷属から嘆きともつかない言葉が零《こぼ》れる。

「主殿一人で十分なのではないのか？」

「まぁまぁ、楽出来てる内が華ってわけさ。ツヴァイの旦那は堅苦しく考えすぎですよ」

アレクの前を歩く二体の骸骨騎士から、そんな会話が聞こえてくる。

「ドライの言う通りだね。それに、二人が居てくれるから魔法が打ち放題なんだよ」

そう言ってアレクは二体目の骸骨騎士の方を見やる。二層辺りから一度にわいてくる敵の数が目に見えて増えた所為で、もう一体《スケルトン》を呼び出す事にしたのだ。

呼び出したのは両手剣を持つ《スケルトンソルジャー》である。

ツヴァイは少し堅苦しいので、少し軽い感じをイメージしてしまったのだが、現れた骸骨騎士は少し以上に性格が軽すぎた。

『あんたが俺の主か？　まだ餓鬼じゃないか』

召喚後、開口一番にこう言われ、アレクは唖然《あぜん》とした。ツヴァイとアンなどは目に見えて怒ってしまい、一触即発の空気となったのは記憶に新しい。

名前はドライと名付け、一応は眷属の仲間入りをしたのだが……。慣れてくると、今度はアンを口説いたりアレクをからかったりと、言動が軽過ぎるドライにアレクを含めたメンバーは振り回されていた。

（良く言えばムードメーカーなんだろうけどなぁ）

一週間も共に居ればそれに慣れても来る。それに、一見軽薄そうなドライだがその実きちんと働いてくれる。ツヴァイとの連携もしっかりと取って、アレクへと近づく敵は全て防いでくれていた。やる事はやるので、段々とツヴァイもアンも認めて来たようだった。

「それにしても……この数日二層ばかりですが、些《いささ》か敵が弱すぎですね」

ドライを呼び出した時を思い出していたアレクにアンがそう言って溜息《ためいき》を吐いた。確かに今のアレク達に対してだと、弱すぎるのは否めない。とはいえ、本来は一年生のチームが潜る前提なのだから仕方が無い事だろう。この二日程は、明らかに過剰な火力で殺す、通称オーバーキルという戦い方をしていた。

「学園で力を得るという目的自体は達成出来そうだけど。冒険者としてやっていくにはまだ実力が足りていないし仕方ないかな」

アレクはそう言って近づいて来た魔物を風魔法の一撃で吹き飛ばす。実際は、補助魔法によって全身の能力を一時的に引き上げる事は可能で、同世代の魔法使いになら勝てるだろうという思いもある。だが恐らくガルハートには一本も当てられないだろうし、魔法の練度でもミリアには負けているだろう。

この二週間でミリアから属性魔法の中級と、身体強化の魔法を教わった。一応、授業やチームでのダンジョンアタック中には使わないように言われている。何しろ覚えている魔法のレベルで言えば二年生に匹敵するのだ。

「それでも、卒業までに盗賊団の情報だけでも調べたいところだけど」

そう呟いたアレクの周囲に、普段より高い魔力が渦を巻く。雰囲気の変化に気付いたツヴァイとドライが何事かと振り向いたのを見て、アレクは何でも無いと首を横に振る。

毎週のようにシルフの気まぐれ亭へと働きに出ているのは、決してお金の為だけではない。もう一つの目的としては、酒場へと集まってくる情報の収集だ。

様々な職に就いている人達や、偶《たま》にやって来る旅人などからそれとなく情報を仕入れているのだ。

(今のところめぼしい情報はないけどね……)

過去に何度も現れては、略奪と虐殺を繰り返す盗賊団『濡《ぬ》れ鴉《からす》』。この半年近くは全くと言うほど現れたという話が聞こえてこなかった。騎士団のレベッカともこの前会ったのだが、目ぼしい情報は無いとすまなそうに謝っていた。

決して少なくない人数である盗賊団が、全く痕跡を残さずに消えるものだろうか？　アレクはそこに疑問を持っていた。部屋には地図を持ち込み、盗賊団が過去に現れたと聞いた場所にチェックを付けて法則性を模索しているのだが、全くと言っていいほど見当がつかなかった。

アレクは二層の守護者を最大火力の魔法で消し炭にしてから、地上へと帰還していった。

◆

翌朝、布団で惰眠を貪っていたアレクは、部屋の扉を叩く音で目を覚ました。慌ててズボンを穿《は》いて扉を開けると、そこには暫くぶりに見るフィアが立っていた。

「おはよう、アレク君。もしかして、まだ寝てた？」

「久しぶりだね、フィア。いや、もう起きようと思ってたところだから」

アレクは寝癖を直しながらフィアを部屋の中へと招き入れた。フィアは父親が任されている領から母親が訪れていて、その間王都にある別邸へと行っていた筈であった。寮へと戻って来たという事は、母親は自分の領へと戻ったのであろうか。

「三週間ぶりかな。お母さんはもう自領へと戻ったのかな？」

アレクが尋ねると、フィアはふるふると首を振り否定した。

「ううん。明日か明後日《あさって》くらいまでは王都に居るわ。あのね、私が王都でどんな様子かを、お友達からも聞いてみたいんだって。でね、エレンとランバートにも声かけてみたんだけど不在で……アレク君よければうちの母に会ってくれないかな？」

フィアの頼みにアレクは戸惑う。フィアの母親という事は男爵夫人である筈だ。対して自分は平民であって、会っていいのか悩むところだった。

アレクが悩むと予想がついていたのか、フィアは慌てて言葉を付け足した。

「大丈夫！　母は私と一緒で身分とか気にしない人だから。誰も連れて行かなかったら、『貴方は王都で友達の一人も作れなかったの？』ってからかわれそうなんだもの」

必死で頼んでくるフィアに、アレクは苦笑しながら頷く。フィアがここまで言うのだから、平民だからと面と向かって侮辱される事もないだろうと考えた。

「それで、会うのは何時になるの？」

特に予定も無いので、アレクはフィアへと尋ねた。フィアは、都合さえ良ければ今日の昼食でも一緒に食べないかと言われている事を告げた。時計を見ると朝九時であり、まだ時間的な余裕はありそうだった。

アレクは十一時に寮の前で待ち合わせをする事にし、一旦フィアと別れた。目が冴《さ》えてしまったので二度寝を諦めると、アンに軽めの朝食を作って貰い身支度を整えるのであった。

待ち合わせの時間となったので寮を出たアレクに、フィアが気付いて手を振って来た。フィアは可愛《かわい》らしい白のワンピースに水色のミュールだった。

「服似合ってるよ。何時もより可愛いね」

そう言って褒めると、フィアは少しだけ頬を染めてありがとうと答えた。そう言ったアレクの服装は入学式に着ていた、少しだけ上等なブレザーとハーフパンツという恰好だ。

「ごめんね、こんな恰好で。きちんとした場所へ着ていく服が無くて」

そう言ってアレクは謝るのだが、フィアは首を振って大丈夫だと告げる。

「大丈夫だよ！　どこも可笑《おか》しくないし。それに変に着飾るような場所じゃないから」

そう言って微笑《ほほえ》むフィアに癒《いや》されながら、フィアの案内でザンバート家の別邸へと向かった。

ところが、屋敷に近づくとどうにも慌ただしそうな雰囲気だった。フィアと顔を見合わせて足早に屋敷へと入ると、家令と思われる男性が慌ただしくメイド達に指示を出している場面に遭遇した。

「セバス！　これは何事なの？」

フィアの声にセバスと呼ばれた初老の男性が気付き、慌てて近づいて来る。

「リールフィアお嬢様！　お帰りに気付かず申し訳ございません。少々問題が発生しておりまして。……そちらの方は？」

セバスはそう言うと、アレクへと視線を向けた。フィアが学友だと説明すると、セバスは申し訳なさそうにアレクへと告げる。

「大変申し訳ありませんが、少々立て込んでおりまして。本日のところはお引き取りを」

「アレクは私がお母様に会わせる為に呼んだのよ？　良いから何があったのかお言いなさい！」

普段のフィアからは想像も出来ない程、凜《りん》とした声だった。こうしていると貴族なんだなと、アレクは場違い的な事を考えてしまう。

尚《なお》も言いよどんでいたセバスだったが、時間が無いとばかりに口を開いた。

「実は、お買いものへと出かけた奥様が、同行した侍女共々まだお帰りになっておりません。今、人を街中へと走らせて情報を集めておりますが、もしかすると攫《さら》われた可能性が」

セバスの言葉にフィアの顔が青ざめる。ショックからふらついたフィアをアレクが慌てて支えた。どうやら今日会う予定だったフィアの母親が未だ帰宅しておらず、攫われた可能性があるらしい。

フィアはアレクに支えられた状態のまま、詳細を求めてセバスへ続きを言うよう促す。

フィアの母親であるオルテンシアは昼までの予定で、侍女と王都の西区で開かれている市を見に馬車で向かったのだとセバスは説明した。市の中まで馬車は入れない為、二人が歩いて市の中へと進んだのは馬車の御者が確認している。

しかし、予定の時間が過ぎても二人は馬車に戻ってこず、御者の男が市の中をくまなく捜したが見つけることは出来なかった。一時間ほど捜したところで屋敷へと急いで戻り今に至るらしい。

「しかし、王都の中で白昼堂々と貴族を誘拐ですか？　周囲は市を開いていたのでしょうし、いくらなんでも人目に付くと思うんですが」

アレクの疑問はもっともである。加えて貴族に対する誘拐や暴行などは死罪である。そこらに居るごろつきに手を出す度胸があるとは思えなかった。

「御者の話では、かなり入り組んだ場所で市が催されていたようで……。普段なら護衛を付けておったのですが、あいにくと本日は空いて居る者がおらず……」

「今は過ぎた事を論じている場合じゃないわ。セバスは引き続き情報の収集を。まだ衛兵に届けるのは早すぎるかしら。でも、時間が経《た》てば酷《ひど》いことをされてしまうかも。そもそもどの辺りを捜せばいいのよ！」

フィアは努めて冷静に振る舞おうとするが、母親が誘拐されたかもしれないという焦りが口調を荒くさせていた。貴族だと知って攫ったのだとすれば身代金目的か、フィアの家と反目する貴族の指示である可能性が高い。だが、もし貴族とは知らずに犯行に及んだのだとしたなら。

（時間が経てば暴行されるかもしれないな）

アレクの脳裏にロハの村で盗賊団に襲われ、殺された幼なじみの姿や母親の姿が思い出された。嫌なことを思い出した所為かアレクを激しい頭痛と吐き気が襲う。

隣にいるフィアは心に余裕が無くアレクの変化に気付かない。アレクは痛みと吐き気に耐えながら自分がどう行動すべきか思案する。

（フィアにはあんな思いを味わわせたくない。とは言っても顔も知らず、どこに居るかも分からない二人をどうやって捜せば？）

アレクの知っている限り、魔法での探索は不可能だ。魔法はそこまで万能では無い。いずれ研究を進めれば開発出来るかもしれないが、少なくとも今は無理である。衛兵へと連絡し、市場周辺を捜索して貰うにしても、今から詰め所に届けてなどと悠長な事をしている余裕は無いだろう。まして、捜索に割かれる人員はいいところ十人か二十人だろう。捜し当てるまでに時間が掛かりすぎる。

（ある程度広い範囲を素早く捜すには、ローラー作戦が一番確実だ。だけど人手が足りなすぎるな。ん？　人手か……僕にはそれを解決する手段が一つだけあるじゃないか）

アレクは悩む。フィアに自分の秘密を明かしていいものだろうかと。しかし、フィアの母親を自分の母と同じような目には遭わせたくないという気持ちが勝った。

アレクは決意してフィアへと話しかけた。

「フィア。お母さんを捜す方法に心当たりがある」

「え？」

アレクの言葉にフィアは驚いてアレクの顔を見た。

「だけど、人にあまり知られたくない魔法なんだ。ちょっと特殊な方法でね……」

アレクが今から行おうとしているのは、眷属召喚による捜索である。広い王都で急いで人を捜すにはこれしかないのだと思いながらも、知られた後フィアにどう思われるだろうという恐れもあった。

アレクの見せる真剣な表情に少しだけ逡巡《しゅんじゅん》したフィアだが、意を決してアレクへと頭を下げる。

「助けてくれるのならどんな秘密でも守るわ。アレク君お願いできる？」

「分かった。他の人には内緒で頼むよ？　色々僕にも事情があってね」

一応フィアに口止めをしてから、アレクはフィアに母親の身の回りの品で今朝まで身につけていた物を探して貰う事にした。

アレクは侍女の一人が持ってきた膝掛けを受け取る。そして一旦玄関から外へ出ると、周囲に人の目が無い事を確認して眷属を召喚すべく口を開いた。

「《眷属召喚》――《ボーンアニマル》ミクロマウス！」

アレクの召喚によって呼び出されたのは、数百にも及ぶ数の小さなネズミだ。骨で出来た三㎝ほどのネズミが、所狭しと足下で蠢《うごめ》いている光景は不気味だった。

（この膝掛けに付着した匂いをたどれ）

アレクの命令に従い、数百もの小さな眷属が一斉に街中に散らばった。

大量に魔力を消費したことで、目眩《めまい》がアレクを襲う。眷属をこれだけ大量に召喚したのは今回が初めてである。以前実験した時は、精々が数十匹であった。

今回召喚した眷属はアンやツヴァイ達のような人間に近い知能は持っていない。簡単な命令に従うだけの存在として生み出した。ミクロマウス達はフィアの母親の匂いを辿って街中を駆けている。その小さな身体ゆえに家屋の中まで進入することが出来る。たとえ何者かに攫われたのだとしても、監禁されている場所まで特定出来るだろうとアレクは考えたのだ。

アレクはフィアの下へと戻り、あとは結果を待つだけだと告げる。しかし、いくらフィアがアレクを信じたとしても他の者はそう簡単に納得できる筈が無い。使用人の大半はアレクの言葉など信じずに街へと捜索に出かけていった。

アレクとしても捜し出せるかは賭けであった。初めての試みであったし、その方法も明かしていないのだから、自分を信じろなどとは間違っても言えない。

魔力の使いすぎによる倦怠《けんたい》感を誤魔化すために、アレクは壁へと寄りかかりそっと目を瞑《つぶ》る。閉じた目に映ったのは輝点がまるで波紋のように広がっていくかのような光景だった。どうやら自分を中心に、眷属がどう展開しているかが映し出されているようだ。アレクの指示を受けたミクロマウスがしらみつぶしに街中を駆けているのだろう。五分、十分と過ぎるにつれ徐々にその捜索範囲が広がっていくのが分かる。

ほどなくして均一に広がっていた眷属の一部に変化が生じた。ある一点を中心にミクロマウスの動きが止まり、周囲に居た他の個体もその一点へと集まっていくのが感じ取れた。

「王都の地図を見せてください！」

アレクは目を開けて指示を出す。慌てて侍女の一人が駆けていき、程なくして書斎から王都の地図を抱えて戻って来た。

その地図を床に広げたアレクは、東西南北を合わせると、先ほど感じた方角へと指でなぞっていく。飛んで行く糸の間隔からおおよその距離を推測して指を這《は》わせていくと、あまり治安の良くない一帯を指し示した。

「恐らくだけど、フィアのお母さんはこの辺りに居ると思います。これは、急いだ方がいいかな？」

次の瞬間、フィアがすごい勢いで屋敷を飛び出して行った。アレクは慌てて立ち上がると、セバスに人を集めて捜索するよう言い残して、自らもフィアの後を追った。

フィアは走り難《にく》いミュールを脱ぎ捨てると、自らに敏捷力をあげる《クイック》の魔法を掛けて走っていく。その後ろからは少し遅れてアレクが追いかける。

（くそ！　フィアは元の身体能力が高いから追い付くのがきつい）

アレクも同様に《クイック》の魔法を使っているのだが、フィアの速さに置いて行かれないように走るのが精いっぱいだった。加えて魔力の使いすぎによる目眩も完全には治っていない。

アレクはアンを呼び出すと、簡単に指示を出した。

『アン！　僕の魔法が示した辺りを捜索。女性が捕われていないか探して』

『畏まりました。お父様』

アンは一礼すると、空を飛んで行った。物理的な質量を持たないアンは、全力で走るフィアよりも先に目的地へと到達するだろう。自分達が辿り着いてから捜索するよりも早く見つける事が出来るだろうとアレクは目論《もくろ》む。

十五分程走り、息を切らせながら目的の場所へと到着したアレクとフィアだが、当然家の扉は皆閉じられているので、どうしたら良いのかと躊躇《ちゅうちょ》し、立ち止まった。

「はぁ、はぁ。――フィア落ち着いて。一人で動いても捜しようが無いでしょ？」

アレクはそう言うと、再び目を閉じて眷属の居場所を確認する。どうやら、今居る通りの奥を示しているようだ。あまり目立つ行動をすると母親がどうなるか分からないのだからと言い含めて、アレク達は静かに移動を開始した。

『お父様、目標と思われる女性二名を発見しました』

アンからの念話が届く。フィアを一旦立ち止まらせてアレクは念話でアンに状況を確認する。

『女性はお父様の位置から七軒先の民家の一室に捕らわれています。見たところ、外傷や乱暴された痕はありませんが、別な部屋に同じく誘拐されたと思《おぼ》しき女性が五名捕らわれています。そちらの部屋には誘拐犯の一味だと思われる男が四人。家の前に見張りが一人います』

アレクはアンから詳細を聞き終えると、フィアへと状況を説明した。アンの事は言えないので、魔法だと誤魔化して伝える事にした。フィアは嘘だと勘付いているようだが、緊急事態なので問い質《ただ》すような事はしなかった。

「――という状況。第一目的はフィアのお母さん達の安全確保。次に同じく捕らわれている女性五人の救出。そして、出来るなら悪党五人の捕縛だね」

「どの程度の強さか分からないけれど、私たち二人だけじゃ正面からは無理ね。人質に取られても困るし……この部屋の配置だとすると、なんとか裏から回って助け出せないかしら？」

地面に簡単な間取りを描いてフィアと打ち合わせをする。人質を取られるのが一番避けたい事なので、フィアが裏の窓から忍び込めるように陽動が必要だろうとアレクは提案をする。

「――という感じで、僕が前から犯人の一味をからかって陽動するよ。もし全員が僕の方に来たら窓から侵入して。最悪でもオルテンシアさんを助けだして逃げて」

フィアは何か言いたそうだが、黙って頷いた。フィアはアレクが怪我をしないか心配なのだ。それに対してアレクは茶化すようにフィアへと笑いかける。

「大丈夫だよ。いざとなれば僕も逃げるから。ま、フィア達が逃げ出すまで時間くらいは稼ぐって」

未だ心配そうなフィアだったが、母親を救う為に時間はあまり掛けられないと判断した。二人が別邸を飛び出した後、恐らくセバス辺りが衛兵を連れてこちらへ向かっているだろう。だが、現状のままでは人質の身が危ないのだ。

「じゃあ、予定通りに。魔法でそっちの状況はある程度把握できるから、自分の事に集中してね」

そう言ってアレクはフィアと別れて、目的の民家へと正面から近づいた。

民家の前には、アンの情報通り一人の男が見張りに立っていた。どう見ても真っ当な職業に就いていなさそうな男だ。

男はアレクに気付くと、下卑た笑みを浮かべながら声を掛けて来た。

「おやおや、どこの坊ちゃんか知らねーが。こんな場所に何か用か？」

アレクが着ていた服を見て、どこか金持ちの子弟と勘違いしたのだろう。そう言えば男爵夫人に会うからと上等な服を着ていたなと思い出す。男の勘違いをアレクは都合が良いとばかりに、世間知らずを装って男に話しかける。

「ちょっと道に迷ったんだけど。おじさん、中央の通りまで案内してくれない？　案内してくれたらお礼はするよ？」

そう言ってポケットから一枚の銅貨を取り出す。銅貨を見た男は、目を細めて笑うと、アレクへと近づいてくる。

「そうか、じゃあ親切なおじさんがちょっと教えてあげよう……世間ってやつをなっ！」

そう言ってアレクへと飛びかかって来たが、《クイック》のかかっているアレクはひらりと男を避ける。

「ちょっと、何するんですか！」

アレクは怒っている風を装って男の脛《すね》を蹴り上げる。加減をしていたのでそれ程痛くは無いだろうが、男は顔を真っ赤にして声を荒らげた。

「餓鬼が！　てめえなんぞ身ぐるみ剝いで犬の餌にでもしてやる。おい！　お前ら出てこい！　カモがいるぞ！」

男の声を聞いたのか、二人が捕まっているであろう民家から二人の男が出て来た。予想通りの展開にアレクの顔に笑みが浮かぶが、男達はそれを見て更に激高した。

「てめぇ！　餓鬼が俺達に敵《かな》うと思ってんのか!?」

「おじさん達じゃ僕は捕まえられないよ」

男三人とアレクの追いかけっこが始まった。あまり民家から離れてしまうと、戻ってしまう可能性がある為、基本的には民家の前あたりでアレクは逃げ回る。建物の中にはあと二人が残っている。アレクは思いつく限りの悪口を言って男達を挑発する。

男たちの動きが思った以上に素早く、アレクは途中で《クイック》から《フルブースト》へと魔法を切り替える。

アレクは逃げ回るだけではなく、隙を見ては男達の膝へと蹴りをいれる。攻撃魔法を使えば難なく倒せるだろうが、ここで中に残る二人に警戒されてしまえば人質の安否に関わる。挑発を繰り返し、あくまでただの子供のように振る舞わねばならず、予想以上に体力を奪われる。

そんなアレクに堪忍袋の緒が切れたのか、男の一人が中に残る二人まで呼び出した。

流石に五人相手ともなると、アレクはあっという間に追い詰められてしまう。五対一になってから五分も経たないうちに、男の一人が放った蹴りがアレクの脇腹に命中してしまい、アレクは地面へ転がる。

そうなってしまえば攻撃魔法無しのアレクに抗《あらが》う術は無かった。散々馬鹿にされた男達は丸くなったアレクの胴や四肢に加減の無い蹴りをいれた。逃げようとしたが周囲を完全に囲まれてしまい、隙が全くない。

「けっ！　くそ餓鬼が。手こずらせやがって！　オラっ！」

男の一人がアレクの腕を思い切り踏みつける。鈍い音が聞こえたかと思うと、激しい痛みがアレクの身体を走った。

「——っぁ！」

アレクは悲鳴をあげないように必死で耐える。もし自分が危険な状態だと知れば、フィアはオルテンシアを救出する前にこちらに来てしまうかもしれない。それでは何のために時間を稼いだのかわからなくなる。

悲鳴をあげずに耐えるアレクを見て更に男達は執拗《しつよう》な攻撃をアレクに加える。僅かではあるが加護の影響で傷が修復されていくために致命傷にはなっていない。だが、逆を言えば気を失うことも出来ずに延々と痛みを受け続けなければならない結果となっていた。

どれ程耐えていたのだろう、蹴り続けていた男達が疲れ息も荒くなってきた頃に、遂《つい》にアンからの念話が届いた。

『お父様、フィア様がお二人の救出に成功しました』

『——わかった。流石に他の五人を一緒には無理だったか』

端から見れば虫の息で横たわるアレクに、息を切らせた男達が囲いながら悪態をついている状況だ。

「はぁ、はぁ。へっ……いい加減くたばったか？」

男の一人が肩で息をしつつアレクの胸ぐらを摑《つか》んで顔をのぞき込む。そんな男に、アレクは侮蔑の笑みを浮かべて言い放つ。

「残念――ゴホッ。もう……時間稼ぎは……終わりだ。なんで貴族のご婦人を攫ったのか、知らないけど。もうすぐ、衛兵がやってくるだろうね」

「なっ!?」

アレクの言葉に男の一人が民家へと入って行ったが、直ぐに飛び出してきて叫んだ。

「くそっ！　女の内、二人が逃げ出してやがった」

「あの女貴族だったのか！　ちっ、下手を打ったぜ」

「手前《てめえ》っ……最初からあの女どもを助けるのが狙いだったのか！」

男達の三流っぽい台詞《せりふ》にアレクの口角が上がる。どうやら貴族だとは思っていなかったようだが結果は同じだ。その誘拐した貴族に逃げられ、この場所が知られた以上男達は逃げるしか無い。そして逃げても直ぐに捕まるだろう。

「貴族を拉致した罪は死罪って知ってるよね。おじさん達はもう終わりだよ」

死罪という言葉に、男達は自らの犯した罪の重さに気付く。アレクの胸ぐらを摑んでいた手が離れ、アレクは地面へと座り込む。絶え間なく全身を襲う激しい痛みに顔を顰《しか》める。早く治療を行いたいが、怪我の範囲が広すぎてどのように治癒魔法をかけたら良いか悩む。

「――《リカバリー》」

ひとまず骨折した腕だけは治そうと治癒魔法を発動させた。そんなアレクを見て、男達が驚愕《きようがく》の声を上げる。

「くそ餓鬼！　手前まさか魔法使い……いや、神官なのか？」

「やべぇよ。早く逃げようぜ！　衛兵に捕まれば死ぬ未来しか無《ね》ぇよ！」

「うるせぇ！　こうなりゃこの餓鬼と残った女を人質にしてなんとか逃げるしか——」

勝手な台詞を言い合う男達に、アレクは折れていたほうの腕を動かしながら魔法を唱える。

「逃がすわけないだろう？　《アースバインド》、《アースウォール》」

アレクの放った地属性である《アースバインド》の魔法によって地面が隆起し、一番後ろにいた男の脚を絡め取る。そして続けて唱えた《アースウォール》は、未だ女性五人が残っているであろう建物の入り口を塞ぐように高さ二mの土の壁を造り出した。

「散々なぶってくれたお礼もまだなんだ。簡単に逃げられると思わないでね？」

そう言ってアレクは男達を睨《にら》み付ける。

一瞬で現れた土の壁と、脚を固定されて動けなくなった仲間の姿を目にし、目の前の餓鬼を倒さなければ逃げることもままならないと理解した男達は懐からナイフを取り出してアレクに向き直る。

男達に残された手段はアレクを始末して、なんとかこの場から逃げ出す事だった。

しかし、子供だとしても相手は魔法使いである。まともに正面からやりあっては分が悪いと感じた誘拐犯の一人がアレクを脅すつもりで口を開いた。

「お、俺達に何かあれば盗賊団『濡れ鴉』が黙っちゃいないぜ！」

その言葉が本当なのか嘘なのか……有名な盗賊団の名を騙《かた》っただけだったのかもしれない。だが、アレクの前でその名前は禁句だった。

一瞬でアレクの周囲に濃い魔力の奔流が発生する。その魔力の強大さに、四人の男は顔色を真っ青にして立ち尽くした。

「お前ら、『濡れ鴉』を知っているのか……」

子供とは思えないような、腹の底から響くような声だった。目に見えるほどの魔力の奔流と共に、アレクの眼が怪しく光り始める。

「俺達に何かあれば、『濡れ鴉』が報復に来るぜ！　それでもいいのか！」

状況を理解できていないのか、男の一人が喚《わめ》き散らす。次の瞬間、その男の片足が消滅する事になった。

「――《エクスプロージョン》」

ぼそり、と呟いたアレクの魔法が男が立っていた場所に炸裂《さくれつ》した。火の上位である炎属性の魔法で、当たると激しい爆発を起こすものだ。

大きく地面が抉れ、同時に足を奪われ絶叫を上げながら男は倒れこんだ。それを見た他の三人は驚いてアレクから距離をとる。仲間のあまりの惨状に、動揺した一人がアレクへと叫ぶ。

「お前！　『濡れ鴉』を知らねぇのか!?　あの人達にかかればお前なんて――」

「黙れ。――《アブソリュートコールド》」

喚いていた男は話の途中でアレクの魔法によって両足を絶対零度の氷で凍らせられた。次の瞬間、

バキリと嫌な音がして男の両足が凍りついた部分から折れた。

「ぎゃぁぁぁぁ！」

あっと言う間に二人が倒され、残った二人は油断なく身構えながらアレクの様子をうかがっている。そんな男たちを感情のこもっていない目で見ていたアレクは、小さく口を開く。

「お前らが本当に『あいつ等《ら》』と関係あるかどうか、後でゆっくり聞かせて貰うよ」

そう言って、残った二人に《アースバインド》を放つ。

「ちきしょう！　こんな餓鬼にっ！」

逃げることすら出来なくなった男達は口々にわめき散らす。アレクは片方の男へと近づくと、先ほどの話の真偽を問いただす。

「お前等は『濡れ鴉』の一味で合ってるんだな？」

「ひっ!?」

至近距離からアレクの威圧を浴びせられた男は小さく悲鳴を上げて失禁した。アレクは顔を顰めると、股間へと手加減した《アースブリッド》を放ち、男の意識を刈り取った。

残った一人は、その光景に冷や汗を大量に流しながら内股になる。

「答えろ。やつらの一味なんだろう？　正直に答えなければ手足を一本ずつ砕いていくぞ」

「俺たちは関係ないんだ！　そう言えば仕事が楽になるから名乗っていただけだ！」

アレクの問いかけに男はその場で土下座しながら謝ってきた。本当かどうか信じようが無いアレクは衛兵に捕らえてもらって尋問して貰おうと考えた。彼らならこの手の事には慣れているだろうと思ったのだ。

弱い電撃でも当てて気絶させようと魔法を放つべく手を向けたその瞬間、アレクの脇腹へと何かが突き刺さった。

それは短い矢だった。飛んできた方へと顔を向けると建物の陰から一人の男がアレクへと小型のボウガンを向けているのが見えた。

「ぐっ……《ライトニングボルト》！」

アレクは矢を放った男へと雷属性の魔法を放つ。敵対してきたという事は、男たちの仲間なのだろう。何か用事で離れていたのが、帰って来る途中で騒ぎに気づいて、陰から様子を窺《うかが》っていたのだ。

アレクは歯嚙《はが》みした。まさか、六人目が居るとは思わなかったのだ。

痛みの所為で、目の前の男を拘束していた《アースバインド》が解けてしまう。アレクが目の前の男から目線を外した瞬間に、立ち上がりざまにアレクへと隠し持っていたナイフで襲いかかった。

「死ね！　糞《くそ》がっ！」

咄嗟《とっさ》に反応が出来なかったアレクの腹部に、男の持つ短剣が吸い込まれていった。

「アレク君！」

フィアの悲痛な叫び声が響いた。母親を応援に駆けつけたセバスへと預けたフィアは、アレクが来ないことに気づいて戻って来たのだ。フィアが来た時は、ちょうどアレクが刃物で刺される瞬間だった。

フィアの悲痛な声を聞きながら、腹を刺されたアレクは数歩後ずさっただけで、倒れる事なく立っていた。

「――あ？」

男は確かに手ごたえを感じていた。少なくとも、今この瞬間短剣は少年の胴体に突き刺さっており、誰が見ても致命傷に至る傷の筈なのだ。なのに、目の前のアレクは泣き叫ぶでもなく、立っているのだ。訝《いぶか》しんでいる男へと目を向けたアレクの表情は、怒りに染まっていた。

「……《ライトニングボルト》」

アレクの放った雷に打たれ、男は吹き飛ばされそのまま動かなくなった。

アレクは自ら腹部の短剣を抜き去ると、糸が切れたかのようにその場へと崩れ落ちた。

「アレク君！」

フィアが涙を流してアレクへと駆け寄る。

「ごめん……なさい……母を助けるために……アレク君、死なないで！」

フィアは涙を流しながら、アレクを抱きしめて治癒魔法を使い続ける。だが、内臓まで達した傷には《キュア》では効果が無い。

「――大丈夫、僕は死なないからね」

そう言ってアレクはフィアの頭を優しく撫でる。フィアが驚いてアレクの顔を見つめる。アレクの顔色はどう見ても悪く、出血の所為か色が白く感じられた。

アレクも自分に《リカバリー》や《リジェネレーション》を掛けようとするのだが、痛みと失血の所為で上手《うま》く集中が出来ないでいた。

「大丈夫……このくらいの傷なら……すぐに治る」

薄れゆく意識の中、なおも優しくフィアの頭を撫でるアレクだが、フィアからすれば自分を安心させる為の嘘を言っているようにしか見えない。こんな状態でも自分を案じてくれるアレクの優しさに、フィアの両目からは再び涙がとめどなく溢《あふ》れる。

「皆には……内緒なんだけどね。僕ね……この程度の怪我ならすぐ治るんだよ……そういう加護でさ」

アレクはそう呟くと、シャツをはだけさせて傷口をフィアに見せる。腹部に開いた傷口は血を噴き出していたが、白い靄《もや》を立ち上らせながらゆっくりと癒着し始めていた。

驚きで目を見開くフィアだったが、不思議と不気味とか嫌悪という感情は湧いてこなかった。アレクが助かるのだという、安堵《あんど》の気持ちでいっぱいだった。

「アレク君、助かるんだね？　死なないよね？」

徐々に目に力が戻ってきたフィアを見て、アレクは頷く。

「気を失うかもしれないけど……大丈夫だから。決してこの事は誰にもばれないように誤魔化して……二人だけの……秘密――」

アレクはそう言って気を失った。一瞬慌てたフィアだが、腹部の傷は殆ど見えなくなっており、出血も止まっていた。

フィアは、アレクの言った事が本当なのだと信じる事にした。

遠くから、セバスと衛兵が近寄って来るのが分かる。フィアは涙を拭い、《水》の魔法で傷口の辺りを洗い流すと、服を直して傷口を隠した。

（アレク君が大丈夫って言ったのだもの、私、信じるからね。……それに、アレク君のおかげでお母様は助かった。この秘密は絶対に守る！）

フィアは立ち上がると、衛兵に倒れている男たちを捕縛するように指示した。そして、セバスに馬車を寄越《よこ》すよう命令して、アレクを自分の屋敷へと運び込むよう指示するのであった。

やって来た衛兵は、フィアの説明を聞いて男達を捕らえた。足を失った二人に関しては一応止血だけをするに留《とど》めた。少し離れた所で未だ燻《くすぶ》った煙をあげている男の意識を確認しようと近づいた衛兵は、首に指を当てて調べていたが、首を横に振った。

「こっちの奴《やつ》と向こうに転がっている奴は既に死んでる。しかし、すごいな。この人数をこんな子供が一人で倒したのか」

アレクが倒した男の内、二人は死んでいるという言葉に、ぴくりと肩を震わせたフィアだったが、どちらにしろ貴族への誘拐行為は死罪である。すぐに何事も無かったかのように振る舞う。

「では、その男達に関しては連行をお願いします。私どもは一旦屋敷へと戻りますから、何かあればそちらへご連絡下さい」

セバスによれば、母であるオルテンシアは既に護衛に連れられて屋敷へと戻っているらしい。そうであれば、直ぐにでもアレクを連れて屋敷へと帰りたかった。

程なくして、セバスが馬車に乗って現れた。どうやら大きな通りで、荷馬車を呼び止め協力を要請したようだ。御者とセバスがアレクを荷台へと乗せ、フィアも伴って乗り込む。

衛兵が見送る中、フィア達は屋敷へと戻るべく馬車を走らせるのであった。


アレクはゆっくりと目を開けた。目に映ったのは寮とも宿とも違う天井である。

「……知らない天井だ」

何処《どこ》かで聞いたことのある台詞を呟きながら、状況を把握する為に首を巡らし周囲を見回す。

気品のある調度品などが並び、この部屋が身分の高い人の住む場所ではないかと推測できる。体を動かそうとアレクは身動《みじろ》ぎしたのだが、右腕の辺りが重くて動かせない。顔を向けると、フィアがアレクの腕をつかみ布団に顔を埋《うず》めていた。

「フィア――」

アレクはやっと自分がどうなったかを思い出す。誘拐犯の五人と対峙し、あの名前を聞いてしまってから怒りで我を忘れた事。そして、隠れていた六人目からの攻撃をくらい、さらに短剣で腹部を刺された事。

空いている左手で刺された場所をなぞるが、とっくに傷口は癒えていた。アレクは力なく頭を枕に沈めると激しく後悔する。

(まただ……怒りで後先考えずに行動しちゃった。あの場は逃げるだけで良かったのに。身の程を弁《わきま》えずに対峙して、挙げ句には刺されてちゃ世話無いな)

極めつけは、フィアに秘密を知られた事だろう。治癒魔法が発動すればまだ誤魔化しようがあったのだろうが、痛みと失血で発動出来なかったのが痛い。

(心配掛けさせたくなくて言っちゃったけど……誤魔化すか？　それとも正直に打ち明けるか——)

アレクが考えていると、右腕を摑んでいたフィアが起きたようで、身動ぎした後むくりと上体を起こした。

フィアは顔を上げると、ぼーっとした表情をしつつアレクの方を見た。まだ完全に意識が覚醒していないフィアが面白くて、アレクはついからかってしまう。

「フィア、口元に涎《よだれ》が——」

「——っ！」

アレクの一言に、フィアは一瞬で覚醒したようで、慌てて口元を拭う。その慌てぶりにアレクは声を立てて笑う。

フィアは顔を真っ赤にしてアレクを睨んでいたのだが、すぐ状況を思い出したのかアレクへと詰め寄る。

「アレク君、生きててよかった！」

そう叫び、アレクへと抱きついた。突然の行為に目を白黒させたアレクだが、心配を掛けさせたのだと、フィアの背中をぽんぽんと叩いて宥《なだ》めた。

暫くすると、騒ぎを聞きつけたのだろう、扉をノックする音が聞こえてフィアは慌ててアレクから離れる。

扉を開けたのはメイドのようだ。アレクの意識が戻った事を確認すると、アレク達へと用件を伝えた。

「奥様が一言お礼を申し上げたいと」

アレクが頷くのを見ると、メイドは一旦下がり、程なくして一人のご婦人を伴って戻ってきた。

「あなたがアレク君ね？　私はリールフィアの母、オルテンシア・ザンバートと申します。まずは、私を救っていただいてありがとうございます」

オルテンシアはそう言って頭を深々と下げる。フィアの母という事は、ザンバート男爵夫人という事だ。貴族に頭を下げられて、アレクは慌てた。

「そんな！　ザンバート男爵夫人。頭を上げてください」

アレクの言葉に、頭を上げたオルテンシアだったが、その表情には陰りが見受けられる。

「いいえ。私の不注意であのような事態になってしまいました。それを捜し当てて、尚且《なおか》つ救出まで指揮して下さったとフィアから聞きました。……この度は本当にご迷惑をおかけしました」

そう言ってオルテンシアは再び頭を下げる。もし、あのタイミングでアレク達が駆けつけていなかったなら、オルテンシアとその侍女は男達の慰み者になっていた事だろう。そして、口封じに殺され、二度と娘の顔を見る事も出来ずに生涯の幕を閉じる事になっていた筈だ。

大事に至らなかったのは、目の前の少年が魔法を用いて迅速に対応してくれたおかげであり、頭を下げる程度で感謝の気持ちは言い表わすことは出来ない。

「屋敷へ運ばれて来た時には、かなりの出血の跡がありました。お怪我の方は宜《よろ》しいのですか？」

頭を上げたオルテンシアは、そう言ってアレクの容態を尋ねてきた。その言葉にフィアもアレクの容態を思い出したようで、アレクの傍へと戻ってきた。

「え、ああ。大丈夫ですよ。ほんの掠《かす》り傷でしたから、ハハハ」

アレクは乾いた笑いで誤魔化すしか無かった。そんなアレクに、オルテンシアは深く聞かずに静かに頷くだけだった。

「何やら事情がおありのご様子。命の恩人にあれこれ詮索するような恩知らずな事は致しません。衛兵への対応や、学園への連絡は私の方で行っておきます。アレク君は、暫くここでゆっくり休んでいて下さいな」

そう言うと、オルテンシアはフィアへ付き添っているように言うと部屋を出ていった。

オルテンシアが出て行った後、アレクは口を開いた。

「あー。お母さん無事で良かったね」

「え、うん。本当に、アレク君のおかげだよ」

アレクは考えていた。怪我どころか致命傷を負ったにもかかわらず、たちまち治った理由を言うべきか否か。

「フィア、実は僕の体の事なんだけど——」

「まって！」

意を決して口を開いたアレクをフィアが止める。

「さっきお母様が言ってたように、お母様を救ってくれたアレク君のことをあれこれ詮索するつもりはないの。私は、アレク君が無事だっただけで良かったの。それがどんな加護であれ、ね」

そう言ってアレクに向かって微笑んだ。

詮索されないのはアレクにとって助かる。それにあの状態を見られたのに、今まで通り接してくれるのはありがたかった。フィアは自分の母親にも言わず、アレクの体の事を秘密にしてくれているようだ。二人だけの秘密にしようねと笑みをアレクへと向けるのだった。

その日の夜、ザンバート家の屋敷には衛兵がやって来て、オルテンシアやフィアへと事情を聞いていったらしかったが、アレクは呼ばれる事も無く部屋で大人しくしていた。

◆

翌日、朝食を食べた後で、フィアとアレクは隣同士で座り、オルテンシアと向かい合っていた。

「あの男達を取り調べた結果が出たので、アレク君には伝えておこうと思ったの」

オルテンシアはそう言って話を切り出した。この時初めて、アレクは六人のうち二人が死んでいた事を知らされた。

アレクは自分を刺した男と、弓を射てきた男がそうなのだろうとすぐに分かった。初めて人を殺したという事実に、無意識に手が震えるのが分かった。相手は自分を殺そうとしたのだから、正当防衛だと分かってはいるのだが、震えを止める事が出来なかった。

アレクの震えに気づいたフィアが、アレクへと手を伸ばしそっと震えた手を握る。

「アレク君は悪くない。あいつらは、お母様を誘拐した悪党よ。捕まれば遅かれ早かれ死罪だわ。それにアレク君を殺そうとした奴らよ？　もし、アレク君が殺されでもしたなら、私があいつらを殺してたわ」

フィアは必死にアレクを元気づけようとしていた。アレク一人に人を殺したという重荷を背負わせまいという意思が見て取れた。そんなフィアにアレクの心は少しだけ楽になった気がする。気づくと手の震えは止まっていた。

「私を誘拐したのは、金品が目的だと自供したらしいわ。背後関係を調査したようだけど、特に誰かが指示して行った訳では無いそうよ」

背後関係の調査には尋問や拷問も行われたらしい。ザンバート家を貶《おとし》めようとした他貴族が背後に居る可能性もあり、魔法や薬なども用いて徹底的に行われたようだった。

結果として、背後関係は無く短絡的な金目当てという事が分かった。

「計画性も無かったようだし、私がふらふらしているのを見て攫ったようね」

オルテンシアは反省の意味も込めて呟く。護衛も連れずに、王都だから大丈夫という油断が招いた今回の事態である。夫であるザンバート男爵に知られたら、お叱りを受けるであろう。

そこまで聞いたアレクは、一つだけ確認をしたくて口を開いた。

「あいつらは、『濡れ鴉』が背後にあるような口ぶりでした。関わりが本当にあるかは分かりませんが、そこは何か聞いていませんか？」

その言葉にオルテンシアとフィアは驚いてアレクの顔を見た。

「その話は初耳ね。すぐに人をやって衛兵へと伝えましょう」

そう言うと、オルテンシアは扉の外に控えていた侍女を呼び用件を伝える。侍女は言伝《ことづて》を預かると、すぐに部屋を出ていった。

「それと、学園のほうへも報告は済ませています。フィストアーゼ学園長からの手紙を預かっておりますので、渡しますすね」

オルテンシアは懐から手紙を取り出すと、アレクへと手渡した。

手紙には、学園外にて魔法を用いた事への注意が書かれていた。しかし、状況を鑑みてやむをえない事と判断し、罰則は無しとする旨が書かれていた。

本来、魔法を用いるか否かに限らずとも王都内で人を傷つける行為には罰則がある。未成年であれば保護者にも罪が行く。アレクの場合であれば、シルフの気まぐれ亭のティルゾやミミルがそれにあたる。

だが、今回はアレクに正当性がある事と、ザンバート男爵夫人が必死に説明をしてくれたおかげで不問とするそうだ。

結果としてアレクにお咎《とが》めは無かった。アレクは手紙から顔を上げて、オルテンシアへ頭を下げた。

「庇《かば》って戴《いただ》いたようで、ありがとうございます」

「何言ってるの。私を助けてくれた小さな英雄君に、口なんて出させないわよ」

オルテンシアはそう言って笑う。アレクもつられて口元を綻ばせた。とは言え、男爵の位ではそれほど権力がある訳では無く、公爵である学長に何か命令できる訳でも無いのだ。オルテンシアが必死で頭を下げた結果なのだが、アレクはそれを知る由も無い。

「とにかく、よかったね。これでアレク君が退学になんてなったら申し訳ないもの！」

そう言ってフィアが微笑む。母であるオルテンシアを助ける為にアレクが退学や停学になってしまっては、フィアもオルテンシアも申し訳なさで顔向けも出来ない事になったであろう。

そんな二人にアレクは再び頭を下げて礼を言った。上位の魔法を扱えるようになった今、学園にそれほど未練がある訳でもないが、それでも同じチームの皆と、僅か四ヶ月で別れるのは忍びなかった。

その日、オルテンシアやフィアから色んな話を聞かされた。特に興味を引かれたのはザンバート家の保有する領地のすぐ近くに、魔物が多く現れる森があるという話だった。

「本当に、あの森には困っているの。冒険者ギルドの支店を街に建てて頻繁に討伐して貰っているのだけど、なかなか優秀な人が来なくてね。フィアを学園に通わせているのも、魔法や武術を学んでおかないと、危険な土地だからなのよ。自分の身は自分で守らないと生きていけないの」

ザンバート男爵領に隣接する森はとても深いらしく、普通の冒険者では浅い場所での討伐が精一杯らしく、アレクのように若くて力のある人材を欲しているようだった。

「僕も力をつけるのに、魔物をたくさん倒していきたいので、その森には興味がありますね」

アレクは本心でそう言った。それほど深い森ならば、自分が眷属を連れ立って戦っても人目につきにくそうであると思えたのだ。王都周辺は、普段から魔物が狩られており、人の目にもつきやすい。ダンジョンも閉鎖された空間である以上、他の冒険者と会いやすいのだ。

「あら、じゃあ卒業したらうちの領にいらっしゃいな。その方がフィアも嬉しいでしょう？」

「お母様！」

フィアは、何か含んだような言い方をするオルテンシアに怒って見せるが、ちらちらとアレクを見ているので、更にからかわれる。

「そうだね。それも悪くないかも」

アレクが言うと、フィアが少し嬉しそうな顔をしたのだった。暫くオルテンシアと二人でフィアの反応を楽しんでいたが、アレクはふと気になった事をオルテンシアへと尋ねた。

「そうだ。ザンバート男爵夫人。先ほども話にでましたが、『濡れ鴉』について何かお耳にされた事はありませんか？」

「そう言えば、どうしてそこまであの盗賊団に拘《こだわ》るの？」

オルテンシアが疑問に思ってアレクへ聞き返してくる。アレクは自分の村で起きた出来事をオルテンシアへと語って聞かせると、オルテンシアは沈痛な面持ちでアレクの話を聞いた後、口を開く。

「そんな辛《つら》い事があったのね……でも、アレク君はまだ子供でしょう？　余りにも危険すぎるわ」

「危険なのは承知しています。国が捕まえられるならそれに越したことは無いんです。でも、決めたんです。二度と理不尽な出来事によって親しい人を失いたくないって。ですから、学園に通って力をつけて……可能なら自分で家族や村の人の敵《かたき》はとりたいんです」

アレクの決心の言葉をオルテンシアは静かに聞いていた。

(この歳《とし》でそんな思いを抱いているなんて)

オルテンシアは胸が締め付けられるような感情とともに、そっとアレクを胸に抱きしめた。

突然オルテンシアの豊満な胸に顔を押しつけられ、アレクは慌てた。アレクは息が苦しくてフィアに助けを求めたのだが、フィアは何か面白くなさそうな顔で、アレクの助けを無視する。

暫くして息も絶え絶えになりながら、解放されたアレクは椅子へとへたり込んだ。

「うちの領では出没したとは聞かないけれど、情報を集めさせるわね。今回へのせめてものお礼よ」

オルテンシアはそう言って、『濡れ鴉』の情報をアレクへと教えてくれる事を約束してくれたのだった。

アレクがザンバート家の別邸に世話になってから二日が過ぎた。アレクとしては寮に戻りたいのだが、体を心配したフィアやオルテンシアが強く滞在を勧めてきたため、未だ屋敷に留まっていた。

この二日、フィアは常にアレクの傍らにいた。怪我が元から無かったかのように消えているとしても、アレクが瀕死《ひんし》の傷を受けたのは事実だ。フィアはアレクに何らかの後遺症が残っていないかと心配していた。

しかし、フィアはアレクとの約束から誰にもその事実を告げておらず、傍《はた》から見ればフィアがアレクとの時間を欲しているように見えるのだった。実際、オルテンシアや屋敷の使用人達はアレクと一緒にいたがるフィアを温かい目で見つめていた。

そんな周囲の思いに気付くことの無い当人達は、今日も二人揃って屋敷の中庭でリハビリを兼ねた柔軟体操を行っていた。

「アレク様。お客様がお見えです」

アレク達が中庭にて身体を動かしていると、メイドの一人がアレクへと来客を告げた。客人として様付けで呼ばれている事に未だ慣れないアレクである。

「お客さん？　だれだろう」

「ミリア・ナックス様と名乗られております。学園の教師であられるとか」

アレクの疑問の声にメイドが答える。ミリアがやって来たと聞いてアレクは驚くが、恐らくは学園長から事件のあらましを聞いたのであろう。

アレクが汗を拭いて急ぎ応接室へと向かう。中ではミリアが紅茶を飲みながら待っていた。

「すみません。遅くなりました」

「いいえ、急に押しかけたのはこちらだから。怪我をしたと聞いていたのだけど、元気そうね？」

ミリアは学園長から、アレクが怪我を負ったと聞かされていた。そのため元気そうなアレクを見たミリアは、安心した表情で僅かに微笑む。

アレクが向かいに座ると、ミリアは来訪した用件を告げる。

「事件の内容は聞いたわ。急を要していたから仕方の無い事だと思うけど、誘拐犯を倒したときに上位魔法を使ったのはまずかったわね」

現場を検分した衛兵が氷や雷の属性魔法が使用された痕跡があると報告書にあげていたのが、学園長の耳に入ったのだ。その所為でミリアは学園長から何故《なぜ》アレクが氷属性や雷属性などの上位魔法を使えるのかと聞かれたようだ。

本来、魔導師であるミリアは自由に弟子を取ることが出来る。ただ今回は教師として学園に所属している状態で生徒の一人を弟子に取ったため、本当なら学園長であるシルフィードへと報告すべきだった。

「報告を怠ったとして学園長に叱られたわ。弟子にしてから一週間も経っていないのだから仕方ないと思うのだけどね」

そう言ってミリアは苦笑した。アレクは自分が考え無しの行動をとったせいで、ミリアにまで迷惑をかけていることを思い知る。

「すみませんでした。つい頭に血が上ってしまって」

アレクは頭を下げる。だが、ミリアは静かに首を横に振る。

「それは別にいいわ。荒くれ者を相手に手を抜ける状況では無かっただろうし。それに今回は貴族を救出する為だったのでしょう？　むしろよくやったと褒められるべきだと私は思うわ」

ミリアは学園長から叱られた事をなんとも思っていない。むしろ心配なのは人を殺《あや》めてしまったアレクが、心に傷を負っていないかであった。

ミリアは暫くの間アレクと話をした。内容はたわいの無い事であったり、いつもの魔法に関する話であったりしたが、男爵夫人を救った時の話になるとアレクの表情に陰りが見えるようになった。

（やっぱり人を殺めた事を後悔しているのかしら）

アレクの様子を見ながらミリアはそう感じた。たとえ悪人とはいえども人を殺すのはミリアですら未だ躊躇われる。きっとアレクもそうなのだろうと考えたミリアは、アレクへの慰めの言葉を口にした。

「アレク君は人攫《ひとさら》いの男を殺めた事を後悔しているの？　でも、貴方が奴らを倒してくれたおかげで七人もの女性が救われたのよ。だから――」

「いえ。ミリア先生そうじゃないんです」

ミリアの言葉を遮るようにアレクは口を挟んだ。アレクの口から出た否定の言葉に、一瞬だけミリアは呆気《あっけ》にとられた表情になる。アレクとしては人を殺めた事に少なからず後悔はあったが、その事については自分の中で決着がついていた。

どう言おうか悩みつつも、アレクは暫く逡巡した後にミリアへと自らの思いを話し始めた。

「僕はあの時、怒りの感情のままにあいつ等を殺してしまったんです。初めは自由を奪って捕らえるつもりだった。だけどあの名前を出された瞬間、頭の中が真っ赤になって……」

アレクはミリアに自分の村で起きた事を話した。生まれ育った村が盗賊団に襲われ、自分以外の住人が全て殺されてしまったことを。

男爵夫人を誘拐した男達から、普通の人間ならば死んでいたかもしれないほどの暴行を受けてもなお、アレクはあの男達を捕らえるだけに留めるつもりだった。あの程度の相手であれば、アレクの《アースバインド》で十分拘束できた筈であったし、最悪《アースウォール》で造り出した土壁で囲ってしまっても良かった。

だが、『濡れ鴉』の名を出された瞬間にアレクの頭の中からその考えが消え去ってしまった。あの時、アレクの脳裏には皆殺しにされた村の光景と、下卑た笑いをあげながらアレクを殺した盗賊団の姿が思い起こされたのだ。

「あいつ等の事を思い出すと、自分の中から強い憎悪があふれ出てくるんです。また自分の感情を抑えきれずに力を振るってしまうんじゃないかって……。そんな自分自身が怖いんですよ」

そう言って顔を伏せたアレクを、ミリアはじっと見つめる。

アレクが何らかの理由があって学園に入ってきたのは知っていたが、そのような理由があるとは知らなかった。実際にアレクを保護した騎士団の団長の息子であるランバートの発言によって知ることになったクラスメイト以外にはアレクの過去は知られていなかった。

アレクの話を聞いてミリアは黙って立ち上がると、アレクの頭を自分の胸に抱きしめた。突然の行為に慌てるアレクに、ミリアは囁《ささや》くように言葉を紡いだ。

「アレク君はまだ十三歳でしょう？　周りの子よりはしっかりしているけれど、君はまだ子供なのよ。困ったり悩んだりするのは当たり前だし、私や周りの大人に甘えたり頼ったりしていいの」

ミリアから見てもアレクはしっかりした子だった。否、しっかりしすぎていた。大人びた態度ではあるが、本来なら親が、周囲の大人達が見守ってやらねばいけない歳なのだ。きっと村から出てから誰にも弱音を吐けなかったのだろう。

もちろん、あと二年でアレクは成人を迎え一人前と見なされる。だが、成人を迎えるというのはそれまでに大人になっていなければならないということと同義では無い。そこから独り立ちし、経験を積んで徐々に大人になっていくという意味だとミリアは思っている。

アレクにはまだ見守るべき大人が必要だ。ミリアはそう強く感じた。

「アレク君はもう少し甘えていいの。私は貴方の魔法の師だけれど、一緒にいたこの数日はとても楽しく過ごせたわ。ちょっとだけ弟のように思った時もあったのよ?」

ミリアの言葉に、アレクは返事が出来なかった。言葉に出してしまうと自分の中で抑えてきたものが決壊してしまいそうだった。転生し前世の記憶を持ったが故に、アレクは八歳の頃から親や兄達から少し距離をとって接してきた。自分の肉親であると同時に、どこか他人のような感覚をぬぐえなかったからだ。

失って初めてわかる家族の大切さは前世でも知っていた筈なのに、その前世の記憶の所為で逆に家族との距離を開けていた自分が許せなかった。自分には誰かに甘えたりする権利は無いのだとばかりに王都に来てから一人で頑張ってきた。

だが、結果として宿のティルゾやミミルに親切にされ、雑貨商のバンドンを始め様々な人に色々と教えてもらって今日のアレクが成り立っているのだ。そして今、屋敷の皆にお世話になってフィアや男爵夫人に気遣って貰い、ミリアにまで心配をかけている。

前世の記憶、そして異質な加護を得てアレクは更に周りから距離を取ろうとしていた。そんな自分に何故皆はこれほどの優しさを向け、親切にしてくれるのだろうと戸惑いを感じていた。

だが、ミリアの次の一言で皆の気持ちを知ることになる。

「決して貴方は一人じゃない。私や他の人もちゃんと貴方の事を見ているわ」

押し黙ったままのアレクにミリアからの最後の言葉が紡がれた。『一人じゃない』——その言葉がアレクの心にあった最後の壁を取り除いた。知らずにアレクの目からは涙が流れてきた。

村を後にしたあの日から決して流さないと決めていた涙だった。

「――ありがとう」

嗚咽《おえつ》で声にならないながらも、アレクの口から出た言葉にミリアは静かにアレクの頭を抱きしめ続けた。普段表情のあまり変わらないミリアの顔には、慈しむような笑みが浮かんでいた。

◆

王都にあるザンバート男爵家の屋敷。その屋敷の所有者である男爵は普段、遠く離れた東の辺境の領地にて暮らしている。当然、男爵夫人であるオルテンシアもまた普段は領地で夫を支える立場にある。

ザンバート男爵の治める領地は魔物の多く生息する未開の地と接しており、常に魔物の脅威にさらされている。その為、代々の領主は何らかの武術を嗜《たしな》んでいる事が多い。現領主でリールフィアの父親であるマクシミリアンも武闘派として有名だ。

ザンバート領の役割は未開の地に住まう魔物を討伐し開拓する事である。切り拓《ひら》けばその分だけ領地となり、結果としてゼファール王国の勢力の拡大につながる為、保有している戦力は多い。

村や町を魔物から守る為に多くの兵士を所有している他に、多数の冒険者が滞在している。未開の地だけあって湧いてくる魔物はその強さに幅がある。冒険者達は各々の実力に見合った魔物を討伐し、生計を立てているのだ。

そんなザンバート領であるが、魔物を相手にしていれば良いという話でもない。辺境に住まう男爵家といえども貴族であり、貴族同士の付き合いも要求される。夫人であるオルテンシアは普段領地から離れられない夫の代わりに隣接する領地や王都へと定期的に出向く事で周囲から孤立しないよう働きかけていた。

今回も、娘の様子を見るという理由もあったが、大半は貴族同士のお茶会や夜会に娘と共に出席するつもりであった。しかし、誘拐されるという事態に小さくない衝撃を受けており、流石に予定を大幅に変更する羽目になった。

オルテンシアは数日前の事を思い返す度に、アレクという少年に深く感謝を繰り返す。

誘拐され閉じ込められた部屋の中で、助けなど来ないであろうと半ば諦めていた。夫以外の手で辱められるのであればいっそのこと自害しようとまで思っていたのだが――。

（まさか娘の友達に助けられるなんて）

あの場所を探す手立ては無かった筈であったが、どうやってか娘はあの場所へとやってきて助けてくれた。聞けば学園の級友がこの場所を探し当て、助け出すための時間稼ぎまでやっているという。娘に手を引かれ、大きな通りまで出たところでやっと無事に帰れるのだと実感した。

だが、時間を稼いでいるであろう少年の事を心配したフィアが戻ると言い始めた。オルテンシアはあんな危険な場所へ戻るなんてとんでもないと娘を引き留めたが、執事のセバスに自分達をまかせて娘は引き返してしまった。

ほどなくしてやってきた衛兵が現場へと走り、自分と侍女が護衛の者と共に大通りで待っていると、直ぐに血にまみれた状態の少年が抱えられて運ばれて来た。

オルテンシアは絶句した。自分達を助けるためにこの少年は身を挺《てい》して時間を稼いでくれたのだと理解した。急いで神殿へと運ぼうと主張したオルテンシアに、娘のフィアは首を横に振って拒絶したのだった。娘の考えが理解できず、つい声を荒らげてしまったオルテンシアだったが、フィアは真剣な表情で言ったのだ。

「アレク君の怪我はもう大部分が治りかけているわ。人に知られないようにするってアレク君と約束したのよ」

フィアの言っている事の意味が直ぐには理解できなかった。だが、確かによく見ると血で汚れて服が破れたりしているが体に大きな外傷は見当たらないのだ。

(何かこの子には事情があるのね)

オルテンシアはひとまず屋敷へと連れ帰ると、屋敷の侍女にアレクの体を拭かせた。すると、やはり血が流れた形跡があるにも拘《かか》わらず外傷は全く見当たらなかった。呼吸も穏やかになっており、ただ眠っているだけのように見える為、このまま様子を見る事に決めたのだった。

フィアはずっとアレクの傍に付き添うと言って聞かなかった。やはり大丈夫のように見えても心配なのだろう。オルテンシアもアレクの体は心配であったが、自身も精神的疲労が溜《た》まっていた為に部屋で休息を取ることとした。

アレクが目を覚ましたと伝えられたのは屋敷へと戻ってから四時間後の事であった。

◆

「あの娘《こ》は今日もアレク君と一緒なの？」

オルテンシアは部屋の中にいる侍女へと問いかける。答えを聞かなくても分かっていることだが、尋ねざるを得ないのが心境だ。

「フィアお嬢様は本日もアレク様とご一緒されております。午前は中庭で軽く鍛錬を行い、昼餉《ひるげ》を挟み午後からは自室にてアレク様と魔法のお勉強との事です」

答えた侍女はオルテンシアが男爵家へと嫁ぐ前から、自らの世話役をしてくれている者で気心も知れている。返された言葉にオルテンシアは溜息を吐きつつ彼女へと愚痴をこぼした。

「数ヶ月ぶりに会った母親を放っておいてまで男の子と一緒に居たいなんて。そろそろ様子を見ながらあの娘の相手を探すつもりだったけれど、その必要はなさそうね？　レイアはどう思う？」

レイアと呼ばれたその侍女は主の言葉に、僅かに思慮してから答えた。

「そうですね。奥様と旦那様が良いと思われるお相手であれば……」

レイアは当たり障りの無い言葉を口にしたが、オルテンシアのじとっとした目に気付き溜息を吐く。オルテンシアが欲している答えは、そんな当たり障りの無い言葉ではないようだ。

「私が調べた限り、あの少年は学園の入試を上位で合格。入試の日にボレッテン侯爵様のご子息にフィアお嬢様が絡まれた際に、身を挺して庇ったと聞いております。上級貴族に平民でありながら立ち向かった気概は評価に値するかと思っています。また、王国最年少魔導師であられるミリア様の弟子となった事も考慮すると、『優良物件』だと思います」

レイアの答えにオルテンシアは満足げに頷いた。オルテンシアは自らが恋愛結婚であった事もあり、自分の子にも恋愛の末に相手を見つけて欲しいと思っている。だが、いくら我が子が好きになった相手とはいえ、ザンバート家に無用な者や害悪となる者を認める訳にもいかない。

侍女であるレイアは主である、オルテンシアの頼みでアレクの過去や人となりを調べていた。アレク本人から事情は聞いたが、ロハの村での一件から今日までの経歴と評判を見極めようと、色々な人から聞き取りを行っていた。

レイアの調べた限り、アレクに問題となる点は見当たらなかった。平民ではあるが特に問題とはならない。何故なら男爵家の後継はフィアの兄が既に結婚しているし、万が一嫡嗣《ちやくし》に何かあっても次男がおり、そちらも既に結婚している。さらに長女である姉は伯爵家の嫡嗣に見初められ、本人も乗り気だ。

男爵家として安泰である以上、フィアの相手を貴族に限定する必要は無いのだ。どちらかといえば、将来有望な魔法使いであるアレクを引き込むことによって魔物を退治し、領地の拡張に貢献して貰えるかもしれないという打算のほうが強い。

ザンバート男爵家の領地は辺境に面していて、常に魔物の脅威と戦いつつ開拓を行っている。広げれば広げた分だけ領地が増える。だが、あふれ出てくる魔物が領内に入ってこないように防衛戦を張りながら維持しなければならず、有事の際には、男爵家が筆頭となって指揮を執らなければならない。

当然、現当主である男爵や後継ぎである長男は万が一を考えれば戦場には出せない。現在は二番目の息子か第二夫人の息子を指揮に立てるつもりで取り決めているが、能力的に不安だ。もし、魔法使いであるアレクが領地へと来てくれれば、百人力であることは間違いない。

オルテンシアとしてはアレクは自らを救出してくれた恩人であり、悪い感情は抱いていない。娘が望むのであれば領地へと来て貰い、男爵家お抱えの魔法使いになって欲しいと思う。

「とくにアレク君に問題が無いのなら、フィアを応援してあげなくちゃね。出来るだけフィアとザンバート家に良い印象を持って貰えるように手を打たなくては。まずはフィアとアレク君の気持ちを確認しなくてはね」

オルテンシアはそう言うと執事のセバスを呼ぶよう侍女へと指示を出す。レイアにはフィアの気持ちをそれとなく聞き出してもらい、セバスにはアレクの気持ちを確認させようと企《たくら》むのだった。

◆

その日の夕暮れ時。魔法の勉強を終えたアレクがフィアの部屋から出てきた。自室へと戻るアレクを確認したレイアは、フィアの部屋の扉をノックする。

「フィアお嬢様。お勉強はお済みでしょうか?」

「ええ。丁度今アレク君が部屋に戻ったところよ」

すぐにフィアからの返事があった。レイアは一言断って部屋へ入ると当たり障りの無い内容から話しかけた。

「いかがです？　お勉強ははかどりましたか？」

テーブルに置かれたティーセットを片付けながらレイアはフィアへと問いかける。

「ええ。アレクは本当に魔法の才能があるのよ。友達のエレンも凄いけど、やっぱり別格だわ」

アレクの事を話すフィアは本当に楽しそうだ。レイアは幾つかの会話を挟みながらフィアの気持ちを探る。

アレクという少年はどのような人物なのか、どのように知り合ったのかと、既に知っている事をあえてフィアに尋ねてその反応を見るレイアだったが、聞けば聞くほどフィアはアレクの事を好ましく思っているのだという結論になった。

「——それでね！　蒼い炎が飛び出した時なんて、あのミリア先生ですら驚きを隠せなかったのよ。きっとアレク君ならミリア先生以上の、いいえ、王国で最高の魔法使いになれるんじゃないかしら！」

レイアの眼に映るフィアの表情は恋する少女のそれだった。まあ、本人は自覚できていないようだが。そんな気恥ずかしくなるような少女の思いを微笑ましく見ていたレイアだが、ふとフィアの表情が曇った事に気付いた。

「お嬢様？　どうなさいました？」

レイアの問いかけに、フィアは慌てて何でも無いと誤魔化そうとした。しかし、フィアが生まれる前からザンバート家に仕えているレイアの目は誤魔化されなかった。レイアはそっとフィアへと近づくと、共にベッドに腰掛けてじっとフィアを見つめる。

フィアからすれば、生まれた頃からお世話になっている侍女であり、自分の性格や癖なんかは全て知り尽くされている相手だ。いたずらや隠し事をしていると、何も言わずにフィアを見つめてくるのだ。無言の圧力とでもいうのか、暫くやられると結局白状してしまうのだった。

「お母様が攫われた時ね、私は何も出来なかったの。アレク君が居てくれなかったら捜し出すことも、助け出す手段も考えつかなかったと思う」

そう言うとフィアは静かに溜息を吐いた。他人には秘密だという手段を使い母を捜し出してくれた。そして自らの危険を顧みずに人攫い六人を相手に時間を稼いでくれた。母を助けて現場に戻ったフィアが見たのは、血だらけになり倒れたアレクの姿であった。

そして知ったアレクの体に起きた不思議。致命傷である怪我が瞬く間に治っていく光景は神秘的にすら思えた。だが、他の者が知れば気味悪がられたり利用したりしようとする者が現れることは想像に難しくない。そしてそれはアレクが一番恐れている事でもあるだろう。

アレクが学園に入ってから時折見せる他者との距離。その理由がそこにあるのではないかとフィアには感じられた。だからこそ、秘密を何でも無いことのように態度を変えずに接するように心がけている。もし、恐れや嫌悪といった感情を見せれば、フィアの目の前からアレクが消えてしまうのではないかと思えるのだ。

この事は二人だけの秘密であるため、他の人に相談など出来ない内容だ。たとえレイアや母、父であっても言うつもりは無い。だからこそ、どうやってアレクとの間にある壁を取り除けるのかとフィアは悩んでいたのだった。

二度目の溜息を吐くフィアの頭を、レイアは案じるように撫でながら思案する。

（いつものお嬢様ならこれほど悩まずにまずは行動するでしょうに）

レイアにはこのうら若き乙女が何を悩んでいるかは分からない。出来るのはフィアの言葉から心の内を推察することだけだ。だが、レイアとて伊達《だて》に三十路《みそじ》を越えて生きている訳では無い。この悩めるフィアに、僅かでも力になれる助言をする事は出来るだろうと思っている。

「お嬢様はアレク様のお隣に立ちたいのですよね？」

レイアの言葉にフィアは黙って頷いた。その反応にレイアは自分の推測が間違っていないと確信した。恋心を自覚しているかはともかく、アレクの為に何かをしてあげたいとフィアは願っているのだと分かった。一方的に守られる立場ではなく、共に支え合って困っているなら共に悩んで道を切り開けるようになりたいのだと。

（旦那様に尽くす奥様のように――）

いつまでも小さいままだと思っていた少女は、大人の女へと成長しようとしている。そのことを認識したレイアは自分がその分歳を取ったと気づき、口元を綻ばせる。

「彼を支え、共にありたいと思うのなら、まず、相手にご自分を見て貰わなければなりません。こちらだけが相手を見ていたのでは今の距離は縮まりませんから。お嬢様に危険な事をして欲しくは無いのですが、彼が魔法使いとして生きていくのなら、お嬢様は彼の剣となり盾とならねばならないでしょう」

本来であれば男女の立場が逆ですが、とレイアは小さく微笑みながら呟いた。

「お嬢様がアレク様に必要とされる女性となるよう、不肖このレイア、お手伝いさせて頂きます」

◆

フィアの部屋でそんな話がされているとはつゆ知らず、アレクは自室へ戻ると一息ついていた。既にこの屋敷で世話になってから三日が過ぎており、流石にこれ以上やっかいになるのは如何《いかが》なものかと考えていた。

しかし、その事を口に出すとフィアのみならず男爵夫人のオルテンシアまでもがアレクを引き留めるのである。屋敷の使用人たちもアレクを邪険にすることも無く、まるで男爵家の一員のように扱ってくれていた。

使用人達からすれば、夫人が攫われた所に颯爽《さっそう》と現れ、あれよあれよという間に場所を特定。加えて全身血だらけの状態になりながらも主を救出してくれた少年は英雄であった。更には、お嬢様の思い人であるという噂《うわさ》も流れており、彼女らの接し方にも力が入っていたのだ。

そういった屋敷内の情報はアレクの耳にも入っていた。いや、アンが勝手に仕入れてアレクに伝えてくるのだ。

「どうやらお父様はフィア様の恋人候補と、もっぱらの噂ですよ？」

「は？」

初めてアンにそう言われた時は、間の抜けた声を上げたアレクであった。だが、その話を聞かされた後に周囲の様子を窺ってみると、成る程自分への接し方があからさまであった。

(フィアは別に嫌いじゃ無いけど……)

もし本当にフィアが自分のことを好きなのであれば、当たり前に嬉しいと思えるアレクだった。

だが、アレクの抱えている異質な加護の事が素直に喜ぶことを妨げる。

全てを打ち明けるにはフィアの事を知らなすぎるとアレクは思う。彼女とは出会って僅か数ヶ月でしかなく、ミリアと違って師弟という関係でもない、ただのクラスメイトでしかないのだ。

親を失ったアレクにとって、親しい間柄の相手といえばシルフの気まぐれ亭のティルゾとミミル。そして、師匠となったミリアである。次点でクラスメイトであり、チームメイトでもあるフィアといった所か。

ミリアには特殊な知識を持っていることを言ってある。そしてフィアには特殊な加護を授かっている事を告げた。二人とも決して他言はしないと誓ってくれてはいるが、全てを伝えるには時期尚早ではないかとアレクは考えていた。

「かといって、自分を信じてくれている二人に隠し事はなぁ……」

つい独り言を呟いてしまう。真実を告げたら恐れられるのではないか、彼女らの家の者に知られて利用されるのではないかと危惧してしまう。

暫く悩み続けたアレクだったが、結局のところ結論は出なかった。

「久しぶりに女神様にでも会いに行ってみるかな」

唯一アレクと秘密を共有しているあの女神であれば、何らかのアドバイスを授けてくれるのではないかと期待してしまう。

「こんな加護さえなければ素直になれるんだけどなぁ」

アレクの嘆きは誰も居ない部屋の中に静かに響くのだった。

# エピローグ

ある日の早朝。アレクは使用人に断りを入れると、屋敷から出て神殿へと足を運んだ。

エテルノに会う目的は、アインの巨大化についてと、加護の秘密を打ち明けるべきか、これからどうしたら良いかの相談である。特に、眷属《けんぞく》召喚の加護に関しては余りにも知らなすぎると感じているからだ。

神殿が開くと同時に入ってきたアレクの姿に、神官は僅かに驚きの表情を浮かべたが、何も聞かずに礼拝堂まで案内する。恐らく、何か深刻な悩みがあっての事だろうと勘違いしたようだ。

礼拝堂にて膝をつき頭を垂れると、以前と同じく真っ白な空間へと瞬時に飛ばされた。

アレクが立ち上がると、少し離れた何も無い場所にエテルノの姿が顕現した。五ヶ月前と全く変わらない美しい姿に、少しだけ鼓動が早くなる。

「お久しぶり。どうしたの？　少し元気が無いようね」

純白のワンピースを着たエテルノは、前回と同様テーブルと椅子を用意してくれ、アレクに座るよう促した。勧められるまま椅子へと座ったアレクに、エテルノはコーヒーを淹《い》れてくれるのだった。

「それで？　私に会いに来てくれたのはただ顔が見たくなった、という訳でも無いのでしょう？」

小首を傾《かし》げるエテルノを見て、アレクは自分が利己的な理由のみで会いに来た事を恥じた。

「すみません。今回はちょっと聞きたい事があってやってきました」

「別に構わないわよ。理由が何であれ会えることは嬉《うれ》しいし。アレクの用件が済めば私との会話に時間を割いてくれるのでしょう？」

頭を下げたアレクをエテルノは微笑《ほほえ》みながら許した。神として無限とも思われる時の中に身を置くエテルノにとって、アレクと会える事が唯一楽しいと思える時間だった。

アレクはエテルノの淹れてくれたコーヒーを飲みながら、今回訪れた目的を告げる。

「それじゃ、眷属のアイン――ボーンウルフの事なんですが」

まず聞きたかったことの一つである、ボーンウルフであるアインが巨大化した事についてアレクはエテルノに尋ねた。アインだけが巨大化できるのか、他の眷属にもまだ知らない能力があるのか。

結論から言うと、巨大化するのはアインだけだという回答だった。

「あのボーンウルフは魔力量の少なかった頃に生み出した所為《せい》でサイズが小さいけど、本来ならもっと大きい姿で生み出されていた筈《はず》なのよ。だから特例として内包する魔力を消費することで本来のサイズに変化出来るようになっただけ。他の眷属は元から本来のサイズとして固定化されているから巨大化や縮小化は出来ないわ」

エテルノの説明にアレクは納得する。たとえどれほどの魔力をつぎ込んだとしても、全長五ｍもあるスケルトンは作り出せないようだ。魔石を吐き出す理由も、アインが本来のサイズでは無い事に理由があるのだとエテルノは教えてくれる。アインだけが特殊な個体として作られたようだ。

「そうそう。大きな物と言えば、ワイバーンやドラゴンのような姿をイメージすれば召喚は出来ると思うわ。まあ、龍族に見つかれば『侮辱だ！』とか言われて攻撃されそうだけど」

　エテルノはそう言って笑った。

　もっとも、全長十ｍもある眷属を召喚しようとするなら、今の魔力の十倍以上は必要だと付け加えた。今のアレクは一般的な魔法使いの二倍を超える魔力を持つが、その十倍ともなると到達するまでに何年かかるのだろうかとアレクは苦笑するしかない。

　元々、魔力枯渇による魔力量の底上げは、学園に入るための手段の一つであった。最近では枯渇に陥る事は無くなってきていたが、魔物を倒しているだけでもそれなりに魔力は増えつつある。今後魔力量を増やす方法は、眷属を召喚しつつ大量に魔物を狩っていく方法になるだろう。

「それと、アレクの実力が上がるのと同じように眷属も成長していくわ。人格をそのままに別の眷属の種族に変化させることも出来るでしょう」

　今後、アレクが冒険者などとして活動する際には、スケルトンなどの眷属は使い勝手が悪い。リビングアーマーなどの不死族《アンデッド》にすることが出来れば誤魔化しも利くだろう。

「成る程。リビングアーマーならフルプレートの剣士か騎士って事で通じますしね。その発想は無かった」

　学園を卒業した後、冒険者として活動するのなら人目を気にしなければならないだろう。色々と考えなければならないなとアレクは思うのだった。

「眷属についてはわかりました。あとは……加護についてなんですが」

　アレクに対して親身になってくれているミリアとフィアに己の加護について語るべきか、それとも黙っているべきかどうかをアレクはエテルノに相談する。

「騙《だま》すのは嫌なんです。かといって、怖がられて離れて行ってしまうかもと思うと……」

アレクは心の内をエテルノに語った。家族を失ったアレクにとって、ミリアやフィアのような存在は貴重であり失いたくないと思う相手であった。

もちろん、エテルノも神でありながらも気さくで隠し事なく話せる相手だが、如何《いかん》せん常に逢《あ》える相手でもない。そういう意味では、やはりミリアやフィアの存在は大きいのだ。

「成る程ね。そうね……私も恋愛や人間関係には疎いから、アドバイスなんて大した事は言えないのだけれど――」

エテルノは困った表情でアレクを見つめた。魔法の神として、当然魔法に関しては絶対的な力を持っているエテルノではあるが、人との付き合いはそれ程あった訳ではない。精々がアレストラに顕現してから魔法を広めていた百年くらいの間だけだった。

「やっぱりそこは私がどうとか言えるものではないわね」

人それぞれですし、とエテルノは微笑みながら話す。

「だけど、アレクのこれからの目的を達する為《ため》には仲間が必ず必要になるわ。いくら力を持っていても一人では限界があるの。それだけは覚えておいて。少なくとも、このアレストラの世界で私の加護というのは忌避の対象とはならない筈よ？　もちろん、権力者はその力を取り込もうとするかもしれないし、人によっては嫌悪するかもしれないわ。それでも、アレクを慕ってくれる人や信頼出来る人には告げるべきだと思うの」

エテルノの言葉に、アレクは自分の目的を思い出す。

村を滅ぼした盗賊団『濡《ぬ》れ鴉《からす》』を倒す事。そのためにアレクは学園で魔法を学び始めたのだ。

女神の言うように、決して一人では達する事は出来ないだろうし、たとえ眷属をもっていても信頼する仲間というのは大事であろうとアレクは思う。

「そうですね。学園を出たらあいつらを捜すことになるだろうし、一人よりは仲間が居た方がいいですよね」

一人で旅に出てしまえば、きっと自分は復讐《ふくしゅう》に心を囚《とら》われてしまうだろうとアレクは思う。だが、ミリアやフィアが共に居てくれるのであれば、人としての心を失わずに過ごせるのでは無いかと思うのだった。

思えばこの半年近くを復讐だけに囚われずに生活できたのは、温かく迎えてくれた宿のティルゾやミミル。そしてフィアを始めとする皆と、ミリアのおかげだった。

「でもこの数ヶ月の間、全く情報が手に入らなかったんだよな」

アレクとて毎週のように宿屋に顔を出して情報を集めていた。だが、この数ヶ月全く情報が手に入らなかったのが実情であり、果たして見つかるのだろうかと不安に駆られる。

「ならその盗賊団を私が見つけてあげましょうか？」

思いがけない言葉に、アレクは驚いてエテルノの顔を見つめた。

「え？　そんなことが出来るんですか？」

「それは私だって神だもの、地上で捜すよりも早いわよ。当然情報はただじゃないわよ？　それな

りの対価が必要となるわ」

エテルノはいつもと変わらない微笑みを浮かべながらアレクへと提案する。

「アレクには私に変わってアレストラの調査をして欲しいの。その対価として、その盗賊団の情報を私が探りましょう」

エテルノからの提案は、アレクにとって正に天恵である。身を乗り出すアレクに、エテルノは落ち着くよう宥《なだ》める。

「私が望むのはアレストラ各地にあるダンジョンの——ダンジョンコアの調査よ。魔物が発生するメカニズムを解明して、可能であればそれを破壊すること。でも、今の貴方《あなた》の実力だとまだ無理ね」

事実、アレクは駆け出しの魔法使い程度の実力しか無い。たとえ眷属の力を使ったとしても、各地にあるダンジョンの調査が出来る程の実力は無いだろう。アレクもそれは痛いほど自覚していた。ザンバート男爵夫人を誘拐したごろつきすら瞬殺出来ない自分には、力も経験も全く足りていないのだと唇を噛《か》む。

「だから、段階を踏んで順番に行きましょう。——そうね、まずは今通っている学園にあるダンジョンの最下層へ到達する事が第一目標かしら」

ゼファール王国内には大小合わせて四つのダンジョンがある。最も小さいものが学園で管理しているダンジョンである。エテルノは、まずそのダンジョンを調査して欲しいとアレクに告げる。

「きっと学園のダンジョンで何か切っ掛けくらいは摑《つか》めると思うのよね。そこを足がかりに少なくともゼファール王国内のダンジョンを調査して欲しいの」

エテルノは本来、魔物に抗《あらが》うために魔法をアレストラの人間に伝えた。だが、彼らは生きていくだけの土地は得たが、魔物を根本から減らすことには失敗していた。

アレストラの大地を元の姿に戻す為にはダンジョンそのものを破壊するしかない。しかし、この数千年の間で破壊できたダンジョンはそう多くは無かった。そして、その方法は後世に伝わらなかったようだ。

確かに今でも人間達の領土は広がり続けている。だが、その勢いは徐々に失われてきている。

「この均衡は決して長くは続かないわ。徐々に人間達の用いている魔法は退化していっている。そう遠くない内に魔物が再び大地を埋め尽くすでしょう」

エテルノの予言めいた言葉に、アレクは目を見開く。そして、ミリアに弟子入りした日に彼女が言った言葉を思い出した。

「そう言えばミリア先生も、魔法の質が低下してきていると言ってたな」

アレクの言葉に、エテルノも頷《うなず》く。

「貴方の持つ『科学』の知識によって魔法は従来の威力を取り戻すようになるでしょう。でも中途半端に領土を得ている王や貴族達はそれを同じ人間に対して使おうとする……。共通の敵である魔物や、その元凶となるダンジョンよりも、自分達の領土を広げる事に執着しているわ」

エテルノとしても同族での争いを否定する訳では無い。だが、魔法を伝えた本来の意図を見失って欲しくは無かった。

「だから、アレク。貴方に託したいの。貴方は魔物を倒しダンジョンを調査することで強くなっていくでしょう。私はその間に『濡れ鴉』という盗賊団の情報を探ります。やってくれるかしら？」

真剣な表情で見つめられたアレクは、僅かに目を瞑《つぶ》って考える。

だが、すぐに目を見開き頷いた。

「わかりました。僕はダンジョンを調査しながら鍛えます。だから、あいつらの情報をお願いします」

こうして女神エテルノと、見習い魔法使いであるアレクとの間に約束が結ばれる事となった。

この日から世界は緩やかに変化を見せる。それは人類の破滅に向かうのか、それとも――。

# あとがき

このたびは『不死王の嘆き』をお手にとって頂きありがとうございます。作者の藤乃《ふじの》叶夢《かなむ》と申します。ご存じの方もおられるかもしれませんが、本書は小説投稿サイト「小説家になろう」様にて投稿していた作品を書籍化したものです。

この物語のコンセプトは、「なろう」でありふれている異世界転生という作品の中で、自分なりのこだわりをもって書き始めた作品です。幸いにも、多くの方に読んで頂き、まさかの書籍化となりました。本当に、自分の作品が本になったなんて今でも信じられません。

さて、本作品では人間関係に重点を置いて書いています。その為《ため》、眷属達《けんぞくたち》の出番が少ないように感じたかもしれません。「眷属の出番を増やして！」と仰《おつしや》る方は、次巻にご期待ください。

ウェブ版で応援して下さっている読者の皆様と、本書をお手に取って頂いた方に感謝致します。

また、この作品が世に出るきっかけとなった「小説家になろう」サイトを運営するヒナプロジェクト様と、この作品を目にとめて下さったオーバーラップ編集のH様。および、出版までお世話頂いたS様を始め、オーバーラップ編集部の方々には本当に感謝しております。

私は遅筆な為、次巻が何時《いつ》出せるかのお約束は出来ませんが、決して遠くない間に次巻が出せるように頑張って書いていきたいと思っています。

では、またアレストラの世界で一緒に冒険を楽しみましょう。

OVERLAP NOVELS

# 不死王の嘆き

発行　2016年5月25日　初版第一刷発行

著者　藤乃叶夢

イラスト　OrGA

発行者　永田勝治

発行所　株式会社オーバーラップ
〒150-0013
東京都渋谷区恵比寿1-23-13

校正・DTP　株式会社鷗来堂

印刷・製本　大日本印刷株式会社


ISBN　978-4-86554-124-3 C0093



【オーバーラップ　カスタマーサポート】
電話　03-6219-0850
受付時間　10時～18時（土日祝日をのぞく）